Ave《アヴェ》 Maria《マリア》

篠田真由美

KODANSHA NOVELS 講談社ノベルス

ブックデザイン＝熊谷博人
カバー写真＝半沢清次
カバーデザイン＝岩郷重力

はじめに――作者からのおことわりとお願い

本書を手に取られる方にあらかじめお願いいたします。

作中でシリーズ第五作『原罪の庭』の真相に触れていますので、未読の場合はまずそちらをお読みになってからになさって下さい。

レギュラー登場人物が共通し、時間軸を共有するシリーズ物といえども、ミステリである以上、作品相互のネタバラシは御法度と理解しています。建築探偵桜井京介の事件簿シリーズも、当然ながらその原則から外れることなく書き継いできました。

しかし、第二部終了を目前としたここにきて、一度だけその原則を踏み外す必要が出てきてしまいました。理由は読んでいただければわかります。そしてこんなことは今回一度きりです。どうかお許し下さい。

篠田真由美

目次

陽だまりの記憶 10
わかって欲しい 34
REMEMBER 67
聖夜の殺意 102
亀裂 131

深淵より 169
黙示録の獣 210
長く曲がりくねった道 248
我が母の教え給いし歌 268
窓を開けてぼくは飛び立つ 292
あとがき 310

登場人物表（二〇〇〇年四月現在）

薬師寺《やくしじ》香澄《かずみ》　私立W大学第一文学部二年生　通称『蒼』

結城《ゆうき》翳《かげり》　私立M学院大学文学部二年生　香澄の高校からの友人

大島《おおしま》庄司《しょうじ》　私立W大学教育学部教授

小城《こしろ》里花《りか》　私立W大学教育学部二年生

松岡《まつおか》　区立図書館の職員　香澄の顔見知り

山岸《やまぎし》　松岡の上司

斉藤《さいとう》　自称迷宮入り事件研究家

桜井《さくらい》京介《きょうすけ》
栗山《くりやま》深春《みはる》　『蒼』である香澄を見守る人々
神代《かみしろ》宗《そう》

門野《もんの》貴邦《たかくに》　謎の黒幕にして『蒼』の庇護者

陽だまりの記憶

1

いまそこにいるのが辛くて、苦しくて、どうしようもなく感じられるとき、ぼくはいつも思い返す。ぼくの中にある、一番の幸せの記憶を。指を折って数えてもほんの十年ちょっと前の、でもいまはもう届かない過ぎた日の記憶を。

それは変哲もない、ある日曜の午後の場面だ。ところは本郷《ほんごう》の神代《かみしろ》先生の家、ぼくがしばらく住んだ古い平屋の木造住宅の一番奥にある四畳半。東南の角で三方に出窓があるから、晴れた日はサンルームみたいに陽射《ひざ》しで一杯になる。

そのころは桜井京介《さくらいきょうすけ》も、ぼくと一緒にこの部屋で寝起きしていた。大学のない日曜で他に用事もないときは、だらしなく布団を敷いたままにして、お昼を食べた後にその上で昼寝をする。窓ガラスは引いてあるから夏じゃない。陽のぬくもりが嬉しい秋の終わりくらいだろう。

ぼくはぐっすり眠ってはいない。でも少し疲れている。前の晩はよく眠れなかったから。この家に来た初めの頃、あの夏の終わりから一年か一年半くらいは特に、夜が怖くてたまらなかった。昼間は落ち着いて過ごしていても、あたりが暗くなるとそれだけで肌がざわざわしてきた。

なにが怖いかなんて、聞かれても答えられやしない。ただ閉じた窓の向こうから、闇を突いてなにか形のないものがこちら目がけて押し寄せてくるような、その声が耳に聞こえてくるような、冷たい手がぼくを捕らえるために伸びてくるような、そんな気がしてしまう。

気がするだけでなくぼくは、それを見た。

聞いた。

感じた。

でもぼくが気づいたとわかれば、それはひそやかな気配《けはい》であることを止《や》め、もっとなまなましい実体になってぼくを捕まえ、頭から呑み込んでしまうかも知れない。

ぼくは必死に体を硬くし、目を閉じて耳をふさいで、なにも聞くまい、感じまいとする。それは得意だったはずだ。自分をなにも感じない、石っころにしてしまうことは。それまで何年もの間、そうして過ごしてきたのだから。

でも、なぜかちっともうまくいかない。いくら体を縮めても、硬くしても、ぼくは相変わらず柔らかくてちっぽけなままだ。そう思うとふいに、ぼくの中に怒りが熱く湧き上がる。どうしてそんなことになったのか。ぼくを石っころから人間に、戻してしまったやつがいるからだ。

そいつはいまもぼくの前にいて、じっとぼくを見ている。

ぼくはそいつが憎い。

憎くて憎くてたまらない。

ぼくはわめく。吠える。歯嚙みする。

手当たり次第にそこらの物を投げ、自分の体に嚙みつき、掻きむしり、着ているものを引き裂きながら転げ回る。狼の憑《つ》いた人間みたいに。

そんな気がする。責任を回避するわけじゃないけれど、その頃の記憶はすごく混乱していて、あんまりはっきりとはわからないのだ。

ただそんなときは誰よりも目の前の京介が憎くて憎くて、殺してやりたいとまで思った。ただ憎むだけじゃなく、大声で罵《ののし》るだけでもなくて、ときには京介にむしゃぶりついて、彼を殴ったり蹴ったり嚙みついたり爪を立てたりした。そんなふうにして火の点《つ》いたみたいに人を憎むことも、ぼくには初めてのことだったけれど。

それはつまり一種の転嫁《てんか》だったのだろう。ぼくは自分の恐怖と、そのやってくる理由に正面から立ち向かうことが出来なくて、一番身近にいる京介という存在を憎むことで気を紛《まぎ》らわしたのだ。それがなかったらぼくは、その感情をすべて自分に向けて、自分の体をずたずたに引き裂いてしまうよりなかったことだろう。

　そんなときも京介は、ぼくを力尽くで止めたりはしない。ただぼくが、ぼく自身の体を傷つけることだけは出来るだけしないように、両手でぼくの手を包み込むように握り、ぼくの体を胸の中に抱きしめる。そうしてぼくがその腕に歯を立てても、蹴り上げる脚が腿《もも》に食い込んでも、いつまででもじっとしている。その間中ぼくの耳に低く、静かに、ささやきながら。

『だいじょうぶ、蒼《あお》、だいじょうぶだ』

『なにも怖くない。なにも来ない』

『本当に、だいじょうぶだから……』

　でもそんなひどい発作のようなものは、有り難いことにそう長くは続かない。暴れるだけ暴れると、疲れ果てたぼくは憑き物が落ちたようにおとなしくなり、泣いて京介に謝って、そのうち気を失うように眠ってしまう。

　そんな翌日はもちろん眠い。でも暴れた跡はぼくが起きてくる前にきれいに片づけられて、京介も先生も一度だってぼくを責めたりはしなかった。そしてそんな夜のお返しのように、やさしく暖かい午後がやってくる。

　専門書を片手に持ったまま、いつか静かな寝息を立てている京介に、ぼくはそっと近づいて、体のそばに、でも起こすといけないから触らないように横になって、目を閉じる。

　顔にも陽射しがさして、閉じたまぶたの中は陽を透《す》かして薔薇色《ばらいろ》だ。その色がとてもきれいだ、とぼくは思う。でも、昨日の自分がしたことを忘れてはいないので、いくらか胸が痛い。

だから京介が目を覚ましたら、もう一度ちゃんと「ごめんなさい」といおうと決める。ただ謝るだけじゃなく、どうしたらあんなふうにならないで済むか、自分でも考えなきゃいけないとも思う。

　でも陽射しはとても暖かい。乾いた布団の感触は気持ちがいい。耳に聞こえる京介の寝息は、ぼくにはなによりやさしい子守歌だ。京介が無条件にぼくを赦《ゆる》してくれていること、ぼくがここにいていいのだということを、その静かで深い寝息はささやきかけている。

　ぼくはじっと息を詰めている。微《かす》かな不安が胸を締めつける。なぜならいまここにある安らぎと幸せは、とても脆《もろ》くて失われやすいものだとわかっているから。手のひらに載せた、花びらほども薄いガラスの器のような、体を動かすにも息をするにも気をつけなくてはならないものだと。幸せな時間は長くはない。失われることはとても容易《たやす》い。ぼくはそのことを知っている。

　また夜が来れば、きっと怖い。自分が自分でなくなってしまうかも知れない。でも、夜はいつか終わる。幸せな昼は短くとも、夜も永遠じゃない。だからぼくの夜も、きっといつかは終わる。

　いまも顔を陽射しに向けたまま目を閉じると、陽を透かして薔薇色に見えるまぶたに、肌に感じるぬくもりに、ぼくは陽だまりの中の幸せを思い出す。ぼくのすべてが京介のものだった、あの頃。ぼくの愛も憎しみも、すべてが彼に向けられていたあの短い時間。

　このまぶたを上げればそこに、眠っている京介の顔が見えるだろう。一番見たいものがそこにあるのを知っていて、信じているから、ぼくは安心して目を閉じていることが出来た。それが決して失われるはずがないものだからではなく、むしろとても危《あや》うい均衡の中にあると知っているからこそ、なににも増してそれは貴重なものだった。

ぼくの、幸せの記憶——

2

ぼくの名前は薬師《やくし》寺《じ》香澄《かずみ》。

いまは私立W大学第一文学部の二年生だ。

でもいろいろ事情があって、高校を人より一年遅れて卒業し、その後、実のところ自分で好きこのんで一年浪人したものだから、ストレートで来た子たちより二歳年上になる。もっとも大学にいれば浪人した人は珍しくもないし、一歳や二歳の年の違いはあんまり意味もないといって良さそうだ。高校のときよりもっと、年齢は気にならなくなった。

ぼくにはもうふたつ名前があるけれど、そのうちのひとつの名前を呼ぶ人はたぶんひとりきりで、いまぼくのそばにはいない。だから少し特別なニュアンスの名前だ。そして呼ばれることが少ないからといって、その名のぼくにとっての大事さが薄れることはない。

そしてもうひとつ、蒼という名前で呼んでくれる人は「薬師寺君」や「香澄」よりは少ないけれど、ちゃんといる。ふたつのカテゴリーを、はっきり意識して分けたつもりはない。ぼくの戸籍に記された名前は「薬師寺香澄」だし、だから高校に編入したとき書類に書かれていた名前も「薬師寺香澄」で、大学でもそれは同じだ。

でも大学に行ってからの知り合いでも、ぼくを蒼と呼ぶ人の中のひとり、栗山深春《くりやまみはる》の知り合いでもある劇団『空想演劇工房』の、グラン・パやリンさんは、普通は「カズミちゃん」だけど「蒼ちゃん」と呼ぶこともある。だからそれを聞いている劇団の他のメンバーも、祖父江《そぶえ》さんをグラン・パと呼ぶのと同じ呼び名のつもりで「香澄君」と「蒼君」をごちゃまぜに呼んでいる。ニックネームとか芸名とか、考え方はいろいろだ。あんまり知らない人から「蒼君」と呼ばれるのには少し抵抗があったけど、そんなことにもとっくに慣れた。

最初高校に通い始めたときは、
「薬師寺君」
と呼ばれるだけでいま思えば滑稽《こっけい》なくらい緊張したものだった。高校に行くことは自分で決めたはずなのに、そしてそのときの名前は薬師寺香澄で、というのも自分で決めたことなのに、なんだかそう呼ばれると自分が自分でないみたいな、それも他人の手で無理やりサイズの合わない服に押し込められるみたいな、でもそれを拒《こば》むことは許されないみたいな気がして、すごく疲れた。

そんなときはよく屋上に出て、ひとりで空を眺めた。暑くて我慢できないとき以外は、降り注ぐ陽の光に全身を晒《さら》して昼寝したりした。そうして幸せの記憶を自分に呼び覚まして、気を紛らわせた。京介はここにはいないけど、学校から帰れば会うことは出来るし、ぼくはもう夜になると情緒不安定になる小さな子供でもない。大丈夫だ。ぼくはちゃんとここでやれる――

でも、ゆっくり昼寝をするには高校の昼休みは短い。チャイムが鳴れば現実が戻ってくる。ため息をつきながらでも起き上がって、教室に下りて行かなくてはならない。当然後悔も山ほどした。なんで誰かにいわれたわけでもないのに、高校に行きたいなんてこと、いっちゃったんだろうって。

それでもあっさり尻尾《しっぽ》を巻いて逃げ出すわけにはいかなかった。ぼくの希望を叶《かな》えてくれるために、ぼくを大事にしてくれる人たちが心を砕き骨を折ってくれたことを充分すぎるほど知っていたから。彼らを失望させたくなかったから。

愛される以上は、愛に価する自分でいたい。そう思うのはぼくのプライドだとそのときは思っていたけれど、そんな大したものでもない。ぼくは臆病で自分になんの自信もなかった。だからなおのことこだわらずにはいられなかっただけだ。そんな情けない理由ではあっても、あそこで踏みとどまることが出来たのは良かったといまなら思えるけれど。

「薬師寺君」

　と呼ばれ続け、ぼくをそう呼ぶクラスメートや先生と向き合っていくことで、いつかぼくは私立向陵《こうりょう》高校生の薬師寺香澄になった。ぼくの中で「蒼」が消えたわけでは無論ないけれど、相対的には「香澄」が増えて「蒼」と同じくらいになった、つまり「蒼」が減ったことは事実だった。

　そしてこれからはもっと「香澄」が「蒼」より多くなるかも知れない。ぼくはそのことを、いくらか後ろめたく思っていた。ぼくに蒼という名前をつけて、それ以前の自分から解き放ってくれた京介に、蒼としてのぼくを愛してくれている深春や、神代先生に。

　でも、だからといってことばにして謝るのもおかしな話だ。いくら後ろめたくとも、自分が蒼以外のなにものでもなかった昔には戻れない。そんなことは誰も望んではいない。陽だまりの記憶を手放すことは、一生無いとしても。

「香澄」と「蒼」、それはどちらもぼくだ。やや形式的にレッテルを貼ってしまうなら「香澄」は社会的な自分で、「蒼」はプライヴェートな自分ということになるだろう。「蒼」のことを理解してくれるのはぼくを蒼と呼ぶ人たちだけだが、ある人たちにとっては「蒼」はぼくの呼び名であるに過ぎない。「香澄」が不誠実に生きているわけでもない。その程度のペルソナを使い分けるのは、誰だってしていることだ。ぼくの場合たまたま、それに別々の名前がついているだけだ。

　そう認識することでぼくは順調に、問題なく、社会化された大人になっていけるはずだった。過ぎたことは過ぎたことで忘れてしまっていい。「蒼」とも「香澄」とも、上手《じょうず》に折り合いをつけて。

　ぼくはまだ気づいていなかった。

　自分の心が少しずつ、きしみを上げ出していることに。

そしてたとえその微かな予兆を感じていたとしても、どうすればそれを解決できるかなんてことは、そのときはまだ想像も出来ないことだった。

3

ぼくは映像に関しては、少し人と違った記憶力を持っている。それを上手《うま》く説明することばがなくて困るのだけれど、普通なら見て、理解して、記憶して、また再構成して想起する、つまり思い出す、というような過程をたどるのだろう記憶を、生のデータを丸のまま呑み込んで、またそのまま吐き出すような感じなのだ。

ぼんやり他のことを考えていたりすると駄目だけれど、覚えよう、と意識的になればかなりの量の映像データを「丸呑み」できる。ぼんやりしているつもりでも、後で意識をうまく集中できると、他の人よりはいろんなことを覚えていたりする。

つまり意識して覚えることも出来るけれど、意識しないでも一種の癖みたいに、ぼくは日常的にいろんなものを「丸呑み」しているらしい。そしてそれは主に視覚情報だ。五感の他のもの、音や匂いは映像にくっついている場合もあるが、映像だけということもある。音や匂いがきっかけで、「丸呑み」した記憶がよみがえってくることもある。

ジグソウ・パズルの元絵を見て覚え、それを見ないでピースを組み立てるようなことは一番得意だ。印刷された絵やピースの形は、現実の映像よりずっとデータ的に限られていて覚えやすい。パズルを完成させるという目的が与えられていることも、記憶することをやさしくするようだ。

もちろん大抵の記憶はそう長いことは保たない。昔京介の建築調査を手伝ったときみたいに、数値データが取れるくらい精密な記憶は特にそうだ。意識的に「これはもういい」と思えば、それを消去することもできる。

百人一首のカルタ取り競技の選手は、ぼくと似たようなことをしているらしい。取り札の位置をすばやく記憶するだけでなく、取られた札についてはすぐ忘れることが必要だという。さもないと混乱してしまうから。そしてそういう能力はある程度、訓練で養えるものだそうだ。

もっとも記憶というのは、実際消去したのか、消去したつもりになるだけなのか、わからないというのが正直なところだ。自分では消したつもりのことが、なにかのきっかけでひょっこり思い出されることもあるからだ。そんなふうに、わからないといえばなにもかもわからないことだらけだった。

高校を出て一年浪人の時期を過ごした頃から、ぼくは人間の記憶に関する本を、目につく限り読みあさるようになっていた。ぼくのこの特殊な記憶能力について、もっとちゃんと知る手がかりが欲しかった。そして出来ることならそれを、完全にコントロールしたかった。

ぼくは読み続けた。「トラウマ」とか「アダルト・チルドレン」とか、もともとは心理学の用語だったのが流行語みたいに使われている一般向きの本から、専門用語が多くて一度読んだだけじゃ理解できない『認知心理学入門』『記憶研究の最前線』なんていう本まで。だけどひとりで本を読むだけ、というのではやっぱり限度があるのか、それともぼくの頭が追いつかないのか、わかったことよりわからないことの方が多い、というのが正直なところだ。それはなによりもぼくが持っているらしい『直観像記憶』が、一般的なものではないせいらしかった。

そういう特殊な記憶能力の話は、自閉症児や精神遅滞者といった障害のある人間の話に付随して出てくる場合が多い。智恵遅れの天才、イディオ・サバンと呼ばれる人たちは、八万年にわたってカレンダーを暗記していたり、数表にも書き出されていない十二桁の素数を口にして楽しげに微笑んだりする。そんな中に映像記憶の力を持つ人もいる。

建物や風景を一瞥《いちべつ》しただけで、それを絵に描き表せる、それも単なる引き写しではなく独自のスタイルを持った生命力溢れる絵画として表現できる天才少年画家の自閉症児スティーヴン。十二歳のときに離れたトスカーナのふるさとの記憶に突然取り憑かれ、三十過ぎてから絵筆を取り、ひたすら写真的な正確さで失われた村の絵だけを描き続けるフランコ。脳神経外科医の書いた本の中に活写される彼らの生を読んで、ぼくは興味を惹かれると同時に困惑するしかなかった。

　ぼくはこの誰とも似ていなかったからだ。少なくともいまのぼくは自閉症ではない。そして天才でもない。映像的な記憶力を百パーセント活用しているともいえないが、それに引きずり回されて普通の生活が送れなくなることもない。だったらなにも心配することはない、ということか。人より速く走れるとか、歌が上手いというくらいの、ちょっと便利な能力とだけ考えていればいいのだろうか。

　読み物ではなく記憶研究に関する専門書の中で、映像記憶に関係する項目を探すと、特に衝撃的な事件などを鮮明に記憶し続けるという『フラッシュバルブメモリー』といったものについての解説はあった。だがそれは、客観的にはそのような特殊な記憶は存在しない、という結論になっていた。主観的にはどれほど鮮明に、焼き付けられたように感じる記憶も、実は時間の経過に従って変化している、決して客観的に正確なものとはいえない、というのが実験結果だと。

　比較的身近に起きた衝撃的事件、その本に実例として上げられていたのはライフル乱射事件のあった小学校の生徒のインタビューだったけれど、事実は家にいてテレビで事件を知った子で、事件直後はそれをちゃんと認識していたのに、一年後には現場を見ていたと断言したりする。ニュース報道で得た知識を、自分の見聞と混同してしまうのだ。決して嘘をつくようなつもりはなくて。

つまり記憶は「焼き付けられて」はいない。それは写真や情報カードに書き込まれた文字みたいに固定化されたものではなく、ある程度インデックスをつけて分類整理されてはいるけれど、思い出すたびに再構成されている。そして後から入った情報に引かれて容易に変化していくけれど、当人はそれを感知できないのだ、という。自分が過去に経験した情景を思い出してみると、自分の視点から見た映像が浮かぶのではなく、少し離れて客観的に自分を含めた場面が想起されたりする。それも記憶が再構成されていることを意味しているのだそうだ。

それを本で読んだとき、まだ高校生のときだったけれど、ぼくは釈然としなかった。ひとつにはぼくがなにか経験したことを思い出すときは、いつも自分の視点からで、そんな客観的な情景が浮かぶことはなかったからだ。いまでも印象に残った場面を思い出すときは、まず自分が目にしたものがそのままで真っ先に浮かんでくる。

ただ、いまは再構成された想起というのも理解できるようになった。あの陽だまりの記憶でも、横になっている自分の視点と同時に、京介とふたり布団の上にいる自分を上から眺め下ろすイメージが、ぼんやりとではあるが浮かんでくる。目を閉じているぼくを見守り、ぼくの眠りが静かなことを確かめてくれている京介。あの頃の自分にはわからなかったこと、自分がどれだけ京介に依存していたかということを、その記憶はぼくに教えてくれる。そのとき見たことだけでなく、後で知ったことまでもを総合して、より整理されたわかりやすい記憶を残そうとするのはたぶん脳の合理的な働きなのだ。

だけどその本を読んだときは、感情的な反発の方が大きかった。そしてひどく不安にも感じた。そんなふうに記憶が簡単に変えられるあやふやなものならば、ぼくたちはなにを信じて生きていけばいいのか。昨日の自分と今日の自分の連続性は、なにによって保証されるのだろう。

ぼくは例によって京介に疑問をぶつけ、京介はいつものように落ち着いた口調で答えた。

「過去が変えられるというのは、決して悪いことではない気がするけれど？」

「――そう？……」

「僕は小心者だから、ときどき自分のしてしまった愚行や馬鹿な発言を思い出して、夜中にぎゃあっと叫びたくなる。だからそういうときは深呼吸して、『あんなことは全然大したことじゃなかった。誰も気がつかなかった。なんの意味もなかった』と自分に言い聞かせるんだ」

京介が夜中にぎゃあっと叫ぶなんて、とっても想像できないなとは思ったけれど、

「実際はそうでないときも？」

「もちろん。『自分はくよくよするあまり、物事を大げさに考えすぎている。本当はそう、大したことじゃないんだ』ってね。そう信じられれば、自分にとって過去は変わったことになる」

「それ、効《き》く？」

ぼくは疑わしげな顔で聞き返し、京介は予想通りの答えを返した。

「効くときもあるよ」

「でも、なんか誤魔化《ごまか》しっぽい」

「そんなことはないさ。考えてみてご覧。大抵のことはやった当人にとっては唯一無二の重大事でも、そばにいた他人にとっては覚えてもいない些細《ささい》なことだったりするだろう。見方によって状況は変化する。自分を苦しめる固定観念的な過去から、自由になるのは正当なことだろう。

もちろん、それが自分にとっての主観的な過去だという認識は保持しないとまずいし、変えてはいけない場合はあるけれどね。彼女に振られた熊男が、勝手に自分の記憶をすり替えて『いや、実は振られていないんだ』と思いこんだりするのは。そういうのは病的な妄想だ。下手《へた》をすると犯罪の元になってしまう」

「――ぷっ」

「でも自分ひとりのくよくよなら、それで充分だ。あまり難しく考えすぎることはない。蒼もぎゃあっといいたくなったときには、試してみるといい」

　京介はときどきそうやって、どんなことも大した問題じゃない、という口振りをしてみせる。いつもの真面目くさった無表情のままで。どっちかっていうと本音はペシミストのくせに、ぼくの前ではそうやって「なんてことはない《ノー・プロブレム》」ってね。京介のそういうことばを聞くのは、ぼくも嫌いじゃないけれど、そのときは素直にはうなずけなかった。京介はぼくが口にしなかったことまで気づいていると、わかっていたから。

　ぼくは決して一般論をいっていたわけじゃない。記憶とアイデンティティとか、そんなことはどうでもいい。考えていたのは自分のことだけ。ぼくが背負っている過去のことだけ。

　記憶は暗示で変えられる。他人に直接関わりないことなら、そうやって自分の気持ちをなだめたり慰めたりするのは悪いことじゃない。だからぼくもそうしていいんだ、と京介はほのめかしていて、でもぼくはそれでいいんだろうか、よくないんじゃないかと思わずにはいられなかったのだ。

　ぼくが八歳のときにしたことは、一生引きずっていかなくちゃならない、忘れてもいけないことだ。神様がいるとしたら、きっとそういっただろう。忘れないこと、引きずり続けること、この先一生死ぬまで。そうして罰せられるためにこそ、ぼくはこんな記憶力を与えられたのじゃないだろうか。

　もちろん生きている関係者の人はみんな事実を承知しているし、いまなおそのことで誰かが悩んでいる、苦しんでいるということはないと思う。だからそれは京介のいうところの『主観的に変更してかまわない過去』ということになるのかも知れないけれど。

4

もちろんぼくはいつも、『そのこと』を意識しているわけじゃない。どちらかというと心のどこかに棚上げにして、忘れたも同然の状態で暮らしている。そうでなかったらとっても、普通の高校生や大学生はやれない。

でも、消えたわけじゃない。忘れたこともない。微かにではあっても途切れることなく、気にしながら生きてきた。体のどこかに刺さったまま抜こうにも抜けない、見えないけれどときどき痛む、小さなとげみたいに。そういう状態に、ぼくはある程度慣れていた。

なかったことにしたいという誘惑を、感じなかったといったら嘘になる。門野《もんの》さんからは改名することは可能だといってもらったし、神代先生は養子にならないかと申し出てくれた。

でも、結局ぼくはそのどちらも選ばなかった。運命が、といっていいのかどうかわからないが、ぼくに与えた「薬師寺香澄」という名前を、戸籍に記したまま、社会的には使って生きていくことを選択した。それは『そのこと』を忘れない、という選択でもあった。

でもたぶんぼくの感情は、本音は、心から理性の選択を承認したわけじゃなかったのだ。とっくに決めたはずのこと、「蒼」と「香澄」の分裂をいまさらのように感じたり、棚上げにしていたはずの『そのこと』が夢の中で生々しく浮上してきたり、そういうことが起き出したのがその証拠だ。

そうしてぼくは去年（九九年）の内から、自分で決めたハードルを乗り越えられないで、いまさらのようにジタバタしていた。それはどれだけ自分に言い聞かせてみても大したことじゃないとはいえない『そのこと』を、ぼくの友人に打ち明けることだった。

高校では両親のことやなんかでやむを得ずたくさん嘘をつき、それがすごく嫌だった。でも京介から「なにも知らせなくても友達は出来る。それでも信頼し合えるのが友達だ」といわれた。そのことばだけで救われたわけじゃないけど、その内自然と親しい友人が増えていって、やっぱり京介は正しかったらしいとぼくも納得したのだ。

でも、ぼくはやっぱりその先まで行きたい。誰にでもなんては無論いわない。ひとりでいい。そのひとりがぼくのしたことをみんな聞いてくれて、もちろん驚くだろうけどそれでも逃げ出したり顔を背《そむ》けたりせず、友達でいてくれたら。いつの頃からかそれがぼくの夢で、希望で、目標で、そして容易に越えられないハードルになった。

結城翳《ゆうきかげり》。彼と知り合って、高校でいろいろな経験をして、お互い違う大学に進んでからも友人でいられるとわかった頃から。

聞いてもらうなら彼だ。

そう決めた理由には、でもいくらかはせこい計算もないではなかった。翳はおしゃべりな人間じゃないし、やたらと友達の多いタイプでもない。高校のクラスメートの何人かくらいしか、共通の友人はいない。もしも彼が『そのこと』を聞いてぼくに愛想を尽かしても、その時点でぼくたちは離れることが出来る。嫌でも顔を合わせないとならない、というような事態は考えずに済むのだ。

だってどう考えても、聞いて楽しい話じゃない。むしろ嫌な、グロテスクな、滅入《めい》るしかない、返事に困るような話だ。翳だって困惑するしかなくて、だけどその場で逃げ出すわけにもいかなくて、後は気まずいだけで終わる可能性がある。

それでも仕方ないと、周到なつもりでそこまで考えて、でもぼくの視点からだけでは『そのこと』の事実関係をわかりやすく話すことは出来ないから、ぼくは物は試しという程度の気持ちで、ネットの検索をかけた。そしてかなり後悔した。

薬師寺家事件――と、それは世の中では呼ばれているらしい。殺人事件の時効は十五年。それが起きたのは一九八六年八月のことだから、二〇〇一年の八月で時効が完成する。とっくに忘れられた事件かも知れないという期待は、あっさり吹き飛んだ。あるいは時効が迫っているせいもあったかも知れないが、検索エンジンにヒットしたサイトの数はぼくの予想を大きく上回った。

『迷宮入り事件の謎』『真相解明』といったタイトルの下に書き込まれていた文章や、写真のたぐいは胸が悪くなるようなものばかりだった。残酷な猟奇事件に好奇心を燃やす人、ミステリではなく犯罪の実録物を好む人は、この世にずいぶんたくさんいるらしいのだ。そして未解決事件の場合は「犯人を眠らせてはいけない」「時効までまだ間に合う。真相を究明しろ」「少しでも心当たりのある人は目撃情報を」という正義の声が好奇心を正当化し、後押しする。

事件当座の新聞記事や週刊誌記事を拾い集め、さらに白金《しろかね》の家の前やいまは無い薬師寺病院の跡地まで行って写真を撮り、推理を展開するサイト主宰者たちはとても楽しそうだ。掲示板には同好の士が集まって、自分が摑んだ情報をほのめかし、あるいは大声で自慢し、ああでもないこうでもないとミステリの名探偵張りの推理合戦を繰り広げている。

もちろんぼくだって、理不尽としか思えない殺人事件の話を読めば、もう死んだ人は帰ってこないといっても、犯人が見つかればいくらかでも遺族の人たちの無念は晴らされるのだろう、と思う。親しい人をいきなり奪われた遺族には、十五年の時効はむしろ短すぎるだろう。

でもぼくが覗いたいくつかのサイトは、物見高い好奇心で動かされているようにしか読めなかった。事件の後、ぼくとかおる母さんが暮らしていた広尾《ひろお》のマンションの写真まで掲載されていて、それを見つけたときは吐きそうになった。

八六年から八九年まで、ぼくとかおる母さんの住まいだったマンションの五階。もちろんもうそこは誰も住んではいないはずだ。でも売られてもいないで、空き室になっているのだと思う。写真には、ぼくがあの頃ずっといたガラスの屋根と壁のあるサンルームまで写っていた。

もしもぼくが京介に救われていなかったら、ぼくはまだ石っころみたいなまま、あそこに隠れ棲んでいて、この人たちは好奇心満々で『薬師寺家事件の生き残りで被疑者、K（当時七歳）』の写真を撮るために、向かいのビルからマンションの窓へ望遠レンズを向けたりしていたのだろうか。

ぼくはいい。いざとなったらぼくは、犯人呼ばわりされたってかまわない。でも、かおる母さんをこんなやつらの目に晒すつもりはない。なにが起きたのか、絶対理解するつもりもないだろう物見高い見物人に、ぼくたちにとっての真実を教えてなんかやるものか。

殺された人のために悲しむ権利のある人たち、その人たちを生前愛していた人たちは、もうみんな真相を知っている。知って口をつぐんでくれている。だからその人たちにとっては、薬師寺家事件は終わっているのだ。ぼくの胸に、決して消えない罪の意識だけを残して。

ぼくは自分の意志で、あの白金の家で暮らした日のことを記憶から封印している。たぶん思い出すつもりなら思い出せるのだろう多くのこと、「丸呑み」したまま風化もせずに眠っているのかも知れないその日々の記憶、それがどういうふうに終わったか、それを思い出すまいとしている。

でも、わかる。

それは消えてはいない。

会うことは出来ないけれど、かおる母さんは生きている。門野貴邦《たかくに》さんがいまも、母さんを守ってくれている。ぼくはやはり翳に対しても、ぼくの過去の事件を話すべきではないのかも知れない。

かおる母さんを守るためには、真相を知っている人は少ないほどいいはずなのだから。門野さんに相談すれば、きっと一も二もなくそういうだろう。それに翳だってやっぱり、こんなの聞かされて嬉しい話のはずがない。彼に打ち明けたいと思うのは、ただぼくの身勝手だ。

いっそぼくは誰もいない荒野に行って、地面に穴を掘って、そこでいいたいだけのことを叫ぶべきなのかも知れない。『王様の耳はロバの耳』の床屋みたいに。ただ口に出したいだけなら、聞かされる被害者がいない分、その方がましじゃないか。そんなことも思った。

でも、よく考えてみたらそれは本末転倒だった。ぼくはなにも隠さないでいい友達が欲しいから過去のことを話したいので、地面の穴に打ち明け話をしてもしょうがないのだ。

馬鹿だな、ほんとにもう――）

そんなわけで念願のW大第一文学部に入学した去年、ぼくは揺れていた。大学生活は楽しくて、新しい勉強はどれも興味深くて、喫茶店でアルバイトをしたり、小学生の家庭教師をしたり、深春の紹介でW大のサークルから発展した劇団『空想演劇工房』の手伝いも始めて（裏方です、念のため）、毎日が新鮮で忙しく過ぎていったけれど、そんな賑《にぎ》やかな日々の裏側でぼくはひっそりと悩み続けていた。

たぶんそれには深春も京介も、気づかなかったろう。気づかれたくなかった。このことだけは、ふたりにも絶対に。だからなおのことぼくは、精一杯元気に振る舞っていた。

そのうち神代先生から「養子にならないか」という誘いを受けた。いつかそういう話が出るかも知れないということは、実は薄々予想はしていた。誰か覚えている者と出会ってしまうかも知れない名前、薬師寺という姓を捨てないかという提案は、もちろんなによりも先生のぼくに対するやさしさだ。

で、封印したまま棚上げしてい
た改めて意識せずにはいられな
悶《もん》を深春なんかは文字通り、
否か」の迷いだと思っていた
親子になるという選択肢は、少
とんど現実味がなかった。
完全な孤児だというならともかく、
かおる母さんは戸籍はどうであればぼくの母さんなんだから。それよりもずっと大きいのは、「ぼくは自分の過去から逃げずにこの先も生きていけるのか」という選択の問題だったのだ。

　結論からいうならぼくは、先生の申し出を有り難いけれど断った。それはあのヴェネツィアで出した結論で、そこでぼくが出会った悲しい女の人たちのことがいくらか関係しているかも知れない。そのとき感じたことをうんと単純にいってしまえば「過去に負けないことと過去に囚《とら》われることは違う」っていうくらいだろう。

　人が人を愛して、その人のためになろうとするのは素晴らしいことだけど、ときどきそれは憎しみよりも恐ろしい結果を生んだりする。ぼくはこれまでも繰り返し、そんな事件を見てきた。

　そして愛する人のためにとしか考えていないのに罪を犯してしまった女性に向かってえらそうに、「人間は幸せになるために生まれてきたんだ」なんていってしまったけれど、それはたぶん京介がそこにいたらいいそうなことばで、ぼくがいってもらいたいことばだった。

　努力するのだとしたら人の幸せを奪うのでも、自分の身を犠牲にするのでもなく、「みんなで幸せになろう」とすること。それは本当だといまでも思う。ぼくはぼくがいることで、ぼくのそばにいる人たちみんなが幸せになって欲しい。そのためにこそ、過去には負けない。でも、逃げない。

5

結局ぼくはいまのところまだ、翳にそれを打ち明けられないでいる。神代先生のところにあった薬師寺家事件のファイル、京介がぼくと出会う（正確には再会だけど）ことになった八九年に先生の手元に渡された門野さんからの記事のコピー、プラス渡部《わたべ》晶江《あきえ》というルポライターの作った調書を、強引に持ち出して読むことはした。恥ずかしいことにぼくはそれでまた落ち込み、一時ひどい不眠症になって先生たちを心配させることにもなった。

　渡部晶江という女性のことは、ろくに覚えていない。昔ぼくの前に何度も現れたはずなのだが、そのへんのことは記憶から抜け落ちている。ルポライターであると同時に関係者でもある彼女は、いまはずっとアメリカで暮らして、執筆の仕事ももっぱら向こうでしているらしい。アメリカの検索エンジンで調べるとAkie Watabeのサイトが見つかり、彼女がいまも社会的なテーマを追って盛んに活動しているらしいことがわかった。思い切ってメールを書いた。英語の文章をちゃんと理解できているか不安だったが、少なくともファイルにあった彼女の文章に、ぼくは迷宮事件サイトで出会ったような嫌な感じは覚えなかったからだ。

　でも、いまのところ返事はない。忙しいからかも知れないし、もしかしたら悪戯《いたずら》だと思われたかも知れない。といっても彼女は、薬師寺家事件に関する文章は一切発表してはいないようなのだが。

　それがヴェネツィア以降、今年の冬のあたりの状況だ。だけど幸いというべきだろう、この冬はぼくは、ひとりでうじうじ悩んでいるには忙しかった。大学生活やバイトや劇団の活動の方はもちろんのこと、春休みの三月、ぼくと翳はまたちょっとした事件に巻き込まれることになったのだ。

その事件のことは別にしても、ぼくにとって大きな前進だったのは翳に『そのこと』を話せる可能性が出てきたことだ。高校のクラスメートで、翳の幼なじみで、現在は法学部の学生の藤嶺生《ふじみねお》君が、たぶんそのことばを彼にもらしたのだろう。

『薬師寺家事件って、なんなんだ？——』

彼の口からそれを聞いたとき、ぼくは自分でも意外なほど落ち着いていた。むしろほっとした。翳はがちがちに緊張しているようだったから、かえって気の毒みたいだった。でもそのときは、どう話せばいいかぼくの方にも気持ちの準備がなくて、そこへ電話がかかってきたりして、結局話は途中で立ち消えになった。

翳は「薬師寺家事件」ということばを聞いているだけで、内容はなにも知らないようだった。それで助かったと思った。あの毒々しいサイトなんかが彼の目に触れないでいる内に、そして嫌な先入観を持たれない内に、ぼくはきっと打ち明けよう。

彼には迷惑かも知れない。それなら誠意をつくして謝ればいい。後が気まずくなるかも知れないが、それでも仕方がない。ぼくからは逃げないけど、彼が逃げても追わないで見送ろう。つまりぼくはそれくらいの親しさしか、彼との間には築くことができなかったということなんだから。だけどぼくはもう少し、期待していい気がした。子供の甘えじみているかも知れないが、翳ならぼくから逃げないでくれるのじゃないかと思ったのだ。

でもぐずぐずはしていられない。「薬師寺家事件」ということばが知られている以上、パソコンのキーをいくつか押すだけで、彼はぼくを落ち込ませたものをすべて見ることが出来るのだから。その前にぼくの口から、ぼくが知っている限りの真実を、聞いて欲しいのだ。人に向かってわかるように、理解してもらえるように、でも自己弁護には陥《おちい》らないように話すということは、ぼくにとっても有意味なことだろう。

ぼくは自問自答の罠《わな》から抜け出したい。ぼくの罪は罪として、忘れるのではなく記憶し続けるために、それをもう一度客観的に再構成したい。翳がぼくの話を聞いてくれるなら、きっとそれもできるだろうと。

本当ならぼくたちが巻き込まれた事件が決着してあんまり間を置かずに、翳にその話をしたかった。彼も待っている気がした。それがそうはいかなかったのは、同じ頃京介と深春も建築調査に行った那須で事件に出会ってしまい、京介が入院するほどの怪我を負ってしまったためだ。

戦前のサナトリウムみたいな落葉松《からまつ》林の中の病院は、ぼくがいても特にすることがあるわけでもないのだけれど、だからといって東京で落ち着いていることなんて出来ない。電話をもらって駆けつけてからそのまま、三月の最後の一週間を那須の病院で過ごした。幸い病室は充分すぎるほど広くて、ぼくが寝るためのベッドも置けたから。

京介は体中に打撲を負って、肋骨を何本も亀裂骨折して、手首にはひどい擦過傷、その上胸と顔に数え切れないほどの切り傷があるというはっきりいって悲惨な状態で、でも内臓とかに深刻なダメージがないのが不幸中の幸いだった。

なにが起きたか無論ぼくは知りたがったけど、そういうときの京介は手がつけられないほど頑固で、深春にも厳重に箝口令を敷いたらしく、それについては諦めるしかない。その代わり昔神代先生の家で暮らしたときのように、ベッドの京介を独り占めして過ごした。無論昔とは逆に、ぼくが京介の世話をする番だ。

昼はうつらうつらする京介のそばで本を読んだり寝顔を眺めたりして、目を覚ませば話し相手になって、なにか用事があれば頼まれたり。三度の食事は頼めば運んでくれるはずだけど、それもぼくが取りに行って、

「残さずに食べないと駄目だよッ」

なんていって、ちょっといい気持ち。肋骨が痛いから体を屈《かが》められない京介の入浴につきそって、髪をシャンプーもしてあげた。京介は喜ばない、というより嫌がったけどね。

門野さんが何度も来て、「乗馬でもしないか」とか「ドライブに行こう」とか誘ったけど、そういうのは申し訳ないとは思ったけど全部遠慮した。遊びに行くよりなにより、いまは京介のそばにいたかったから。

病室はペンキも塗り直されて清潔にはなっていたが、古い木造の二階建てで、二階の京介の病室の他には誰もいない。大きな窓からいっぱいに陽が差し込んで、昼間は暖房も要らないほど暖かい。本を読む京介の手元には陽が当たらないよう、カーテンの具合に気をつけて、ぼくもベッドサイドで本を広げる。でも堅い本を読んでいると、ついとろとろと眠くなる。あんまりあたりが静かで、流れている空気が穏やかで。

いつかぼくは京介の毛布の端に頭を落として、ふうわりと心地よいまどろみの中に落ちていく。どうしてうたた寝は、夜眠るより気持ちが良く思われるのだろう。こんなに明るいから、ぐっすり眠り込むことはないけれど。

少し消毒薬臭い毛布カバーの匂い。古びた木の床の匂い。陽射しの匂い。どこからか小鳥のさえずる声。頬のぬくもり。そばには京介。暖かい春の午後。これがぼくにとっての、新しい陽だまりの記憶となるのだろうか。

時が経てば良く似た記憶はお互いに溶け合い、区別するのが難しくなる。人間の脳はそんなふうに出来ている。ぼくと京介がゆっくり歳を取りながら、これからもずっとこうして近く暮らしていくとしたら、ふたりで過ごしたいくつもの午後と、ふたりで浴びた陽のぬくもりは、ひとかたまりの幸せの記憶として溶け合っていくのだろう。まるですべての午後がそうであったように。

(それでもいいな……)

ぼくは思った。

(でも、それなら約束だよ、京介。どこにも行ったらいけないよ。ずうっとぼくたちといてくれるんだよ)

(さもなかったら、ぼくは)

(ぼく、は——)

そのときぼくの中に、なんの不安もなかったといえば嘘になる。だがその理由をぼくは、京介を襲った事件のせいだとしか思わなかった。幸せな時間の底に流れる微かな不安の痛みは、ぼくにはなじみ深い感触だった。

人間というのはとても容易く傷つけられたり、血を流したり、死んだりする。京介もそういう意味では、ひとりの人間に他ならない。そのことに気づかされて、自分は動揺しているのだと。

でもそれは、間違いではなかったがすべてでもなかった。

微かな不安、このままではいられないかもしれないという予兆のようなものは、他ならぬぼくの中から生まれていた。『京介の蒼』であることだけに満ち足りることのできないぼくの心が、きしみを上げ始めていた。だからなおのことぼくは、京介にしがみついたのだった。

わかって欲しい

1

四月になってぼくは先に東京へ帰ってきた。京介もあと一週間程度で退院出来るというから、それまでは一緒にいると主張したのだが、当の京介に加えて東京から来た深春に、神代先生に門野さんまでが口を揃えてぼくにお説教するのだ。

「僕もすぐ帰るんだから」

「いまからサボってどうするんだ、こら」

「学生の本分は勉強だぞ、蒼」

「そうとも。こちらはもう心配ない」

うるさいったらない。

その上ちょっとぼくが席を外した隙に、京介が声をひそめてこういったのを聞いてしまった。

「蒼の様子が少し変ではありませんか」

「そうか？」

「いや、私は別段——」

神代先生と門野さんはそういったけれど、

「なんだか印象が子供っぽくなったよな」

深春があっさり同意したのに、頭をぶん殴られたような気がした。子供っぽい？ ぼくが？ そりゃあ生まれついての童顔で、歳より若く見られるのは毎度のことだったけど、学校でとは違って、背伸びしないで済む京介たちの前ではつい甘えてしまうこともあったかも知れないけど、でも京介がそんなことをいうなんて、深春からまでそんなふうに見られていたなんて、すごいショックだ。ぼくは文字通りフリーズしてしまった。

「無理もなかろうさ。桜井君が訳の分からない怪我をして、不安になったのだろう」

「そうだな。良かったじゃないか、京介。まだ御用済みになってなくて」

「要するに、無茶したおまえが悪いってェわけだ」

「結論はそれですか」

「俺が戻るまで勝手なことするなっていったのに、無視して暴走して死にかけたのはおまえが悪いんだろう？」

「結果的にはね。ただあのときは、そうするだけの理由があったんだ」

「まあ、別にいいのじゃないかね。蒼君が多少子供返りしたところで、この一週間は桜井君にも楽しい時間だったようだし」


みんなして勝手なことをいっている。それを聞いているうちにぼくはかなりカッカしてしまい、

（子供じゃないですよーっだ！）

あかんべするような気分で、ろくに挨拶もしないまま、とっとと東京に戻ってきた。


でもひとりになってよく考えてみれば、病院で京介を独り占めにしていた一週間は十一歳のときに逆戻りしたみたいに見えたかも知れないし、それを指摘されてへそを曲げるのもてんで子供っぽいには違いない。

改めて歳を数えてみたら、戸籍上でもぼくは今年二十二歳になるのだ。ストレートで大学に行っていれば、来春は卒業で普通なら就職。社会人だ。そこまで考えて、ぼくはいよいよ落ち込んだ。自分が見かけだけでなく、頭の中まで発育不全の精神遅滞児みたいな気がしてきた。

さもなければまるで二重人格だ。「薬師寺香澄」という社会的なペルソナは、少なくとも全然子供っぽくはない。意識してそうしたつもりもないけれど、高校や大学の友人たちの目に映るぼくは、むしろ同世代の他の子たちより落ち着いて、クールで、頼りになるように見えるらしい。人生相談みたいなことを持ちかけられるのもたびたびだ。

だけど「香澄」がそんな人間になる一方で、「蒼」は子供っぽいままぼくの中に居座っている。他人の中にいても、翳みたいにある程度リラックス出来る相手とだったりすると、「香澄」の間から「蒼」が顔を出すようだ。

感情を制御出来て、他人にもたれかからない冷静な「香澄」。

甘ったれで、自分を愛してくれる人がそばにいることを絶えず必要として、ひとつ間違えばパニックを起こす子供の「蒼」。

ぼくは自分が今日までちゃんと、人より遅いにしても成長してきたと信じていたけれど、実は「蒼」の上に「香澄」という覆いをかけて体裁《ていさい》を取り繕《つくろ》っていただけで、ぼくの本質は「蒼」のままで、なんにも変わってないんじゃないだろうか。

去年、神代先生の書斎にあったファイルを読んだ後、見てしまった悪夢がまた生々しく記憶によみがえってくる。

高校の教室にいて、気がつくと手が血にまみれて真っ赤だった。ハンカチで拭《ふ》こうとしても、どこからか血は湧くように溢れてきてしまう。

ぼくを遠巻きにしているクラスメートたち。そのことばは理解できないのに、ぼくを嘲笑《あざわら》っていることだけは感じられる。

そして突然ぼくは自分が、たったひとりガラス張りのドームの下に立っていることに気づく。そこは教室ではなかった。昔ぼくが棲んでいた、温室の中だった。そしてぼくは理解するのだ。いまが夢なのではない。ぼくはずっとひとりで、ここで夢を見ていたのだと。

自分が救われる夢。

ここから出ていってたくさんの人と出会い、愛し、愛され、幸せに暮らすという夢。

そうとも、夢に決まっているじゃないか。どうしてそんなことが許されるわけがある。このぼくに。

人殺しよりも悪いぼくに——

無論悪夢は悪夢でしかなかったけれど、そのときの恐ろしさと嫌な感じは、目覚めてからもずっとぼくの中に尾を引いて、忘れられなかった。ガラスの壁の外に出られたのは「香澄」で、「蒼」はまだあの中にいるのかも知れない。だからぼくはいつまでも、大人になれないのかも知れない。

　そうして何日か落ち込みまくって、でもどうにか気を取り直して立ち上がれたのは自分にしては進歩だろう。

　取り敢《あ》えずは大学に行って、神代先生に非礼を謝ろう。そうして少し身構えて研究棟のドアをノックしたら、そこにはどういうわけか傷薬の匂いをさせた京介と、こっちは相変わらずの深春までいて、先生がぼくを見て、

「いいとこに来たな、蒼。コーヒーいれてくれないか？」

「あ、はい」

「午前中に客が来て、手土産《てみやげ》のケーキがあるんだ。俺も次の講義までは間があるから、久しぶりに蒼のコーヒーでゆっくりしよう」

「お、うまそうなケーキっすねえ。ほほう、帝国ホテル製か。俺、この栗のやつね」

「こら、熊。ガキじゃあるまいし、箱ン中眺めてねえで蒼手伝えよ」

「へいへい。じゃあ、ここ片づけましょう。ほら、京介退《ど》いた退《ど》いた」

　ゆっくりと椅子から腰を上げる京介に、ぼくは聞かずにはいられない。

「あの、京介、傷はどう？　もう、肋骨とか痛くない？」

「うん、普通にしていれば平気だ」

　ぼくを見て、うなずいて、ちょっと笑った。白い頬に残る赤い傷跡が目に痛々しい。

「まだコルセットをはめているから、飛んだり跳ねたりは当分無理だろうけどね」

「そう。良かった」

「心配させたね。悪かった」

京介の声が耳にやさしい。でもなんて答えればいいかわからなくて、

「そんなの、ぼくは」

「なんだ、京介は。一週間も一緒にいて、まだ謝ってなかったのか？」

「だからいま謝った」

「じゃあ俺には？」

「謝ることなんかあったか」

「おまえはよー」

「あ、あのッ」

ぼくもごめんなさいといいかけたけど、うまくことばが出なくて、でも京介はぼくを見て微笑んでいる。深春の大きな手が伸びてきて髪をくしゃっとさせる。謝るつもりで来たのに先に謝られちゃった、と思ったら急に顔が熱くなって、目の中が痛くなってきて、

「お湯沸かして来まーす！」

やかんを持ってあわてて廊下に飛び出した。嬉しくて、でも同時にちょっと困ったような気持ちだった。

みんながぼくに普通に接してくれるのが、すごく嬉しいけど、やっぱり甘やかされているみたいな気もして。「蒼」が子供っぽいとしたら、それは「蒼」をいつまでも子供扱いする人たちにもいくらか責任はあるんじゃないの、なんて恨みがましい気持ちと、それが嬉しいのと半々で。

（本当にぼく、どうしたらいいんだろう。いくら考えてもわかんなくて、なんだか頭がぐるぐるしちゃうよ――）

まあそんな具合で、ぼくのW大学における二年目が始まったのだ。

2

実をいうとその日は、楽しいお茶の時間、だけでは終わらなかった。ぼくが沸いたやかんを片手に、カップをお盆に揃えて研究室に戻ると、深春はなにやら考え込んでいる顔、京介は怒っているようで、珍しいことに神代先生がバツの悪そうな表情で顎《あご》を掻いている。

　そしてぼくが、どうかしました？　と聞くより早く、

「蒼、まことにすまねえ。この通りだッ」

　頭を下げられてぼくはいよいよ面食《めんく》らった。

「軽率だった。おまえからの許可もなしに口を滑らしたのは、なんといっても俺が悪い」

「ほんとにどうしたんですか、先生。いきなり謝られてもちゃんと説明して下さらないと、ぼく、なんていえばいいのか」

「いや、それがなあ」

　先生は助けを求めるようにちらっと京介の方を見るが、京介はじろっと険悪な横目を返しただけだ。

何事かと思ったら、コーヒーをいれながら聞いた話というのは、神代先生が教育学部の大島《おおしま》さんという心理学の教授に、ぼくの直観像記憶についてうっかりしゃべってしまい、記憶の実験に協力してもらえないかと頼まれた、というだけのことだった。ぼくはホッとして、

「なあんだ。そんなことですか」

　と笑ってしまったけれど、京介は苦虫《にがむし》を嚙みつぶしたまま黙り込んでいて、代わりに深春が口を開いた。

「蒼、俺も昔バイトでやったけど、心理学の実験っていうのはたいていかなりの数の学生を集めてやるものなんだ。おまえの記憶力が特殊だとわかっていても、当然それ以外の人間といっしょに同じことをやらせて対比する、ということになるよな」

「うん。それは、そうかも知れないけど」

「たぶんそこにいるのは、Ｗ大の学生がほとんどだろう。そういう身近な人間に、おまえの特殊能力が知られちまうっていうのは気にならないか？　物珍しそうにされたり、場合によっては妙な無理難題を持ちかけられたりするかも知れないぞ」

「でも高校のときの友達でも、嶺生君や翳は知ってるし、他にも薄々感づいてる子がいたりしたけど、別になんにも起きなかったよ。珍しがられるくらいなら平気だよ。なにかいわれても、嫌なことは嫌だっていうだけだし」

「ふうん、そうか。まあ、それだけで済めばいいんだがな」

　深春がいい、京介は聞こえよがしに深いため息をつき、神代先生はなおさら情けない顔になる。

「その、つまりな、蒼。大島さんは知っているわけだ。八六年の事件を」

「話したんですね、そんなことまで」

　京介の冷ややかな一言に、

「そうじゃねえよッ。大島さんのかみさんはＧ女子大の児童心理の教授だもんで、彼女が薬師寺家事件のことは知ってたんだよ。子供が被《こうむ》った心的外傷の一例ってやつで」

「そしてあなたは、その薬師寺Ｋと彼が同一人物であることを教授に認めた、と」

「認めたっていうか、薬師寺なんて名前、そうありふれてるわけでもないだろう？」

「名前が同じだといっても、ただの偶然だととぼけていればよかったんです。それを驚いたり口ごもったりしたなら話したのと変わりません。軽率の極みだ、まったく」

　京介の口調ときたら、ぼくが先生を気の毒になるくらい容赦がない。

「断って下さったのでしょうね」

「いやそれは、一応蒼に話して確認してからと思ってな」

「話すまでもないでしょう。断るだけでなく間違っても大島教授の口からその事実が周囲に洩《も》れないように、厳重に釘を刺してもらいます」

「ああ、そりゃもちろん――」

「問題はその教授の人間性ですよね」

深春が顎を撫《な》でながら口を挟んだ。

「教育学部の大島っていえば、学生の評判は悪くないと思ったけど」

「神代さんが話しにくいなら、僕が断りに行きますよ」

「怖いこといわねえでくれよ、京介」

「発端はあなたの軽率です。穏やかに話に行くのが悪いんですか」

「テロリストみたいな顔して、なにが穏やかにだ」

「爆弾は持っていません」

「おまえの存在そのものが物騒なんだよ、この場合」

「お誉《ほ》めのことばと受け取っておきます」

「受け取るなッ」

「ちょっと待って！」

ぼくは声を張り上げていた。

「待ってよ、京介。神代先生も。どうしてぼくの意志を聞かないで話を進めちゃうの？」

三人の顔が同時にこっちを見た。三人とも表情はそれぞれだったけど、驚いているようだった。

「いや、蒼、しかしだなあ――」

「記憶のことならぼくも、ずっと本を読んだりしてきたよ。でも独学だとわからないことが多くて、前からどうにかしたかったんだ。その大島先生の実験に協力したら、いろいろ教えてもらえそうでぼくも助かるんじゃないかな。神代先生、その人ってどんな人ですか。気軽に学生の質問とか、受けてくれそう？」

「面倒見のいいやつではあるよ、うん」

「だったら、そんなに心配いらないんじゃないかと思うんだけどな」

京介は難しい顔で黙り込む。深春と先生は困惑した表情を見合わせている。この人たちったら、ほんとにぼくのことになると過保護の過干渉だ。

「別にその先生は、あの事件を調べるわけじゃないんでしょ？ ぼくの精神分析とか、するわけでもないんでしょ？ だったらぼくがあの薬師寺香澄だってことくらいは認めても、別に問題はないんじゃないかな」

本を退けた机の上にカップを並べ、ケーキの箱を開きながら、ぼくはごく平静にそういい、そういえた自分に満足した。ぼくの保護者たちの甘やかしっぷりを少し笑い、これは自分が大丈夫なことを三人に認めさせるいい機会だと思った。

もちろんぼくたちが共有している秘密、あの事件の真犯人の名前を、その人に教えるつもりはない。でも、事件そのものを自分と無関係だと言い張るのは難しいようだし、それなら認められることだけは認めてしまう方がぼくも楽だ。

「だけど蒼、おまえその大島教授から事件のこととか聞かれたら、なんて答えるつもりだ？ 記憶の問題と、まんざら無関係ともいえないだろ？」

「子供だったからなんにもわからない、思い出したくないことだから思い出さないようにしてますっていう。事件直後は調子が悪かったけど、神代先生たちのおかげで学校にも行けるようになって、いまはこの通り普通にやってますって。それ以上のことはノーコメント。常識のある大学教授なら、それでもしつこく聞きほじるようなことはしないんじゃないかな」

常識のないやつもいるからな、と深春。あわてて神代先生が、

「もちろんそういうことは当人に向かって聞くな、仄《ほの》めかしもするなと釘を刺しておくさ。少しでも嫌な思いをさせられるようなことがあったら、なにも我慢するこたあない。俺にいえ。こっちは協力してやる立場なんだからな」

「有り難うございます、先生。でも、なにかあったら自分でちゃんと断れると思います」

　京介はそれでもほとんど無言のまま、最後まで厳しい顔を崩さなかった。眉間《みけん》に縦皺を寄せたままコーヒーを飲み、黙々とケーキを食べているんだから、見ようによってはかなりおかしい。もちろんその場にいるぼくたちの誰もそんな京介を笑いはしなかったけど、やっぱり会話はいつもと較べて全然弾《はず》まなくて、神代先生は最後まで居心地が悪そうで気の毒だった。

　ぼくが講義に出るので立ち上がったとき、ようやく京介は口を開いた。

「──蒼は、それでいいんだね？」

　ぼくはうなずく。それから京介の口真似をして、答えた。

「だいじょうぶだよ、たぶん」

　振り向いてつけ加える。

「それにぼくは京介ほど意地っ張りじゃないから、だいじょうぶでなくなりそうだったら、すぐＳＯＳ出すから、安心して」

　その場限りの言い訳をしたつもりはない。ぼくはまだ思いもしなかった。京介たちに向かってＳＯＳを出したくとも出せなくなる、そんなときが来るなんてことは、まったく。

3

　教育学部の大島庄司《しょうじ》教授は五十代も後半という年齢のはずだけれど、長髪に口髭、丸眼鏡をかけて、袖口のすり切れた白衣の下は半袖のＴシャツにブルージーンズ、足は冬でも素足《すあし》につっかけサンダルという、七〇年代のヒッピー風大学生がそのまま老《ふ》けたみたいな、俗世間を軽く超越してる人で、薬師寺家事件のことには別に関心もないようだった。

　それでも、

「なんか不愉快に感じることとかあったら、遠慮なくいってね」

と最初にいわれたのが、ぼくに対する配慮の意味だったのだろう。そして記憶の実験はいろいろ面白かった。細かいことを説明すると長くなりすぎるのではぶくけれど、机を並べて同じ課題に取り組むのはほとんど教育学部の学生で、顔見知りはひとりもいなかった。それに結果が全員にアナウンスされるわけでもないので、深春がいったみたいにぼくの記憶力が注目や好奇心を集めることにもならない。実験の手伝いをしている助手や院生なら当然結果はある程度掴んでいるだろうけれど、その人たちも真面目に作業に取り組むだけで、別になにもいいはしなかった。

　この機会に記憶についての知識を増やしたいというぼくの希望は、充分すぎるほど叶えられた。大島先生は質問すればいつも気軽に、それでいて真摯《しんし》に相手になってくれる人だった。


「君はペンフィールドの実験のことは、読んでいるかな？」

「脳を電極で刺激したら、フラッシュバックみたいに生々しい記憶の映像がよみがえってきたっていう話ですね？」

「そうそう。その報告があまりにも目覚ましく劇的だったものだから、『想起できない長期記憶も、引き出しの鍵が紛失しただけで、失われたわけではない』というイメージが強固に形成された。それにフロイトの『無意識説』が結びついて、未だに一般常識の一端を担っているよね」

「ええ。ぼくも記憶ってものをイメージするとき、図書館のカード・ボックスを思い浮かべるのが一番ぴったり来るような気がして」

「うんうん。まさしくそのあざやかにイメージ出来るというところが、常識と化して覆されない所以《ゆえん》のひとつでもあるわけだ」

　先生はせかせかとうなずいて、

「しかしペンフィールドの実験は、だいぶ前からその信憑性《しんぴょうせい》が極めて疑わしいと考えられるようになっている。大脳新皮質の特定の部位を刺激すると、特定の記憶が想起されると彼は主張したが、追試するとその対応は変化していたし、患者の想起した情景なり感情なりが、空想したものか現実の記憶かを確認する作業はまったくなされていなかった」

「はい」

「現在の学説の主流は、記憶とは常に想起される時点で再構成される、というふうになってきている。しかし薬師寺君はそれに、釈然としないものを覚えるわけだね」

「ええ、まあ」

「それは無理もない。なぜなら君の持つ直観像記憶の能力では、通常のフラッシュバルブメモリーなどより遥かに正確で、変化しない映像記憶を保持できるように思われるからだ。そうだね？」

「はい。その通りです」

「実をいうといまのぼくは、君の疑問にストレートに答えるだけの知見を持っていない。これが普通の学生に対してなら、あっさり『記憶は再構成されるものだ』と断言してしまうが、君の持つ能力については学界的にも充分な研究がされていないんだ。だからそこに特殊なメカニズムがあると考えるべきか、あるいはこれまでの学説の範囲内で説明が可能なのか、いまはまだ答えられない」

　そう認める先生のことばに、ぼくはむしろ好感と信頼感を抱いた。大学教授にもいろんなタイプがいて、中には「知らない」「わからない」ということばは意地でもいわないらしい人もいたからだ。

　大島先生と話すのはいつも興味深かった。話題はほとんど先生の専門分野に限られていたけれど、ぼくが話すミステリの話なんかにも、なんだミステリか、なんて馬鹿にせずに耳を傾けてくれる。文学部では未だに、エンターテインメント小説をはなから馬鹿にするような教授もいるのだ。

「君はアメリカで九〇年代に爆発的に流行し、その後また急速に終息した『記憶回復療法』のことは、知っている？」

「はい、少しですけど。ちょっと前に読んだ推理小説の中にそれが取り上げられていたんで」

「ほうっ。それは翻訳物？」

「いいえ、日本人作家です。テレビの二時間ドラマになったりはめったにしないけど、わりと有名な人ですよ」

「ぼくは国産の小説は全然読まないからなあ。そのタイトル教えておいて」

「今度お貸ししましょうか？」

「そりゃ有り難い」

　普通は週に二度研究室に顔を出して、実験が終わった後も残って一時間くらい話した。チェーンスモーカーで彼の周囲が常に白く霞《かす》んでいること以外、気に入らないことはなかった。


　ぼくの中にはいつか、『この人なら打ち明けても平気かも知れない』という思いが生まれてきていた。打ち明けて、そうすればぼくの直観像記憶と事実を照合する研究も可能じゃないか。ぼくの直観像が風化するか、再構成されるか、本当に「丸呑み」したまま保持されているのか調べられる。逆にそうでないと本当の研究は出来ないだろう。

　でも、後になって考えてみればわかる。

　それもまたぼくの中に生まれていた、きしみへと繋がる予兆のひとつだったのだと。

　シンクロニシティ。共時性。

　意味のある（かのような）偶然。

　いや、偶然なんかじゃない。ぼくは自分で意識しないまま変化を望み、これまで生きていた中で一番心の守りを緩《ゆる》めていた。そして変化は、ぼくが予想もしないところからやってきた。名前も知らない大きな鳥が突然舞い降りてきて、頭に鋭い爪を突き立てるみたいに。

それもたぶんぼく自身が、心の隅で望んでいたことだったのだろう。自分が変わるためのきっかけとして。もちろんこれほど痛い思いをさせられることが、わかっていたわけでは毛頭ないけれど。

4

四月の三週間が過ぎ、ゴールデンウィークが近づいていた。大学もいくらか休みめいた空気が流れて、休講が多い。今日もまだ二時前だったけれど午後の講義は休講になっていて、今週は大島先生の実験も休みだった。

京介は怪我の後だったから、休みに遠出をする予定はなにもなかったけれど、気候はいいし、新緑はきれいだし、やっぱりお休みというのは特別だ。今年はお花見もしはぐってしまったので、みんなの休みがそろう日に、新宿御苑あたりでもいいからピクニックに行こうという話になっていた。

前の晩から谷中《やなか》のマンションで準備をしよう。いつもお花見は和食のお弁当だから、今回はサンドイッチにサラダに自家製のテリーヌなんかも焼いて、洋風にしようか。せいぜい豪華に、でも傷に良くないからアルコールは控え目で。

(そうだ。暇かどうかはわからないけど、翳にも声をかけてみようかな。そうすれば京介たちにも、自然に紹介出来るし……)

翳は「お料理上手の深春さん」を、てっきり楚々《そそ》とした美女だと思いこんでいる。誤解は解いてあげないとも思うんだけど、いざ説明するとなるとこれがなかなか難しい。百聞は一見に如《し》かずだから、引き合わせてしまえばいいんだ。想像と現実の落差が大きすぎて、もしかしたら翳にはガーン、大ショック、ということになるかも知れないけどね。きっといまぼくはチェシャ猫みたいなにやにや笑いを浮かべているんだろうな、と思いながら、いつもより人の少ないキャンパスを歩く。

良く晴れた早い午後で、顔に当たる乾いた風がさわやかだ。部屋に帰るのは早いけれど、誰とも約束はない。翳に電話して休みの予定を聞いて、彼が暇なら会って夕飯がてら飲んでもいいし、彼が忙しいならちょっと久しぶりにグラン・パのところへ顔を出してもいい。そろそろ次の公演の計画もスタートしているだろう。

そんなことを考えながら足取りも軽く歩いていたぼくの横から、

「——あの、薬師寺君?」

いきなり名前を呼ばれて、ぼくはびくっとなってしまった。高校二年からいままで、いい加減この名前にも慣れたはずなのに、ふいを打たれるとまだ変にどきっとする。足を止めて右に振り向くとそこにお人形みたいな女の子が立っていた。

薄いピンクのワンピースは膝下よりまだ長く、ふわっと膨《ふく》らんでいて、あちこちに白いフリルやリボンが飾られて、すごく凝《こ》ったデザインなのだ。

髪も薄い茶色に脱色されたロングヘアで、それが細かく縮れて腰まで波打ちながら垂れて、あちこちに小さな白いリボンが結ばれている。

身長はそんなに低くはなくて、というか、ヒールの高さを加えればぼくより数センチ低いだけだから、百六十五センチくらいはあるだろう。つまり女の子としては結構上背がある。

でも顔立ちは丸顔につぶらな目、きれいにカールしたまつげ、ぷっくりした唇でやっぱりお人形みたいだ。それがなんとなく、アンバランスな感じを醸《かも》し出《だ》していたとはいえるかも知れない。

深春にいわせると最近はW大の女子学生もずいぶんおしゃれになってきたそうだけど、K大とか、あちこちの女子大と較べると明らかに地味だそうだし、ジーンズやパンツスタイルが圧倒的に多い。だからぼくを呼び止めた彼女は、まったく異色な格好をしていたわけだ。でもそのおかげで、相手が誰かということはすぐにわかった。

大島先生の研究室で見かけたことのある教育学部の二年生だ。いつもふんわりした長いスカートに、くるくると波打つ長い髪、靴下やバッグはリボンにフリル。色は必ずきれいなパステルカラーで、フェミニンな、というよりは可愛らしいファッション。他の学生から浮いている感じなのは、必ずしもその服装のせいだけではないようだったけれど。

だけど今日はまた一段と派手だ。

「ええっと、小城《こしろ》さん、だっけ？」

ぼくがそういうと、彼女はパッと目を輝かせた。嬉しそうに両手を胸の前で握りしめた。

「ああ良かった！　あたしのこと覚えてくれていたのね。きっとそうだろうと思ったけど、やっぱり心配だったの！」

いくら記憶の「丸呑み」が出来るといっても、人の顔は遠慮する気持ちの方が強い。じろじろ見るのは失礼だし、特別な理由がなければ、記憶しないようにという意識が働くらしい。

だからこの場合正確には彼女を覚えていたというより、彼女の服装が印象に残っていた、ということなのだが、そう手放しで喜ばれると「違います」ともいいにくい。でも、やっぱりっていうのは、どういうことなのかな？……

「あのお、薬師寺君、今日これから時間がある？　もう講義は終わりでしょう？　大島研究室の実験も今週はないのよね？」

「そうだけど」

「あの、あたし、聞いて欲しいことがあるの。あなたならきっとわかってくれると思うの。お願いですから三十分だけ、時間をいただけない？　ねえ、どうか」

小城さんはいつの間にか、ぼくの真正面に立っていた。それも息がかかるくらい近くに。キャンパスの真ん中の大学創立者の銅像の下で、こんな派手なファッションの女の子と向かい合っていたら、それはもう目立つだろうな、と思う。

ぼくの学部である文学部は、いまいる本部キャンパスとは二百メートルばかり離れている。だけどこちらに全然顔見知りがいないわけでもなく、例えば『空想演劇工房』の学生メンバーの半数は本部の人だ。変な誤解をされたら嫌だな、という思いが胸をかすめた。遠慮無しの悪ふざけやからかいは別になんてことはないけれど、時には閉口させられる。特に女性がらみ恋愛がらみの冗談は、あんまりいわれたくなかった。

「じゃあ、どこか喫茶店でも行く？　このへんでいいのかな？」

「ええ、もちろん！」

彼女は両手を胸の前で握りしめたポーズのまま、大きく顔をうなずかせる。その仕草は「感激してます」という気持ちの表現なのだろうけれど、例えば演出家グラン・パなら「バカヤロー、なんだそのクサイ芝居は！」とわめくだろう。つまりわざとらしすぎる感じだった。

正門に向かって並んで歩き出しながら、

「でも、なんの話？　人生相談？」

冗談めかして探りを入れてみた。劇団でつけられた綽名《あだな》のひとつが『私設人生相談室』で、いっそ高田馬場駅前に易者のテーブルを出したらいいバイトになるぞ、といわれたくらいだから。

それまで意識したこともなかったけれど、自分なりに分析してみると、「香澄」は人生の当事者っぽくない、傍観者めいているらしい。みんなと一緒に夢中になったり、わあっと盛り上がったりするよりも、それを一歩退《ひ》いて眺めているような。誰とも利害を共有していないから、その分公平で冷静な物の見方が出来るに違いないと期待される。そこまで考えてみて、あれっと思った。

（それってなんか、京介みたいじゃないか？……）

つまりぼくは「大人」のモデルとして無意識に京介を選んでしまい、その結果京介と似てきているのかも知れない。

いや、別に京介と似ていることはかまわない。でもちょっと気になるのは、「蒼」はたぶんそうじゃないということなんだ。

やっぱりぼくは二重人格なんだろうか。言い換えれば京介から借りたペルソナで、未熟な自分自身を覆い隠しているだけなんだろうか。そういうのって本当の大人じゃないよね……

「人生相談？　そうね。うん。そうかも」

小城さんは身をよじってくすくす笑う。ぼく自身の人格的問題はちょっと横に置いておくとして、人生相談に多少の経験を持つ身としては、彼女のそんな様子は少し変わっていた。

人生相談というのはもちろん冗談半分の表現で、ほとんどの場合誰も率直にそういっては来ない。「お礼におごるから」とか「暇だったらつきあってよ」とかいわれて、しばらく食べたり飲んだりしている内に、ああこれが話したかったのか、ということがやっと出てくる。そしてぼくは別になにもしない。うんうん、と話を聞いてあげるだけだ。どうやら人間というのは、なにが悩み事かはっきりしない状態が一番苦しいものらしい。けれど他人にそれを吐き出そうとすれば、もやもやをことばにしてわかるように説明しなくてはならない。

だから筋道を立てて説明することが出来れば、解決法はほとんど見えているようなものだ。「彼の気持ちがわからない」と愚痴をいっていた女の子は、実は「彼の気持ちが自分から離れていることを認められない」だけだったので、しゃべっている内に事実に気づいてしまった。「どうしても親父とうまくいかなくてさ」という先輩は、いつからうまくいかなくなったかを思い出していく内に原因に思い当たり、「思い切って疑問をぶつけてみる」「親父の答えを聞くことから、俺自身逃げてたんだよな」とひとりで納得していた。

つまりぼくはただの聞き役なんだけど、

「あなたのおかげでさっぱり諦めがついたわ」
「ぐるぐるしていたのが冷静になれたよ」
と、感謝してくれる。自問自答していればわかりそうなことが、やっぱりわからないのが人間ってものらしい。だからみんな最初は暗くて、胸の重いものを持て余しているのが、最後にはさっぱりした顔になって帰っていく。

それと較べると、小城さんの表情はあまりにも明るすぎた。ぼくの横を歩きながらいまにもスキップしたり鼻歌を歌い出したりしそうな様子は、ちょっと違和感があった。好きな相手とデートするときみたいな、そんな感じ。でも彼女がぼくに恋して、というわけではないと思う。なぜかはわからないけど、そのへんだけは確信があった。

ふたつのキャンパスの間、地下鉄東西線駅の降り口からも近い『ジャルダン』という喫茶店に、ぼくと小城さんは入った。近くには高校もあるけれど、お客は圧倒的にW大生だ。

相談や愚痴なら顔見知りのいそうな店は嫌かなと思ったけど、彼女は全然気にしていないようだ。他人の目にどう映ろうとかまわない、というほどのハイテンション。そしてその他人の中には、向かい合って座っているぼくも含まれている。目はこっちを向いていても。そんな気がした。彼女がぼくに恋しているわけじゃないと感じたのは、たぶんそのせいだ。

（なんとなく、苦手なタイプかも――）

偏見を持つのはいけないと決まっているけど、ぼくはすでに少し後悔していた。用事があるからといって、帰ってしまうべきだったろうか。でも大島研究室でまた顔を合わせる可能性のある相手に、嫌な印象を持たれるのも気が進まない。

この店は初めてだったらしく、珍しそうにあたりを見回していた小城さんは、オーダーが来てウェイトレスが離れるとぱっとぼくの方に向いた。大きなつぶらな目を見開いて顔を真正面から寄せると、

「あのね、薬師寺君。あなたならきっとわかってくれると思うの。わかって欲しいの。他の人はちっとも、あたしの話を真面目に聞いてくれないのよ。心理学の先生だからと思って大島先生にも聞いてもらおうとしたんだけど、全然駄目なの。取り合ってくれないっていうか、誤解されるっていうか。あんなに冷たい人だとは思わなかったわ。だからあたしすごくがっかりしちゃって、研究室で手首切って自殺しかけたくらい」

声は低かったけれどすごい早口で、「堰《せき》を切ったように話す」という表現はまさしくこんな場合に使うのだろう。それにしても研究室で自殺なんて、ことばだけでも穏やかじゃない。そんな思いがぼくの表情にも出たのだろう。彼女はふふっと笑ってみせると、左腕をすっと前に差し出した。手首の内側を上にして、ブレスレット代わりのように巻いていた綿レエスのリボンをずらしてみせた。

「ね？　嘘じゃないでしょ？」

確かにそこにあったのは、手首を横切る薄赤い切り傷の痕だ。でも、逆にそれを見てぼくは少し安心していた。だってそれはどう見ても、カッターで撫でたくらいのごく浅い傷跡だったのだ。つい最近、京介の顔や体につけられた刃物の傷を近くで見ているから、それとの違いははっきりわかる。思い出したいことでもないけれど、目に鮮明に焼きついている。まさかそうはいえないから、わかった、というつもりでうなずいたけど、

「一昨年の秋のことだもの、もうだいたい治ってるでしょ？　ほんとに死ぬ気だったのよ、あたし。床がそこら中血だらけになって、ほんとに大変だったのよ。なのにひどいのよ。研究室の助手の人たちとか、狂言だなんて決めつけるんだもの。そうして大島先生もいっしょになって、事件をなかったことにしてしまったの。でも、二年前から研究室にいた人ならみんな知ってる。あんな人たちにあたしの気持ちなんかわからないわよ！」

腹立たしげにまくし立てられて、ぼくはいよいよ返事に窮してしまう。大島研究室というのは神代先生の研究室よりはずっと広くて、教授の机や本棚の他に助手の机もいくつか。大きな作業机では、それを囲んでゼミをすることもある。だから鍵が開いている限り無人ということはなくて、本気で自殺しようと思ったら選ぶ場所とは思えない。しかしそんなことを指摘したところで、彼女が納得するとも思えなかった。

「あたしね、ママに囚人みたいに支配されて育った娘だった。ママはあたしのなにもかもを、思う通りにしないと気が済まなかった。でも小さいときは、それが当たり前だとしか思えなかったわ。そしてそれが愛情だと信じて疑わなかったわ」

今度は突然身の上話が始まった。ぼくは半ば諦め気味に、話したいだけ話させてあげようと思った。それから休み明けに、大島先生に彼女のことを聞いてみよう。

「あたしはママの人形だったの。ママはすごい美人で、小柄で、手足も華奢《きゃしゃ》で、ふたりで歩くと姉妹だと思われたくらい若々しかった。パパとはあたしが小さいときに離婚してたから、ママはいつもあたしに向かって『ママにはあなただけよ』って繰り返したわ。そうしてあたしの髪型も、服も、アクセサリも全部ママの好みで選んでもらって、どこへ出かけていくのも一緒だったわ。

学校に行くようになっても、どんな本を読むか、どんな友達を作るか、みんなママが決めたわ。そしてママはいうの。『私の可愛いリカちゃん、きれいなきれいなお人形さん』って。『あなたはママのもの。ママだけのもの。どこにも行かないで、ずっとママとふたりだけで暮らしましょうね』って」

彼女はぼくに相槌《あいづち》を求めるようにことばを途切れさせ、こちらをじっと見つめた。でも、ぼくはなんといえばいいのかわからなかった。なんだか妙に嫌な気分がした。胸の奥がむかつくみたいな。

「ママほど純粋な愛情をあたしに注いでくれた人はいない、とあたしは思っていた。でもときどきママは怖かった。あたしのすることが気に入らないと、ママは別人みたいに怖い顔であたしを怒鳴りつけたり、ぶったりするの。『ほんとに悪い子ね。そんな子はママの子ではありません』っていわれて、真っ暗なクローゼットに閉じこめられるの。

とっても怖かったわ。でもそれは闇が怖かったからじゃないわ。あたしが駄目な子供だから、ママを失望させてしまったから、ママが愛してくれなくなると思ったから、それが怖かったの。

あたしはクローゼットの中で大声で泣いて、泣いて、一生懸命ママに謝ったわ。でもママは絶対に、一晩中あたしを出してくれなかった。それでも恨んだことなんかない。だってママはあたしのすべてだったんだもの。なにをしてママを怒らせたかは思い出せない。でもあのときの絶望感みたいなものは、忘れられないわ――」

「ちょっとごめん。トイレ」

小城さんのことばを不作法にさえぎって、ぼくは席を立った。奥の化粧室のドアを開けて中にすべりこんで、流しの上にかがみこんで少し吐いた。頭を上げると鏡の中に、ひどく青い自分の顔が映っている。なぜ彼女の話を聞いて気分が悪くなったのか、自問するまでもない。彼女の話と自分自身の昔のことが、嫌でも重なってしまったからだ。

忘れていたわけではない。『記憶回復療法』を受けて架空の虐待を思い出した人のように、昔の記憶を完全に抑圧していたわけではない。ただ、それを考えないようにした。だから細かいことは意識から消えていた。大学に合格した後で一度だけ、深春に一緒に来てもらって白金の家を訪ねて、自分がどれくらい平気か試して、もう大丈夫だと思ったけど、あのときは自分で覚悟を決めて行ったことだったから、そんなに動揺もしないで済んだのだ。でも、いまは。

『愛しているわ、香澄。あたしの香澄』
『あたしにはおまえだけよ。どこにも行かないで』
『どうしていうことを聞かないの。悪い子……』

　みちる母さんの声が聞こえる。それに重なって、子供の泣き声が。暗いよ、怖いよ、出して、おかあさま、ぼくいい子になるから——

　それが正確な過去の再現なのか、いま再構成された記憶なのか、ぼくにはわからない。でも思い出してしまった情景は、そのときに感じたと思われる寒さや、怖さや、心の痛みは、いまも身震いするくらい生々しい。

　丸四年間と少し、みちる母さんは文字通りぼくを支配した。ぼくを彼女の従順な人形にしようとした。そして同時に抱き枕のようにぼくにしがみついた。理性的に考えれば、可哀想な人だったと思える。あれは支配というより依存だった。ぼくは杖だった。彼女はそうしなくては、自分を支えることもできなかったのだ。

　でも、いまぼくがみちる母さんを心から可哀想に思えるといったら、それは嘘になる。いつかはきっと心底そう思えるようになると信じたいけど、いまはまだ無理だ。それどころか不意打ちに昔のことを思い出させられただけで、気分が悪くなる始末だ。まったく情けない。こんなところ、京介たちには絶対に見せられないな。

　二十分近くもトイレでぐずぐずして、もしかして小城さんが痺《しび》れを切らして帰ってくれないかな、と姑息《こそく》なことまで考えたのだけれど、残念ながらそうはいかなかった。テーブルの上がなんだかさびしいような気がしたけど、ろくに手をつけていないふたり分のコーヒーは、置かれた場所でそのまま冷えきっている。

「お待たせ」

　彼女は気を悪くしたふうもなく顔を上げてこちらを見てうなずいたけれど、ぼくが腰を下ろすなりまたすぐに自分のことを話し出す。

「あたしね、ママが好きだった。支配されていたとかは後になって思うことで、そのときはママだけがあたしの全部だったから。きっとあのままならあたしは、いつまでもママとふたりきりで暮らしていたでしょう。でも——」

いきなり声がぷつんと切れる。思わず小城さんの顔を見ると、その表情が一変していた。口元に皺が寄り、目がなにもない宙を睨《にら》み付けている。そのゆがんだ口から声が聞こえた。老婆のようにしわがれかすれた声が。

「でも、ママは、あたしを裏切った」

強張《こわば》った顔から、目が動いてぼくを見る。聞き返せ、とうながすように。それでもぼくは黙っていた。彼女の事情など聞きたくなかった。そうして口をつぐんだまま、彼女の話が少しでも早く終わってくれることだけを、胸の中で祈っていた。

やがて痺れを切らしたように、彼女はふたたび話し出す。

「ママはね、再婚したの。あたしだけだといっていたのに、急にいうことを変えて、『あなたもママも独立しなくちゃね』なんていって。ママ無しではいられないようにあたしを育てておいて、いまさらそんなことをいうのは裏切りだわ。

それも再婚する相手は嫌らしい俗物の男よ。どうしてあんな男と結婚するのか、あたしにはちっとも理解できない。いくらお金持ちだからって。あたしは我慢出来なかった。ママの裏切りにも、あの男にも。だから」

小城さんはことばを切って、ひとつ短く息をついた。

「だからあたし、ママを殺したの。ママと、ママを盗った男が乗っている車のブレーキを壊して、ふたりは死んだの。火だるまになって」

嘘だろ？　といったつもりだったけど、ぼくの声は口から出てはいなかった。その代わりに、小城さんがにっこり笑って続けていた。

「あたし絶対に後悔しない。あたしがしたことは悪いことじゃないもの。子供は親を選べないけど、その代わり親の間違いを正す権利はあるのよ。子供を裏切った親は、子供に処刑されなくちゃいけないのよ。

ねえ、薬師寺君。あなたならあたしの気持ち、わかってくれるわよね。あたし知ってるのよ。あなたもあたしと同じように、ママを殺したんでしょ？　ママとパパを。そして自分の手で、ズタズタに切り裂いたんでしょ？

その気持ち、あたしならわかるわ。あたしもほんとならそうしたかったもの。あたしが苦しめられて心から血を流したのと同じ分だけ、自分の手でママを苦しめてあげたかったもの。それだけはあたしの後悔なの。

あなたも同じ気持ちだったのよね。あなたを苦しめたママのこと、殺さずにいられないくらい憎かったのよねえ？」

5

ぼくは結局そのことを、京介たちには話さなかった。話せばこの前の場面の繰り返しで、京介は無言のまま怒りまくり、神代先生は大あわてで、下手したら三人そろって血相変えて大島研究室に飛んできて——なんてことになりかねない。心配してもらうのは有り難いけど、それは絶対にパスだ。

その代わりにぼくは全部の葛藤《かっとう》を胸の中に押し込めてゴールデンウィークを過ごし、三人にはうまいこと気づかせずに済んだはずだ。そして休み明けにアポイントメントを取って研究室を訪ね、大島先生に小城さんのことを話した。

取り敢えずは自分のことは全部棚に上げて、彼女から「母親を殺した」という打ち明け話を聞かされたのだけど、ぼくは今後彼女にどういう態度を取るべきだろうか、というふうに。

先生はいつものようにぼくが一通り話し終えるまでは口を挟まず、あまり表情も変えないまま耳を傾けていた。話し出せば早口な先生だが、顔つきはいつも淡々としていて、考えていることをそこから読み取るのは難しい。話が一段落すると、唇にくわえた煙草《たばこ》を火を点けないままぶらぶらさせながら、

「まず最初に、事実関係だけをはっきりさせておこう。ただしこれからの話は他言無用だよ」

「はい。それはもちろん」

「小城里《り》花《か》の両親は、彼女が小学校に上がる前に離婚した。その後高校を出て三浪する間まで母ひとり娘ひとりで暮らしていたが、彼女が大学に入った年に再婚した。しかし、彼らは死んではいない。いまも阿佐ケ谷の家で三人で生活しているよ」

ぼくはぽかんとなって、それからがっくり肩を落としたくなるくらい安堵《あんど》した。なあんだ。じゃあ、あれは担《かつ》がれただけだったのか。いや、もちろんそれとぼくの問題とは別の話だけど。

しかしそれに続いた話は、決してほっと出来るものではなかった。

「ただ母親と彼女の関係も、養父との関係も、親密なものとはいえない。特に養父に対しては、ひとつ食卓を囲んでいてもそこにいないような、一切無視する態度を取るらしい。幼児がすねているときと似た、といっても二十四歳の女性としては、あまり平均的なものとはいえないね」

二歳も年上だとは思わなかった。

「なぜぼくがそんなことまで知っているかというと、彼女が一年生のとき、ぼくも同じような相談を持ちかけられたからなんだ。いや、相談というより告白とでもいうべきかな。細かいことは省くけど、つまり彼女がぼくに求めたのは、『自分をわかって欲しい』ということだけだったから」

「ええ。ぼくも、そういわれました」

あなたならわかってくれる、わかって欲しい。幾度となく繰り返された。

「長いこと教員をやっていると、たまにはこちらを対象に恋愛の幻想に耽《ふけ》るような学生とも出会う。最近は特に学生の精神年齢が低下しているから、普通なら中学生くらいで卒業しそうな心理を大学生まで引きずってくるケースもあるようだ。中には幻想と現実を混同してしまう人間もいる。殺したという親御さんが健在だとわかった後も彼女がぼくにつきまとい続けるので、一度母親とは会って、以前は母子密着した時期を過ごしたが、それはまずいと反省したのだというようなことばを聞いた。

　正直なところぼくは、学者であって臨床家じゃあない。それも精神病理は専門外だ。一方的に分離を強制された小城君が母親を憎み、殺したと信じ込んでいるのか、あるいはぼくの気を惹《ひ》くためにそんな虚偽を口にしたのかはわからないが、カウンセラーに相談するなりすべきではないかとは母親に告げたよ。心の病気であるなら、放置しておけば確実に悪化するからね。

　ところが、その後彼女はこの研究室で自殺を図った。手首を切って。ぼくは席を外していたが助手は室内に数人いたのに、つかつかと入ってくるなりポシェットから大ぶりのカッターを取り出して、ためらいも見せずに自分の左手首を切りつけたそうだ。それから止めようとする手を避けて、部屋中を逃げ回った。ぼくが駆けつけられたのはようやくその頃でね、傷は浅かったがあたり一面血が飛び散って、ずいぶんな修羅場《しゅらば》だったよ」

　先生は目で、ぼくたちしかいない研究室の中を指し示すようにしたけれど、ぼくは膝の上で握った手に視線を落としていた。そんな凄惨《せいさん》な場面を、想像すらしたくなかった。胸が痛い。まるで、ぼく自身の体が血を流しているようだ。

「決してぼくの保身のためではなく、小城君のためにぼくはその場にいた助手たちに協力を要請した。だから神代さんは知らないと思う。無論学部長には即日報告して、訓戒を受けたけれどね。

小城君は一年半大学を休学して、去年からまた大学に来ている。ぼくの講義も取っているし、ゼミがあるから研究室にも来るが、ぼくにはもう個人的な話はしない。彼女もぼくを無視している。だからその問題については完全に落ち着いたと思っていたんだが、君にそんな形で迷惑をかけることになるとはまったく予想しなかったんだ」

なんと答えればいいのかわからない。人がいる部屋でのリストカット。現象的に見れば狂言自殺としかいえないが、彼女が本気で死にたいと思ったのも真実じゃないか。そんな気がした。

支配的な母親を愛しながら、その支配から逃れたいと思うのは当然だ。子供の親離れを『親殺し』ということばで表現することもある。だけど問題は、親から離れようとする子供に罪の意識が生まれてしまうことだ。普通なら自然な成長の結果として訪れる別離が、否定的に『裏切り』として意識されてしまう。

小城さんの母親も、自分たちの母娘関係を変えなくてはと思ったのに違いないが、母親から強制された別離は娘の憎しみを生み、殺意となり、殺したという幻想になり、さらに自己処罰の欲求を生む。殺せないのに殺したと信じ、死ねないのに死にたいと叫ぶ。行き所のない気持ちの牢獄。その苦しみを彼女はぼくに訴えようとし、その目はすがりつくようにぼくを見つめ、

『わかって欲しいの』

という繰り返しのことばは、押し殺された悲鳴に似てはいなかったろうか。

（でも、ぼくは――）

（彼女になにをしてあげられる？……）

「薬師寺君」

大島先生の声に、ぼくははっとして顔を上げる。ほんの一瞬、いま誰と、どこにいるのかを忘れていた。

「薬師寺君、抱え込んでは駄目だよ」

「え——」

「人が人のためにしてあげられることは、それほど多くはない。人は人に癒《い》やしてもらうのじゃない。たとえどれだけ手助けはしてもらっても、最終的には自分自身で道を見つけなくてはならない。わかるかい？」

「わかる、と思います」

　ようやくぼくはそれだけ答える。

「君が抱え込むべきなのは、君の悩みだ。他人のそれではない。そのことを忘れてはいけない」

　それは正しいことばだろう。でも、ぼくの耳には妙に冷たく響いた。出会ってしまった人を、そんなふうに切り捨てるのは本当にいいことだろうか。ぼくだって、偶然みたいに出会った京介のおかげで救われて、ここにいるのに。

「だけど先生、誰かのためにと思ってすることが、自分の救いにもなることもありますよね？」

「もちろん、それはあるさ」

「ぼくが小城さんのことを心配して、なにかしてあげられるかって考えること、変ですか？」

　正直にいうならぼくは、それほど心から彼女をどうにかしてあげたいと思ったわけじゃない。彼女のぼくを見つめる目は、ぼくを見ているようで見ていない奇妙な目で、「あなたもあたしと同じように、ママを殺したんでしょ？」といったときの微笑は、ひどく残忍なものに感じられた。思い出すと嫌悪感しか覚えない。彼女は口に出してはいわなかったけれど、その後には「他の人にばらされたくなかったら、あたしのいうことを聞いて」ということばが続いているんじゃないかと思った。

　でも、人が人を救い、救うことで自分もまた救われる、そんな関係を否定したいとは思わなかった。ぼくと京介の絆《きずな》は、そのようなものだと思っていたから。それを否定するのは、京介とぼくの絆を否定することに他ならないと思えたから。

「君の気持ちはわかっているつもりだ。だがね、薬師寺君。それはある意味とても危険なことだよ」

「危険な？……」

　ぼくはまばたきした。

「それ、小城さんがぼくにとって危険だってことですか？」

　そう聞き返してしまったのは、やはり彼女の視線や口調に、一種の脅威《きょうい》を覚えていたためだろう。しかし先生は軽く頭を振って、

「もちろんそういうこともないとはいえないが、ぼくが思うのはもう少し根源的な意味合いだ。どんな職業であっても、金銭的対価以外に精神的な対価がある。使命感や達成感、職業的プライドはよりよい仕事をするためにも必要だ。職業だけでなく人間関係のあらゆる場面で、人は与えることで与えられるものだろう。それは人と人の関わりにおいて、もっとも美しいあり方のひとつかも知れない。君がいったのはそういうことだ。違うかい？」

「ええ、たぶんそうです」

　そんなふうに普遍化して考えたことはなかったから、ぼくはうなずくしかなかったけれど。

「しかし与えることで与えられるのは、救うことで救われるのは、どこまでも結果であって目的になってはいけないとぼくは思うんだよ。例えば被災地のボランティアでも、人のために働くことが自分の満足に繋がって、一種の報酬となるだろう？　しかし自分の満足のために、というのを目的化してのボランティアがいるとしたら、それはかなりいびつだと思わないか？」

「はい。わかります、それは」

　一度はそう答えたけれど、

「でも先生、ぼくは別に自分が救われるために小城さんの心配をするわけじゃ、ないです。いえ、いくらかはそういう面もあるとは思うけれど、ぼくもそうして救われてきたし、袖振り合うも他生の縁っていうでしょう？」

いきなり古めかしいことわざなんか聞かされて、先生も驚いたかも知れない。

「君のいいたいことは理解しているつもりだよ。その上でもう一度繰り返すが、心を病んでいる、あるいは病んでいるとまではいえないが著しくバランスを欠いている人と関わり合うのは、カウンセラーやセラピスト、精神科医といった専門家にとっても常に困難なことなんだ。

クライエントの苦悩に過剰に同化して、自分を見失ったり、逆に自分を全能の存在のように感じて、己れの信ずる救済の道を強制してしまうケースも聞いている。専門的な知識と職業上の倫理を内面化して、金銭的報酬を受け取る彼らにしてからが、精神的報酬の誘惑から自由ではない。まして一介の素人《しろうと》にとってはね。ぼくがそういうのは決して、前に彼女から逃げた自分を免罪するためではないつもりだ。君のことは神代さんからも、くれぐれもと頼まれているしね」

「ぼくの親代わりの人たち、かなり過保護なんです。いつまでもそんなことしているとぼくをスポイルするって、先生からいってくれませんか？」

「しかし君は少しも、スポイルなんかされていないじゃないか」

「そう、かな」

「こちらが実験に協力して欲しいと頼んだせいで、君と彼女が出会ってしまったのだから、そのことは君に謝罪しなくてはならない。そして彼女の保護者には、ぼくからもう一度話をしようと思う。君の気持ちは確かに受け取った。どうすれば一番小城君のためになるか、ご両親も一緒に考えてみるよ。それでいいだろう？」

ぼくはしばらく黙っていたけれど、説得されてしまったことは、どうやら認めるしかなさそうだった。ここで意地を張り続けたら、それこそただの馬鹿な子供だ。

「わかりました。ぼくみたいな未熟な人間、他人にお節介を焼くなんて百年早い。そういうことはてめえのケツを拭けるようになってからいいやがれ、ってことですね」

　大島先生はまじまじとぼくの顔を見つめて、くわえたままでよれよれになった煙草を抜き取って、それからぷっと吹き出した。めったに怒りも笑いもしない先生が、体をふたつに折って、くつくつ笑い続けている。

「あの?……」

「薬師寺君、それ、神代さんの口癖だねえ」

　そういわれてから初めて、表現が相当に下品だったことに思い至って、ぼくは赤面した。

　結局ぼくはそれから当面、大島研究室に顔を出すのは止めさせてもらうことにした。実験はいつでも出来ることだし、また何年か後に頼むよ、といってもらって内心ほっとした。

　また小城さんに会ったときどんな顔をすればいいのか、自分でもわからない。ぼく自身がどうしてあげることも出来ないなら、彼女のために一番いいことを考えるという先生のことばを信頼して、まかせるしかないのだろう。

　大島先生とは、それ以上の話はしなかった。本当いうと、小城里花さんが薬師寺家事件のことをどこまで知っているのか、それはどこから得た知識だと思うか、彼の意見を聞きたいと思った。だけど先生から仄めかしもしないことを、ぼくから口に出すのは結局出来なかった。聞いてもご存じ無いだろう。先生がそんなことを彼女に話すとは到底思われないし、「薬師寺Ｋ（仮名）真犯人説」はぼくが覗いたサイトでも一番メジャーな推理だった。

　どういうきっかけがあったのかはわからないが、彼女自身がパソコンでそれを見つけて読み、自分自身の問題に結びつけてぼくに一方的な興味を抱いたと考えて、矛盾《むじゅん》はない。

薬師寺という姓はものすごく稀《まれ》では無いが、そうありふれているわけでもない。名前のイニシャルも一致している。たぶん彼女は無邪気に、目の前に現れたぼくと「薬師寺K」を結びつけ、それがたまたま的中してしまったということなのだろう。喫茶店での様子でいよいよ確信を抱かれてしまったかも知れないが、それはもう仕方がない。

高校のときにもクラスの男子から、「そいつは殺人犯だ」と叫ばれたことがある。気の毒に誰もそれを信じなかったのは、シチュエーションのせいだけでなく、ぼくがびくともしなかったからだろう。だからこの先なにが起きても、ぼくさえしっかりしていればだいじょうぶだ。

そうやってぼくは自分を納得させ、また大学生の日常に戻っていった。京介や深春はぼくが記憶実験から下りたことを知って、理由は聞かないまま大いに安堵しているらしい。話したくないことを聞かれないで済んだのには心からほっとしたものの、

(やっぱり過保護だ!)

という腹立たしさも感じる。どうにかしてあの人たちに、ぼくはもう外の風にも耐えられないひ弱な子供じゃない、とわからせてやりたい。ぼくが彼らにいまも「蒼」と呼ばれるのは、「蒼」でしかあり得なかった昔にこだわっているからじゃない。そういわれることが好きだからだ。そう呼ぶみんなを愛しているからだ。

(でも、口に出して力説したからってどうなるものでもないしなあ……)

五月も終わりに近づいて、さわやかな初夏の空気に梅雨《つゆ》の湿気が混じり始めていた。

REMEMBER《リメンバー》

1

五月にはぼくにとって、なかなかに嬉しいこともあった。結城翳を京介と深春に引き合わせることが出来たのだ。

別に結婚相手ってわけでもなし（って、翳は男だよ。もちろんぼくも）、京介たちがすごくうるさい父兄だってわけでもなし（多少過保護だとはしてもね）、たかだか友達を紹介するくらいなんでもないだろうと思われるかも知れないけど、それが高校のときからいままでかかっちゃった、というのはやはりぼくの特殊事情のせいもある。

別に翳が根掘り葉掘り詮索《せんさく》するとも思わなかったけれど、高校でも大学でもぼくの両親は海外にいるということにしてあったから、実業家の門野さんや大学教授の神代先生ならいかにも後見人らしくて、あっさり納得してもらえそうだけど、大学を出ているのに定職らしいものにもついていない京介と深春はぼくのなんなのか。ちゃんと説明しようとしたら、それはもうそのまま「香澄」と「蒼」の話に繋がってくる。

もちろんいくらでも誤魔化すことは可能だけど、翳に対してそういうことはしたくなかった。打ち明けなくても友達は友達だ、という京介のことばに救われたくせに、ぼくはやっぱり自分の一番大事なことは打ち明けないと嫌だ、と頑固に思いこんでいたから、ぼくの中ではふたりを引き合わせることと、ぼくの昔の話を打ち明けることはいつの間にかセットになっていて、おかげでますます先延ばしになっていた、というわけなんだ。

それが『ご対面』の方はぱたぱたっと実現してしまった。ちょっとしたなりゆきから。それもぼくがマンションから買い物に出た間に、やってきた翳とそこにいた京介が出くわして、翳はことばを濁していたし、京介は沈黙しているけど、お互いの第一印象はなごやかとはいえないものだったらしい。京介だって外交官並みに愛想のいい笑顔を作ることはできるんだけど、この場合必要を認めなかったとしても不思議はない。追い返さなかっただけで上々だと思うよ。

深春はその翌朝京介と、ぼくらの朝食を担いできてくれたから、こっちもそのまま引き合わせられたわけだけど、なにせ翳は「深春」を女性だと信じて疑わなかったから、ちょっとしたドタバタ喜劇風の騒ぎがあった。でもそれも済んでしまえば結果オーライってところ。根ががらっぱちの翳と深春はたちまち打ち解けたし、京介が慣れない他人に無愛想なのはいつものことだ。

そんなことがあったのが五月の末のことで、四月末の小城里花さんとの一件の記憶もそろそろ心からは遠のいていたし、その年の夏も東京は早々ときびしい暑さに襲われていたけど、ぼくはかなりご機嫌で毎日を暮らしていた。先週は翳をふたりが同居している谷中のマンションに連れていき、深春のエスニック料理を食べさせてあげた。夏ばて気味の京介は相変わらず翳にニコリともしなかったけど、文句もいわなかった。

七月もそろそろ終わりだけれど、夏休みはまだ長い昼下がり、ぼくは自分のマンションに向かって坂を小走りに駆け上がる。気持ちが前向きだから、汗を掻いても気分は爽快だ。今日は神代先生のお使いで、お中元に大量にもらった素麺《そうめん》のお裾分けを谷中まで届けた帰りなのだ。京介は図書館に行っていなかったけれど、深春が麦茶を出してくれながら、先週ぼくたちが帰った後京介が洩らしたということばを教えてくれた。

「彼は蒼のいい友達だな——、だってさ」

それを聞いて、ぼくはかなり嬉しかった。帰り道を歩きながら、思わず万歳三唱してしまったくらいに。京介がそういってくれるってことが、やっぱりぼくには大切なんだ。そういうの、別におかしくはないよね。過保護にされるのは時々めげるけど、京介がぼくにとって大切な人だってことは、ぼくが何歳になったからって変わるものじゃないもの。

翳とふたりがスムースに知り合えたのは別にぼくの努力の結果じゃないけど、事態が動き出すときってそういう運みたいなものもあるんじゃないか。だからきっと今年は、なにもかもうまく行く。京介の怪我にはほんとにどうなってしまうかと思ったけど、これからはずっと心にかかっていたいろんなことがひとつひとつ、全部いい方へ向かっていくに違いないんだ。じりじりと照りつける真夏の陽射しの下で、ぼくの足取りは軽かった。


「薬師寺君——」

女の人の声でそう呼ばれて、ふいに心臓がどきっとしてしまったのは、たぶん小城さんの記憶がまだどこかに残っていたからだ。でも、そこにいたのは無論彼女ではなかった。セミロングの髪をうなじでひとつにまとめて、水色の半袖の事務服を着た丸顔でかなり太めの女の人が、赤いセルフレームの眼鏡の中からやさしく目を細めている。

「松岡《まつおか》さん、こんにちは。暑いですね」

ぼくは大声で挨拶を返した。彼女はマンションからも遠くない千駄木《せんだぎ》の区立図書館の職員で、本のことで何度か相談に乗ってもらった。見かけによらずといったら悪いけど、パソコンのことにも詳しい人で、家も近いらしく外でも何度か顔を合わせて、この一年くらい前からすっかり顔見知りになったのだ。年齢はたぶん、ぼくより何歳か上、というくらいだろうけど、話し方はおっとりしていて、それよりもう少し上っぽい。

「今日は、お休みじゃないですよね」

「図書館は繁忙期で月曜も開館よ。家にちょっと忘れ物をしたんで、昼休みに出てきたの。学生さんは夏休みね。キャンプとか出かけないの？」

「みんなバイトで忙しくて、なかなかメンバーがそろわないんです。八月の後半に一週間くらい、軽井《かるい》沢《ざわ》へ行く予定なんですけど」

「あら、いいわねえ。軽井沢なんて」

「いいかどうかわからないですよ。友達の関係で安く泊まれるって話だから、すごいボロ家かも」

「それだっていいじゃないの。わたしクーラーが苦手なのに暑がりだから、ほんとに辛《つら》いわあ」

彼女は陽気な口調でそういいながら、汗に濡れた二重顎をハンカチでぱたぱた扇《あお》いでみせる。

「ねえ、薬師寺君。こういうときにお気に入りの消夏法なんてある？」

「えーっと……」

　そんなこと、いきなりいわれてもなあ。

「わたしはねえ、やっぱり雪よ。黄色く枯れた芝生《しばふ》の地面に、雪がうっすら地面を覆って、凍りかけているイメージ」

　軽井沢からの連想かな。

「それを思い浮かべるんですか？」

「そう。ふかふかに積もったらかえって暖かそうだから駄目なの。降ってくるなら綿雪やパウダー・スノーよりみぞれか氷雨《ひさめ》ね。体が凍《こご》えそうな感じ。そういうのを思い浮かべると、ほら、少し寒くなってくるでしょ？」

　この人もちょっと変わってるなあと思いながら、ええ、と同意のことばを返したぼくは、

「そうだ。松岡さん、素麺要《い》りませんか？　お裾分けでもらったんだけど、ぼくひとりじゃまだずいぶんあるから」

　小豆島《しょうどしま》に帰った卒業生から神代先生に、蜜柑箱《みかんばこ》くらいある木の箱で送られてきたというので、文字通り売るくらいある。

深春に渡してきてもまだ背中のデイパックにずっしり重いそれを思い出したのだけど、いまここでは取り分ける袋がない。手で持てばすぐばらばらになる素麵の束を、まさか剝《む》き出《だ》しであげるわけにもいかない。松岡さんも手にはハンカチだけだ。

「松岡さんの家、お近くなんですよね。なんならぼく、そこまで持っていきますけど？」

「ありがとう。でも今日は急いで戻らないとならないから、また今度いただくわ。素麵なら悪くならないでしょう？」

「ええ。それじゃ今度」

来週には返す本があるから、そのとき袋に入れてあげればいいだろう。手を振って別れて、ぼくは自分のマンションに向かった。神代先生がイタリアへ一年間行くというときに、思い切って「ひとり暮らしがしたい」といって移ってきたあの部屋だ。そんなわがまま勝手をいって見つけてもらったのに、越してきた当座は好きになれなかった。

築年数はいくらか経《た》っていたけど、壁も床もきれいに補修されたありふれた二ＤＫは最初はなんだか広すぎて、よそよそしい箱のようで、身の置き所がない。神代先生の家は、お父さんの時代からの傷や匂いが染《し》みついてひとつの暖かい空気を作っていたのに、ここは空っぽだ。なんにもない。すうすうして寒い。落ち着かなかった。また、夜も電気が消せなくなった。ひとりでいるときはベッドの上で、冬でもないのに毛布を被《かぶ》って、膝を抱えて過ごしたりした。

だけどいまさら泣き言なんかいえない。それだけは確かだった。考えてみればほんの五年前まで、ろくに口も利《き》けない子供だったぼくが、どうやってひとりで暮らせるのか、みんなが心配したのも当然のことだ。でも結局、最後まで反対はされなかった。どうすればぼくの願いが叶って、一番うまくいくかを、みんなで一生懸命考えて、こうして実現させてくれたのだ。

さびしくて泣きたくなったときは、そのときのみんなの顔をひとつひとつ思い浮かべた。神代先生はずいぶん心配そうだったけど、自分が一年留守にしてしまう以上はどうしようもないと諦《あきら》めてくれた。深春はこまごまと具体的な生活上の注意点を並べ立て、紙に書き出してくれた。京介は難しい顔で黙り込んでいたけど、結局は「蒼がそうしたいなら」と認めてくれた。門野さんの反対は京介が説得してくれたらしい。

いろいろなことがあったけど、いまここはもうよそよそしい箱には見えない。六年経って本や荷物も増えたし、壁にはヴェネツィアで撮った記念写真が額に入れて飾ってあるし、自分の匂いのついた安心できる住処《すみか》だ。親しい人が来てくれるのも嬉しいから、最低限入ってすぐのDKだけは見苦しくないように片づけている。神代先生も門野さんも初めて来たときは、そこの椅子に座ってほっとしたようにいったものだった。

「ちゃんとやってるなあ、蒼」

「うん。なかなかどうして立派なものだ」

結局ぼくはあの頃からずっと、未熟なくせに無鉄砲で、意地っ張りで、あの人たちを心配ばかりさせてきた。そして過干渉の保護者たちはそんなぼくのわがままに引っ張り回され、ぶつぶついいながらも毎度ぼくの願いを叶えてくれ、それなのにぼくが困難にぶつかって泣き言をいえば「それ見ろ」なんてはいわずに受け入れてくれたのだ。

（ほんと、よく考えたら文句なんかいえない）

（罰《ばち》が当たるよね）

（も少し謙虚になろうっと――）

下の郵便受けにたまったものをがさっと掴み出して、階段を足取り軽く駆け上がる。ふだんは管理人もいない五階建ての小マンションだけど、住人はほとんどT大の学生や院生で、マナーもいいから共用部分も清潔だ。

部屋に飛び込み、クーラーをつけ、郵便物とデイパックをDKのテーブルの上に放り出し、汗に濡れたTシャツを剝《は》ぐように脱いで洗濯機に放り込み、冷蔵庫からミネラルウォーターのボトルを出してから足で閉め、という動作を一続きに終えて、ぼくはやれやれと椅子に腰を下ろす。汗まみれのまま冷房に当たるのは体に良くないから、シャワー浴びて着替えないとなとは思いながら、二リットルのペットボトルを口飲み。くずかごを引き寄せて郵便物をより分ける。

かさばっている分のほとんどはダイレクトメールと投げ込みのチラシだ。「ピザの宅配」「ファミレスの新サービス」「大学生の皆さん、資格を取りませんか」「いまなら間に合う夏の旅行特選」……。なんだってこう、わけのわからないものがたくさん送られてくるんだろう。きれいなカラー印刷、厚い紙の封筒。コストもそれなりにかかっているだろうに、すごく無駄に思える。

そのほとんどをちらりと見もしないでくずかごに放り込んで、残ったのは翳からの絵はがき。いまは彼の大学の友人と奄美《あまみ》のビーチに行っているはずだった。きれいなエメラルドグリーンの海に白い砂浜の写真の裏には「来年は一緒しようぜッ　KAGERI」とだけ書かれている。

「いいなあ……」

ひとりごとをいったぼくは、そのはがきをしばらく飾っておくことにして、奥の部屋のパソコンの脇に立てかけた。ついでに少し寒くなってきたので、取り敢えずシャワーは後回しにして新しいシャツを出して着て、クーラーを少し弱めて、それからやっとテーブルにもう一通白い封筒が残っているのに気づいた。

中身はせいぜい紙一枚だろう、という薄っぺらな封筒で、宛名はワープロのラベルだったから、やっぱりDMだろうと思ったけど、裏を返すとそこには黒々とした手書きで「響」とだけある。

その字がちょっと異様だった。斜めにひしゃげて突き刺さるような、鋭いガラスの破片のような形をしている。名前だろうか。

「ヒビキ？——」

　ぼくは口に出してつぶやいてみた。

「だれ、だっけ？——」

　ヒビキ——その音に記憶がある気がする。なにかが目の中をかすめていく。同時に肌の上に感じるなにか。そして耳をくすぐる音。

　目に浮かぶのは瞳、ぼくを凝視《ぎょうし》する一対の突き刺さるような目だ。肌に感じるのは、ガラス越し注ぐ冬の陽射しのぬくもり。そして聞こえるのは女性の歌声。高く澄んだ声が鼓膜を震わせる。ばらばらのカードのように、どう繋がるのかはっきりしないそれら五感の記憶のかけら。でもひとつだけ確かなのは、「響」というのが人の名前だということだ。あの目がきっと「響」だ。

「ヒビキ——だれ？——」


口に出してつぶやいてみても、どこからも答えが返ってくるわけはない。薄い封筒を頭の上に上げて明かりに透かしてみたが、少し厚みのある紙が一枚入っているらしい、とだけしかわからない。

　思い切って封筒を開けた。カッターで横の辺を慎重に切り開いた。前に京介のところに届いた無記名の封筒で、開封するとき指を切るように安全剃刀の替え刃が貼り付けられていたのがあった。この封筒は手触りからしても、そんな細工がされているとは思わなかったが、念のためだ。

　開いた封筒の中に入っていたのは、はがきを切り縮めたような長方形のカードが一枚だけ。逆さにするとそれが、テーブルの上にひらりと落ちる。あきらかに「響」というのと同じ手で書かれた黒インクの文字は、「REMEMBER」。それだけだった。

2

ぼくはずいぶん長いこと、そのカードを見つめて立ち尽くしていたようだ。気がつくと背中と膝の裏がばりばりに強張っていて、夏の遅い黄昏《たそがれ》が窓の向こうに漂い出していた。剝き出しの腕に微かに、鳥肌が立っている。クーラーの効きすぎのせいだけではなく。

響、ヒビキ、そしてリメンバー、思い出せ。八十円切手を貼った上に捺《お》されたスタンプは京橋《きょうばし》局。このカードを送りつけてきた相手からの、手がかりといえばそれだけだ。

一昨年京介のところに届いた無記名の手紙、安全剃刀の刃を仕込んだ封筒の中には、隠し撮りされた彼の写真がばらばらに切られて入っていた。あれを手にしたときはなんともいえない嫌な感じがした。憎しみと、怨《うら》みの匂いがした。

でもこのカードには、あれほどの嫌なものは感じない、と思う。しかしそれはただぼくが、「響」のメッセージを受け止め損ねているだけかも知れない。嫌な感じはしなくとも、胸にひっかかる。忘れてはいけない大切なことを忘れているみたいに、たったいままで覚えていた明け方の夢のように。思い出せ、思い出せ。でも、なにを？

もしも封筒の届いたのが一度だけなら、それでもぼくは別のことに気を取られていってしまったかも知れない。しかしそうはならなかった。ほとんど同じ白封筒は三日と置かずポストに現れた。手がかりを与えまいというように、消印の局は都内を転々とし、ただ宛名ラベルと「響」という字とカードの「REMEMBER」はいつも同じだ。

ぼくになにを思い出せというのか。

思い出すことでなにが起きるのか。

その目的はなんなのか。

でもそうして繰り返し送りつけられる封筒の中の同じカードは、ぼくに向かって繰り返し「思い出せ」と迫っている。その単調な声にぼくは、なぜだろう、反感よりも興味を覚えた。この数年の間、いろいろなかたちで自分の記憶のことを考えていたせいもあるだろう。なんだか「響」のカードは、そんなぼくの気持ちに答えるようにして届いた気がした。

「わかったよ——」

ぼくは独り言をいった、テーブルの上に積み重ねられた十通近い封筒に向かって。

「わかったよ。ぼくが思い出さなくちゃならないことなら、出来るかどうかやってみるさ」

幸い大学は夏休みで、友人たちはバイトやバカンスに精を出していて、ぼくがじっと閉じこもっていても変に思う人間は少ない。京介は夏が苦手で反応が万事鈍くなるし、深春はなんのバイトかいないことが多くて、この夏ぼくはいつも以上にひとりでいることが出来た。

クーラーをかけて、頭から毛布をかぶった。そうして作った昼の暗がりの中で、体を丸め膝を抱えて記憶をたぐった。最初に浮かんだばらばらのカードのようなイメージを、もう一度、自分のそばにたぐり寄せることから始めた。

ガラスを通して注ぐ冬の陽射し、そのぬくもり。京介と過ごした黄金色の午後。それはぼくの大切な幸せな記憶のはずなのに、なぜそれが「響」の名と重なってくるのだろう。

浮かんでくるのは、ガラスのすぐ向こうからこちらを見つめている目。ぼくを憎んでいるらしい、刺すような目。でもそのときのぼくは、目の中に浮かぶ感情を読み取れなくて、だから怖いとは思わなかった。むしろ——いや、うまくことばにならない。

でも神代先生の家で暮らした毎日に、そんな名前の、刺すような目をした人間はいただろうか。繰り返し繰り返し考えて、どうもそうではない気がする、と思う。

だとしたらこの記憶は、京介と過ごしたあの部屋のものではない。それ以前。でも、かおる母さんと暮らした広尾のマンションのサンルームでもない気がする。なぜなら「響」はガラス越しに、こちらを睨《にら》んでいるから。

広尾のマンションのサンルームは最上階のベランダを改造してガラスの壁と天井を張った作りで、外には空しかなかった。あのガラス壁の外に人が立てるほどの余地はなかったと思う。たぶん、ではあるが。

記憶がいくらでも変容され、再編されるものならば、思い出すことでなにかを知ろうとするのはあまり意味のない努力かも知れない。でも、いまのぼくにはそれ以外の手段がない。昔のことなら門野さんにでも尋ねればなにかわかるかも知れないが、黙って情報だけ提供してくれはしないだろう。彼ならこの何枚もの封筒だけで、差出人を洗い出せるかも知れないが、あの人に頼るわけにはいかない。

ぼくは自分でほどこした封印を、解かなくてはならない。考えまいとしていた、思い出さないための努力をしてきた、ぼくが白金の家で過ごしたときのことを。なぜなら「響」の目の記憶は、たぶんそこでのものだからだ。ガラスの壁はぼくが住まわされていた温室の外壁だ。

ただ送りつけられる「REMEMBER」のカードだけで、ぼくがそこまで思い詰めたのは異常だろうか。自分が正常だと自信をもって言い切ることもできないけれど、結局それはそそのかされたのでも、脅迫されて強《し》いられたのでもない。ぼく自身がいつか心の中で望んでいたことなのだと思う。

どちらにせよ封印は、遠からず切られなければならなかった。ぼくの中に生まれ、矛盾をはらんでふくらみ、ぼくの内部に緊張を生み出している葛藤。「蒼」と「香澄」。大人と子供。ふたりの母。そして幼いぼくの犯した、裁かれない罪をもう一度直視するために。

小城里花の出現はその前触れだった。彼女はぼくに向かって差しつけられた鏡だった。母親に支配され、母親を愛しながら憎み、その母に切り捨てられたことで殺意をたぎらせる彼女。「あたしと同じ」といわれて、ぼくは即座に否定できなかった。確かにぼくたちは似ているのだ。ただしぼくはふたりの母から二倍愛され、二倍支配され、彼女たちの妬《ねた》みと憎しみの中で奪い合われた。

思い出そう。目を背けていたことを、全部自分の中から引きずり出してやろう。「丸呑み」した直観像記憶がぼくの脳の中に眠っているなら、なにもかも。それを正視することなしに、ぼくは本当に大人になれない。「蒼」を「香澄」の逃げ場にするようなことは、もう終わりだ。

それはしかし正直いって、小城さんのことばに悪《お》寒《かん》を感じた、あの時間を数十倍の強さで延々と繰り返すようなものだった。ぼくは眠れなくなり、食べられなくなり、水を飲んでも吐いた。

記憶の中で白金の家を思い浮かべ、荒れた主屋《おもや》の外を回って庭に出る。その映像は昔のものではなく、深春と訪れた去年の春の情景だ。なぜなら昔のぼくは、そんなふうに庭を自由に歩き回ることはなかったからだ。

雑草の伸びた芝生と、繁りすぎた樹木の枝の向こうに、温室のガラスドームが見えてくる。去年見たときはすっかり埃《ほこり》にまみれて、湾曲したガラスの壁も屋根も、透明感などほとんど失われていた。中は虚《うつ》ろで植栽の影もなかった。

（でも、前はそうではなかった。熱帯の密林のように高く伸び上がり枝を繁らせる椰子《やし》やバナナ。毒々しいほどあざやかな色の花をつける蘭の鉢。ねっとりと湿った人工の熱気。黒と白のチェス盤みたいに敷かれた石の床。籐の長椅子に絹のクッション。その中に、ぼくはいた。明るすぎる、華やかすぎるその牢獄に、珍しい異国の蝶のように封じ込められていた……）

思い出すことが苦しくなると、追憶の画面は消える。深い海に潜っていた海士《あま》のように、ぼくはひとつ息を吐いて、吸って、また目を閉じる。そうして何度も何度もぼくは芝生を横切り、ガラスの温室に近づいていく。それは奇妙な作業だった。過去の自分のいる場所に向かって近づいていく、現在の自分。でもたぶん「響」はそうしてぼくを見たのだ。ぼくはあのガラスの中にいて、こちらを見つめる視線を感じた。顔を上げて、ぼくたちはガラス越しに目を合わせた。

彼は食い入るようにこちらを見ていた。冬だったのだろう。温室の中には大きなストーブが焚《た》かれ、芝生は黄色く枯れているのに豊かな緑が揺れて、外にいる者の目からはそれは天国のように見えたかも知れない。だけどそうではなかった。そこはぼくを閉じこめた檻《おり》だった。みちる母さんがかおる母さんから奪ったぼくをどこにもやらないために、母親は自分以外にいないことを教え込むために。

（ぼくに向けられた一対の目。寒さに震えている、飢えて痩せた狼みたいな子供の目。ぼくを憎んでいるらしい目……）

（でも、彼は知らない。ぼくが彼の自由を泣きたいほどにうらやんでいること。そのためだったらなにを犠牲にしてもいいと思っていること。それをどんなにか彼に伝えたいと望んだこと——）

（たぶんぼくたちがそうして目を合わせたのは一度きりで、それも大して長い時間ではなくて、ことばを交わすこともなかった）

（でも、そのときぼくは彼の名前を聞いたのだ。それだけでなく、この、なんていうのかわからない歌声を……）

ぼくの中によみがえった記憶の絵は、ひどく色褪《いろあ》せていて曖昧《あいまい》だった。温室の中はアンリ・ルソーの絵みたいな原色なのに、ガラスの向こうはセピア色にかすんでいて、それが本当の記憶か、空想かも、確信が持てなかった。

ただどこからか女の人の声が、

『ひびき！――』

と呼んだような気がする。呼ばれて、ぼくを見つめていた子は身をひるがえす。髪を短く刈った小さな頭、ハイネックのセーターを着た痩せて小柄な体が、たちまち曇ったガラスの向こうに見えなくなる。押しつけた手の下でガラスが氷みたいに冷たい。まだあの歌声は聞こえている。それはたぶんレコードだ。みちる母さんがぼくのところにプレーヤーと、古いレコードを入れた箱を持ってきてくれたことがあって。

たぶん「響」がやって来たときも、ぼくはそれをかけていたのだ。自分の手で木箱に立てられたレコードのジャケットを繰って、適当に選んだ一枚をターンテーブルに載せた。アームを動かしてそおっと針を置いた。そんな覚えがある。みちる母さんはそこにはいなかった。いたら「響」をあんなに近くまで、来させはしなかったろう。

でも『ひびき！』と呼んだのはみちる母さんの声じゃない。もっと太くて大きな、でも女の人の声。ぼくの知らない声だ。だからあれは「響」のお母さんで、息子を連れてうちに来て、その子を呼び返したところだったろうか。

あんまりやさしそうな声じゃなかった。むしろ腹を立てているような、苛立《いらだ》っているような怖い声だった。そしてそれを聞いた途端、「響」は顔を強張らせて駆け出したのだ。

それから――

それから？――

ぼくはなにが起きているのか知りたくて、ガラスに顔を押しつける。水滴がついて曇ったガラスを、必死に両手で拭きながら。温室の外扉には鍵がかかっていたけど、華奢なガラスの扉は子供の手でもその気になれば破れそうで、でもそんなことをしたらきっとみちる母さんがすごく怒るだろうから、ぼくは出られない。でも、見るだけなら。

芝生の向こうに主屋が見える。ガラス戸を何枚も並べた中は客間だ。お客様を入れたら何十人も座れそうな、ずいぶん広い部屋だったことをぼんやりと覚えているけど、ぼくが温室に来てからはほとんど使われていなかった。

　普通なら間の樹々で、温室の中から向こうまでは見通せない。でも木の葉が落ちた冬だったからだろう、どうにかその部屋に人がいることはわかったのだと思う。そう、あれはクリスマス・イブの午後ではなかったろうか。だからぼくの温室にはツリーがあり、ぼくとみちる母さんはふたりで飾りつけをしていたのだ。

　みちる母さんはちょっと気まぐれで、気分屋で、大人なのに小さな女の子みたいなところがあった。やさしくて陽気なときは小鳥みたいに歌って、踊って、ぼくと遊んでくれた。

『香澄はあたしが好き？　ずっとここにいてくれる？　どこにも行かないって約束する？』

幾度も幾度も、繰り返される質問。ぼくはそれにいつも、最大限の熱心さで正しく答えなくてはならない。だからぼくはみちる母さんがご機嫌なとき、嬉しいけれどいつも少し緊張した。返事の仕方を間違えると、彼女はいきなり怒り出したり、泣きわめいたりするから。

　みちる母さんに向かって、いってはいけないことばはいくつもあった。頭の中では「みちる母さん」といっていても、呼ぶときは「ママ」か「おかあさま」でないといけない、とか。何度もいわれて叱られて、わかっているのにぼくは間違えてしまう。そのたびに彼女は泣いて、ぼくをぶった。

　ぶたれるのは痛かったし、怒られるのは怖かったけど、泣いたのはそのせいじゃない。もしもぼくがもう少し大きくなっていたら、あんなに泣かせたり怒らせたりしないで済んだろうに。ぼくはそれがいつも悲しかった。そしてなんとかもっと、いい子になろうとした。

あの日の午後は、みちる母さんはご機嫌だった。今夜はふたりでここでパーティをしましょうね、といって、ぼくの背丈くらいのツリーと、飾りの入った箱を持ってきた。そうしてレコードでクリスマス・ソングをかけながら、星や天使や赤いリボンのついた金のベルをモミの樹の枝につけた。足元にはきれいに包んだプレゼントの箱が置かれていた。

みちる母さんの声はとてもきれいなソプラノだった。本当は声楽科に行ってオペラ歌手になりたかったの、というのも母さんの大好きな話だった。いろんなオペラのアリアをメドレーで歌いまくって、中でも一番好きなのがマリア・カラスだって。

声を張るとその高音が、ガラス屋根の下に鳴り響く。何度も何度も聴いたから、アリアの出だしとタイトルだけは覚えてしまった。『蝶々夫人』の「ある晴れた日に」、『リゴレット』の「慕《した》わしき御名」、『カルメン』の「ハバネラ」、『イル・トロヴァトーレ』の「恋は薔薇色の翼に乗って」……

——ねえ、香澄。ママの声はきれい？

うん、ママ。とってもきれい。

——マリア・カラスより？

ずうっとだよ、ママ。なのにどうして歌手にならなかったの？

——それはね、おまえのお祖母《ばあ》さまが意地悪で、わからずやだったからよ。

主屋の方を睨んで、吐き捨てるようにいったみちる母さん。ぼくはまた怒らせてしまったろうかとどきっとしたけど、彼女はなんでもないというように頭を振っただけだった。

——忘れなさい、お祖母さまのことなんか！

うん、もう忘れたよ、ママ。

——そう。香澄はいい子ね。

そういう人がいた、というぼんやりとした記憶はあったかも知れなかった。ぼくがまだ温室に棲まない前。この家に、子供もふたりなら母さんもふたりいた頃には。

でも、それは絶対に口に出してはいけないことだった。それに、ぼくはもう何年もその人を見ていなかった。見ることがあるのはみちる母さんと、後はもうひとりだけだった。

（そうだ。だんだん思い出す。思い出せる。クリスマス・イブの午後、あれは陽は照っていない、すごく寒い午後で、暖炉みたいに大きな石油ストーブが燃やされていた。みちる母さんがご機嫌だからぼくも幸せで、こんな時間が少しでも長く続けばいいのにって……）

そのときお客様が来たのだ。確かみちる母さんのポケットベルが鳴ったのだと思う。「待っていてね」といいながらレコードをかけて出ていった彼女を、ぼくは床に座って待っていた。その内レコードが終わってしまった。音がないとさびしいので、なにか違うのをかけようと思って、古いレコード・ボックスを探して心惹かれた一枚を取り出して、そっと針を置いた。

どれくらい時間が経っていたか、よくわからない。すごく長いことぼくはひとりきりだった気もするけれど、たぶん一枚のLPレコードが鳴り終わる程度の時間に全部は起こったのだ。

温室の外に立って、ぼくを凝視している目。『ひびき！』という呼び声。その子の駆け去った後を見ようとしたぼくの目に映ったのは、客間のガラス戸の中。大人がいた。三人。女の人がふたり、ひとりはみちる母さん。男がひとり。その男の人は、ぼくの父親だった。

「ちち、おや……」

ふたりに挟まれて怒りに赤く染まった顔、その恐ろしい顔を見たくなくて目をつぶった。たぶん昔も、そしていまも。けれど記憶の中によみがえった顔は目を閉じても消えず、ぼくはそのまま洗面所に駆けていって吐いた。

3

記憶をたどることがどれほど苦しくても、途中で止めるつもりはなかったし、そのことを誰に話すつもりもなかった。話したところでどうにもならないし、余計な心配をかけたくなかった。誰にも気づかれない自信はあった。京介たちのところへ夕飯を食べに行ったり、大学の友人と軽井沢に泊まりがけで遊びに行ったときには、ぱちん、とスイッチを切ってなにも考えないようにしていた。

ただ、一晩眠れないまま考えて考えて、朝になってふとカレンダーを見て図書館の返却期限が来ていることに気づいて、あわてて区立図書館まで駆けて行ったときなど、切り替え損ねたスイッチのおかげで、たぶんひどい顔をしていたのだろう。返却カウンターにいた松岡さんが、ぎょっとしたような顔でこちらを見た。

「薬師寺君、どうかしたの？ 病気？ 目が真っ赤よ。眠れないの？」

「いえ、平気です。あの、昨日は徹夜でネット見てたもんで」

そういって笑って誤魔化したけど、それから彼女はぼくを見るたびに心配そうな顔をするようになってしまった。

封筒は相変わらず、ほとんど毎日のように届く。途中から「REMEMBER」のカードが、「Do you remember ?」になった。まるでぼくの様子を見通しているように。

この封筒を送ってくるのが「響」なら、彼に会いたかった。彼がどんな素性《すじょう》の人間で、なぜ白金の家に現れたのか。ぼくを見てなんと思ったのか。それから彼はどこに行き、いままでどうしていたのか。そしていま、ぼくになにを求めているのか。それを知りたかった。こんな遠回しなやり方でなく、もっと率直に真意を語って欲しかった。

自分を思い出せというのだろうか。あの日、たぶん一九八五年のクリスマス・イブのことを、か。でも、どんな理由があって？ ぼくが彼になにをしたというのか？

ぼくはもう一度、その日の出来事に自分を引き戻す。そして嫌ではあったけれど、彼のことを考える。ぼくの父親である、薬師寺静《しずか》のことを。

渡部晶江さんの残したファイルで一番読むのが辛かったのは、彼が卑劣極まる悪党だったと知らされたことだった。証拠はないけれど、彼は前の奥さんと財産目当てに結婚し、その後で奥さんとお舅《しゅうと》さんを殺して病院を乗っ取ったらしい。次に目をつけたのが美杜《みもり》家の財産で、そのためにみちる母さんと結婚した。

自分の体に流れている血の半分がそんな男のもので、もう半分がそんな男に恋してしまった女のものだというのは、かなり嬉しくない。いや、あんまり考えたくもなかった。


ファイルにあったみちる母さんの写真、結婚式のそれは幸せに満ちあふれて笑っているけれど、その何年か後は人生に飽き果てたような物憂《ものう》い顔をしている。たぶんぼくの記憶にある顔は、この頃の彼女のものだ。

彼女が憂鬱《ゆううつ》の虫に憑かれると、ぼくにはどうにも出来なかった。そんなときは歌も歌わず、笑いもせず、温室に来てもじっと目を宙に向けたまま黙りこくっている。さもなければぼくのことを、食い入るように見つめている。

その目はぼくを『あたしの香澄』と呼んで猫可愛がりするときとは全然違っていて、赤の他人を見るようで、さもなければ『なんでこの子がここにいるんだろう？』と疑っているか、いっそ憎んでいるような目で、ぼくはそんなふうに見つめられるとどうしていいのかわからなくなって、ぎこちなくなってしまう。そしてたったひとことでも間違うと、ひどく怒られる。

いまならわかる。ふたりは愛し合って、少なくともみちる母さんは夫となる人を愛して結婚したのだろうに、気持ちはとっくに冷《さ》めていた。薬師寺静という男の外見や雰囲気が、母さんたちの死んだ父親と似ていたせいではないか、と渡部さんは分析していて、それもなんだか救われない話に感じられた。でも人間の気持ちなんて、恋なんて、そんなものなのかも知れない。

　母さんたちは悪くない。悪いのはあの男だ。でも母さんたちにとってあの男は他人だけど、ぼくには遺伝子を半分もらった実の親だ。親を憎むことは、自分を憎むことだろうか。

友人の翳なんて、自分の親のこととなったら悪口しかいわない。よくも文句が尽きないもんだというくらいに、口を開けば勢い良くけなしまくる。お母さんは「ヒステリーで泣き虫の口うるさいババア」で、お父さんは「仕事馬鹿のクソ親父」。「ふたりそろってさっさとくたばればいい」とまでいう。

　ぼくは最初びっくりして、そういうのは良くないなんて怒ったけど、そのうちわかった。悪口は翳のご両親に対する信頼や、甘えがあって初めていえることなんだって。

　ぼくは、たとえぼくのことを全部知っている京介たちの前でだって、父親の悪口なんて絶対にいえやしない。もう死んだ人だからというのじゃなく、批判するほど直接知っていないからというのでもなくて、そこにはひとかけらの親愛の情もないということがわかっているからだ。

狡猾《こうかつ》な殺人者の父親。お金のために女性を騙《だま》すことも殺すことも、なんとも思わないで出来る卑劣で冷酷な男。彼の血が流れているから、ぼくもそんな人間になる素質がある、とは絶対に思わない。そういう意味ではぼくは自分を信じている。少しでもそんなことを考えるのは、彼にぼくが負けることで、負けるわけにはいかないし負けるつもりもない。でも、ぼくは彼に勝つこともできない。

彼はもう、死んでいるから。

　せめてぼくは自分の手で、彼の息の根を止めるべきだったのかも知れない。彼が苦しめた、ぼくの母さんたちの復讐に。彼女たちのことを考えると、そうするだけの理由はあった気がする。

　でも終わってしまったことを、いまさらどうにも出来ない。ぼくの犯した罪は半端で、ぼくの悪夢となった以外はなんの役にも立たなかった。

　その後悔を引きずる苦しさに、ぼくはそれを封印した。そうしてもいいんだよ、と京介たちがいってくれたから。毎日を楽しく生きることは、悪いことではないからと。そのおかげでぼくは、今日まで生きてこられた。

　でも、封印したままではやはりいけなかったのだろう。だから心がきしむのだ。それに呼応するようにして「響」は過去から現れた。そしていう。

「思い出せ」

「思い出したか」

　そう、思い出した。ぼくの目に映っただけのことは、おおよそ。

　八五年のクリスマス・イブの午後、「響」を連れた女性がみちる母さんを訪ねてきた。ふたりが客間で話している間に「響」は庭に出てきて、温室にいるぼくを見つけた。そこに薬師寺静が現れた。

　薬師寺病院は中目《なかめ》黒《ぐろ》で、白金の家からも大して遠くなかった。もしかしたら誰かから起きたことを知らされて、あわてて帰ってきたのかも知れない。みちる母さんが「夜はふたりでパーティ」といっていたのだから、たぶん彼はその日は夜遅くまで帰ってこないはずだったのだ。彼はみちる母さんがぼくにかまうのを、喜ばなかった印象があるから。

　女性が『ひびき！』と声を張り上げてあの子を呼び返した。客間にはもう薬師寺静がいた。三人は大声で争っていたかも知れない。彼が手を挙げて、どちらかの女性を殴ったかも知れない。ちゃんと見るにはやはり、温室から主屋は遠すぎた。

ぼくの恐ろしい父親は、その後温室には現れなかった。ぼくはあの頃も彼が怖くてたまらなかったから、それにほっとした覚えがある。でも、みちる母さんはやってきた。そして、ぼくを怒鳴りつけた。ぼくはなにが彼女をそれほど怒らせたのかわからなくて、ただもう茫然としていた。ついさっきまでの楽しさが粉微《こなみ》塵《じん》に砕かれてしまったのが悲しくて、震えながら泣きべそを掻いていた。

（もう少し、思い出せるだろうか……）

（それからなにがあっただろう……）

ぼくは毛布をきつく頭に巻きつけ、息を詰めてその暗がりの中で過去に向かって沈み込む。

（髪の乱れたママが駆けてくる。眉が攣《つ》れ上がって顔が赤い。でもそれはぼくを怒っているからじゃなく、主屋であったなにかの名残《なごり》だ）

（でも、ふいにママは立ち止まる。凍りつく。ぼくはプレイヤーの前で、止まったレコードをもう一度かけなおしたところだ）

（やわらかな女性の声が流れて、温室の換気窓から洩れていく。ママはそれを聴いている。そして、いきなりその口が大きく裂ける）

——香澄、香澄、なんでそんなものを聴くの。止めなさい、香澄、ひどい、ひどい子ね。あんたはやっぱりあたしのことが嫌いなのね！

（飛び込んでくるママ。プレイヤーを蹴飛ばす。飛び出したレコードを踏みにじる。ジャケットを引きちぎる。ぼくを殴る。泣きながら殴る。そして腕を摑んで引きずっていく。奥の部屋に。窓ひとつない暗い部屋に。ぼくの背を突き飛ばして、扉を閉じてしまう）

（ぼくは号泣《ごうきゅう》する。ドアを叩きながら必死に、おかあさまと呼ぶ。ここから出して、怖いよ、暗いよ。ぼく、いい子になるから）

（でもママはいない。ぼくはひとりきり。真っ暗な寒い部屋の中で、いくら叫んでも答える声はないまま、ひとりきりだ——）

「思い出した……」

ぼくはベッドの上で呻いた。

「思い出したよ、ヒビキ、もうひとつ——」

　これでまたひとつ繋がった。ぼくの記憶はサインペンで模様を描いた、幾枚もの透明なガラスの板のよう。真上から覗いたのでは全部いっしょくたに、ごちゃごちゃにしか見えないのが、少し斜めにして透かせば一枚ずつ分かれて見えてくる。

　あれは八九年、ぼくが神代先生の家で暮らし始めた最初の冬。小春日和《こはるびより》。京介との昼寝。先生は書斎でレコードの整理をしていた。その音楽が廊下の扉から小さく伝わってきて、なおのこと気持ちがいいと思っていた。

　でも、ぼくは突然飛び起きた。なにかに怯《おび》えたように。これこそ再構成された記憶だろう。ぼくは京介や先生の目を通して見ているように、布団の上で震えている子供の顔や、異様な様子を目の当たりにする。なにがそんなにぼくを怯えさせたのか、ふたりにはわからなかったろう。ぼく自身、聞かれても答えられなかった。ただ、ふたりは間もなく気づいたはずだ。ぼくがクリスマスに関心を示さないことに。電飾をつけてそびえるツリー、サンタやトナカイの人形、およそ子供なら目を輝かせそうなものから、ぼくはいつも視線をそらせていた。なんとなく嫌な、不安な気がして。

　あの日の記憶がぼくの中に染みついていたのだ。クリスマス・イブの日の、約束されて束の間で打ち砕かれ、奪われた幸せのイメージが、それを楽しめない気分にぼくをさせた。音楽も同じ。ぼくがかけたレコード、みちる母さんをあれほど怒らせた、それと同じ旋律を神代先生がかけたからだ。

　陽だまりの午後の記憶が、ぼくに幸せな気分と同時に、通奏低音のように微かな不安を感じさせるのも、結局はこのときの記憶のためだった。あのレコード、というよりあのメロディ。

タイトルはわからない。クリスマス・ソングのひとつだったのかも知れない。色褪せたジャケットの文字も思い出せない。先生に聞いたらわかるだろうか。でも、なぜと聞かれて説明するのはやっぱり気が進まなかった。

　九月に入り、来週から大学が始まるというときになって、ぼくはまた区立図書館に行った。貸し出しするレコードもかなりの数あるので、そこでしばらく棚に並んだジャケットを見て回った。どうせ古いレコードのはずだから、店に行くよりはこういうところの方が可能性はあると思って。

　だけど本ならうろ覚えの内容をぱらぱらめくって探すことも出来るけど、音楽の場合耳に残っている旋律だけではどうにもならない。少なくともジャケットでは、それらしいものには当たらなかった。それなら聴いてみるしかないので、閲覧室の隣にある視聴覚室で、図書館にあったクリスマス・ソングのアルバムをいくつか聴いてみた。

　結論からいうと、くたびれただけだった。これまで特に意識もしなかったけど、ぼくはつくづくクリスマスにはアレルギーっぽい反応が出てしまうらしい。『ジングル・ベル』や『サンタが街にやって来る』や、普通ならうきうき楽しくなりそうな曲を立て続けに聴いて、どーんと落ち込むのだから我ながら暗い。

　その日も閲覧室から出たところで、松岡さんと出くわした。

「どうしたの、薬師寺君。顔色が悪いわ。まさか、まだ夏ばて？」

「あ、いえ、大丈夫です」

　そう答えたけど、彼女はころんとした丸顔に心配そうな表情を浮かべて、ふうっとため息をつく。

「なにか、悩みでもあるの？」

「え、まあ。それなりに、です。青春だし」

　ぼくはちょっと舌を出してふざけてみせたが、松岡さんは心配そうな表情を崩さない。

「わたしなんかで良ければ相談に乗るわよ。愚痴をこぼすだけでも、ずいぶん気が楽になることもあるし。良かったら今度、ご飯でも食べない？」

「いいんですか？……」

　そんな親切な申し出をしてもらえると期待するほど親しいわけでもなかったから、ぼくはかなり驚いた。でも、嬉しかった。

「ぼく、愚痴をこぼされることはしょっちゅうだけど、自分がこぼすことってめったにないんですよ。なんか、聞き役にされやすくて」

「わかるわかる。薬師寺君ってそういう意味で頼りにされそうなタイプですものね。でも、たまには泣き言くらいいってみたくない？　それからカラオケで、アニメソングでもド演歌でも思いっきり歌って発散するの」

「それ、かなり誘惑的なお誘いです」

「あらま。するとわたしは美少年をたぶらかす年増の悪女かしら」

「やだな。ぼくは美少年って柄じゃないし、松岡さんは二十代もいいとこでしょ？」

「来年にはケーキが売れ残りになろう、というお年頃よ」

「なあんだ。二十五歳ならぼくとたった三つしか違いません」

「こら、はっきりいいなさんな」

「わ、ごめんなさい。ほんとにとても二十五歳には見えませんよ」

　いつになく口が軽かったのは、ひとりで悶々とし続けた数週間の反動だったかも知れない。

「もうっ、そんなに何度も！」

　松岡さんが肉づきの良い手でぱん、と背中を叩き、ぼくがふざけて、

「いたたたた」

　と声を上げたとき、廊下のドアが音立てて開いた。髪をきちんと七三に分けた、四十年輩の男の人がそこから半身を突き出している。

スーツの胸に「山岸《やまぎし》」という名札がついていたから、図書館の人だろう。年齢からして当然松岡さんの上司。ぼくはあわてて笑い顔を直した。周りに誰もいなかったからといって、図書館の職員が入館者とふざけあっていたところを上の人に見られた、というのはいかにもまずい。もちろんぼくはちっともかまわないけど、松岡さんには立場的に。

その人は怖いような顔で、眼鏡の奥からぼくをじろっと見た。表情だけ見ても、相当に容赦ないタイプって感じがする。やっぱり怒られるのだろうな、もしかしてぼくもと思ったが、その代わり彼は顎をしゃくって、

「松岡君、ちょっと」

とだけいう。

「はい、山岸課長。——ごめんなさい、薬師寺君。またね」

彼女はぼくの方に小さく会釈《えしゃく》すると、山岸さんの後について小走りにドアの中に入ってしまった。

それはもちろん、外で食事をする約束なんか上司の前でしているわけにいかないだろうけど、ちょっと取り残された気分だ。だって呼ばれてそっちに行くときの松岡さんの様子は、どう見ても「いそいそ」ということばが似合う感じだったのだ。

4

結局松岡さんとの食事の約束が、それ以上進行することはなかった。ぼくも大学が始まると、読み物のたぐいは大学図書館で借りるようになってしまって、近所の区立図書館からは自然と足が遠のく。たまに行ってみても、タイミングがずれれば顔を合わせることもない。

そして気がついてみると、「響」からの封筒も来なくなっている。相手がそこにいれば「あれはなんなんだよ」と苦情のひとつもいってやりたいところだったが、それも出来ないとなれば処置無しだ。

あのクリスマス・イブの記憶も、だいたい思い出せることは思い出してしまった。耳に残る曲のかけらも誰かに尋ねればわかるかも知れないが、当面はいいや、という気になっていた。ひとりきりで記憶をたぐる作業に、ぼくはいささか疲労し、飽きてもいたのだ。

もちろん、それでいいというわけではない自覚はある。八六年の八月に自分がしてしまったことを、もう一度正面から考え直したいと思う。そして父親である薬師寺静のことを。そうすればぼくは今度こそ、かおる母さんに会いに行くことが出来ると思うのだ。門野さんはぼくが彼女に会いたいというたびに「そっとしておいて欲しい」というけど、どうしても一度だけは。

かおる母さんはぼくのためにみちる母さんを憎んだ。それは仕方のないことだった。でもみちる母さんにも「仕方なかった」といいたいことはあるに違いない。

彼女がぼくに対してしたことは、客観的に見れば虐待だったかも知れないが、ぼくは彼女の涙も笑顔も覚えている。胸に抱きしめられたときのぬくもりを記憶している。そして彼女がしたことを、赦せると思う。

出来るならぼくはそのことをかおる母さんに話して、ふたりに和解して欲しいのだ。ぼくたちの心の中でだけでも。そのためにはふたりの心を奪った薬師寺静という男のことも、脇に退けて置くわけにはいかないだろう。

嫌なこと、忘れた方がいいことはある、と京介ならいうかも知れない。過去は自分の心の中で変えられる、変えていいのだと。

でもぼくは知っている。京介だって他人から見れば「忘れた方がいい」としか思えないような記憶を手放さず、胸の中に隠し持っていることを。そしてそれが彼の秘密に通じていることも、薄々だけど感じている。

自分のためにはそうした方がいいと思っても、それが出来ないことはある。誰からも納得してもらえなくとも、人は自分が決めた道を選ばずにはいられないことがある。ぼくにもようやくそういうことがわかってきた。

もちろんそのことと、京介がひとりでどこかへ行ってしまうかも知れないことを認めるのとは、全然別の話だけどね。

とにかくぼく自身については、早く気持ちの整理をつけて、かおる母さんと会いたい。

九月末、神代先生の研究室に遊馬《あすま》朱鷺《とき》と、いまは彼女の配偶者である遠山蓮三郎《とおやまれんざぶろう》氏（ぼくは彼がかなり苦手）が現れた。京介を引っ張り出そうとする朱鷺と、つれなく拒否する京介の大騒ぎに、霊感少女の守り役だという刀根《とね》老人までが加わっての一幕、それから十一月の軽井沢での奇妙な事件では、実のところぼくはただの見物人でしかない。

でも後になって深春なんかから聞いてみると、その頃のぼくはかなり変だったらしい。輪王寺《りんのうじ》綾乃《あやの》さんと京介の仲をいきなり勘ぐってみたり、部屋が突然真っ暗になったとき京介がぼくを気遣ったことで深春に当たってみたり、みんなに嫌われているお爺さんに妙に感情移入して、死んだ彼のために泣いてしまったり。

確かにこう並べてみると相当おかしい。情緒不安定だ。しかも自覚は全然なかった。自分ではなんの悩みもない顔で、ごく普通に屈託なく振る舞っているつもりだったのだから呆《あき》れたものだ。

後になって考えてみると、それはやはり夏からの「記憶をたどる」作業の後遺症だった。一応落ち着いている自分という地層に鍬《すき》を入れ、下の方の土を掘り返して表面に剥き出しにするような作業だったから、そうして耕《たがや》された地表はそれまでならなんでもなく流れ去るちょっとした雨でも、水を吸ってぐちゃぐちゃになってしまうってわけだ。

たぶんぼくという人間は、自分で信じているほどにはきちんと破綻《はたん》のない人格を持っているわけではないのだろう。柔らかな表面のすぐ下には、耕すまでもなく崩れやすいものやどろどろしたもの、あるいは瓦礫《がれき》のかたまりなんかが詰まっているのかも知れない。これはなんとも気の滅入るイメージで、ぼくは大学の勉強を言い訳にまたしばらく「思い出す」ことを棚上げにした。自分の振るまいがそこまで露骨に変だったとはわからないでも、なんとない不調感、積み重なった疲労感みたいなものだけは感じていたからだ。

我ながら現金なもので、そういうことを考えまいとするとぼくの気分はたちまち上昇した。それでもひとつだけ気にかかっていたことは松岡さんのことだ。秋頃一度、図書館ではなく新宿《しんじゅく》の雑踏の中で偶然彼女を見かけた。ぼくでなければたぶん気がつかなかったろう。彼女の服装や髪型はすっかり変わっていた。いつも後ろに結んでいた髪を明るい栗色に染めてふわりとさせて、きれいなコーラル・ピンクのコートにローズ色のスカーフ、お化粧した顔に眼鏡もかけていない。彼女と一緒に歩いている男の人も、ぼくは知っていた。図書館の山岸課長だ。

ああ、そうか。あのとき怒られるかと思ったのに彼女の足取りが「いそいそ」だったのは、彼が好きだったからなんだ。二十五歳なんてまだ若いのに、いつも地味な服装ばかりしていたけど、恋をしてあんなに楽しそうなら良かったな。少しさびしかったのも嘘ではないけれど、彼女のために喜んであげたいと思った。

それが、冬休みになってまた区立図書館に行ってみたら、松岡さんの表情が真っ暗だった。服装が前通り地味なのは職場だからかも知れない。でも顔色がすごく悪くて、目の下に隈《くま》が出来ていて、ぼおっと物思いに耽っているみたいで、話しかけることもできない。

手は機械的に動かして貸し出しの処理をしていたけれど、ぼくの方を向いていても見えてないみたいで、「こんにちは」と挨拶したら「こんにちは」と返してくれたけどそれも反射的な返事らしくて、とうとうそれ以上の話は出来なかった。

たぶん彼女は失恋したのだ。しかもその相手が同じ職場の人となると、嫌でも毎日顔を見ないわけにはいかなくて、辛さも一際だろう。もう少し落ち着いたらこちらから誘って、カラオケでもなんでもつきあってあげよう。思い切って発散すれば、きっと気持ちも楽になるよ。そして松岡さんならきっとまた、すてきな人が見つかるよ。

ところが、この話にはもう少しオチがあった。ぼくが帰ろうとしたら図書館の外で、携帯電話で話している男の人がいて、それが山岸課長だった。私用の電話はそうして外に出る決まりなのかも知れないけど、ぼくは聞いてしまったんだ。彼が電話に向かってこういっているのを。

「わかったわかった。今夜はちゃんと定時で帰る。坊主の誕生祝いは、もう買ってロッカーに入れてあるからな」

そういう彼の左手の薬指には、プラチナの結婚指輪がひかっている。そう。山岸課長は妻帯者だったのだ。そうしてたぶん松岡さんはそれを承知で彼と恋愛して、でもやっぱり傷ついて別れたのだ。どんな経緯でかはわからないけど、少なくとも彼女は鉛色の顔に充血した目をして、電話で話す山岸氏の横顔は楽しそうにほころんでいた。なんだかすごく腹立たしかった。

今年のクリスマス・イブは日曜日だった。だけど京介や神代先生とはもっぱら忘年会に年越し宴会に新年会で、クリスマスは祝う習慣がない。ぼくが先生の家に暮らし始めた最初から、クリスマスには興味を見せないどころか拒否反応を示したからだ。以後その習慣は変わらずいまに至る。

弓狩《ゆがり》みつさんのタイ料理レストランで御馳走を食べたのが二十二日の金曜日で、後は三十日まで予定はない。別にクリスマスをするんでなくとも、京介たちが家にいるなら一緒にご飯を食べてもいいわけだけど、どうしようかなと思っていたところが、土曜日の朝になって翳から電話が来た。「明日良かったら、飯でも喰わねえ?」という誘いはぼくとしても大歓迎で、

「でも翳、クリスマス・イブに誘う彼女、まだ出来ないの?」

『おまえもだろー』

「ぼくはいいんです。募集中じゃないから」

『あーっ。俺だって別に物欲しく看板下げてやしないぞ』

「そうかなあ。イブ前日の今日になっても拾う神が現れなくて、仕方ないからぼくのところにお誘いが来たんじゃないの?」

『おまえなあ――』

声にうなりが混じったところを見ると、ぼくの憶測は当たらずといえども遠からず、だったらしい。まあ、あんまりからかうのは気の毒だからこのへんにしておこう。

「それでなに食べる? どこか行きたい店とかあるの?」

『別に。だけど俺、あんま金ないぞ』

「それならうちにおいでよ。なに食べるにしても、その方が安くつくし」

それにイブの日曜じゃ、それなりの店はどこもかなり混み合っているだろうし、それもカップルだらけできっと落ち着かないのじゃないかな。翳が気にしそうだから口には出さなかったけど。

『栗山さんたちとは、明日はいいのか?』

「うん。あっちとは年末年始飲みっぱなしになるから、いつもクリスマスはやらないんだ。あ、でも深春の料理の方がいい?」

『い、いやっ。そんなことはない』

「深春の手料理なら忘年会に来れば食べられるからね、予定がないならご招待するよ。毎年おせちも作るのは大晦日《おおみそか》だし、大掃除も一日で済ませるから人手はいくらでも要るんだ。ご遠慮なく」

『またこき使われるのかぁ』

　初対面のときから皿洗いをやらされた翳はぼやくが、別にそれほど嫌そうでもない。

「だから、明日はふたりだけってことでいいかな。もちろんこっちも材料費半額持ち、手伝いつきでだけど」

『ラジャー！』

　予定が決まれば体も軽い。大掃除には少し早いけど、どうせ年末年始はこの部屋もしばらく留守になるから、お客の来る機会に片づけておく方がいい。ぼくはその日一日をマンションの掃除に当てて、いつもはしない床拭きに、ガラス磨きまでしてしまった。さすがにくたびれた。

　明日はせいぜい頑張って料理をするから、今日は残り物で済ませよう。冷蔵庫を掻き回して見つけたしなびた野菜や冷凍の肉を鍋に放り込み、神代先生からもらった素麺を放り込んでいんちきの煮込み素麺にして、めんどくさいから鍋ごと食べてしまい、まだ時間は早かったけどベッドに転がってうとうとしていた。

　それは何時頃のことだったろう。外の廊下を歩いてくる足音がした。このマンションは各階に四世帯で、ぼくの部屋は階段からは一番遠い。だけどその足音は、隣の部屋の前も通り越してうちのドアのところまで来るみたいだ。ぼくは眠くて目をつぶったまま、耳だけは醒《さ》めてそれを聞いていた。

　早い夕飯を食べ終えてベッドに転がったのが七時前だから、どんなに早くても八時は回っている。こんな時間には普通、宅配便も新聞の勧誘も来ない。変だなあ。翳が来るのは明日だし、京介や深春が来る予定もないし、第一この足音は——

止まった。静かになった。でも、どこのドアを開く音も、鍵を回す音もしない。無論うちのチャイムも鳴らない。かといって立ち去る音も聞こえない。なんだか変だ。ぼくはいつかベッドの上で、じっと体を硬くしている。かくれんぼをしている子供のように、息を殺している。だって、もしも足音の人がうちのドアの前で無言のまま、なにもせずに立っているとしたら、すごく怖い。

そう、怖い。でもなぜだろう。なぜぼくは、たかが足音だけでこんなに心臓をどきどきさせているんだろう。怖いのは、その人がなんのためにそんなことをしているかわからないからだ。幽霊が出たかもとか、そういうことを考えているわけではなくて。だったら立っていって、ドアを開けて確かめてみればいい。確かめたら案外、なんでもないことなのかも知れない。間違えた住所を訪ねてきた人が、それも東京に慣れない田舎のお年寄りが、表札の名前が違うので困惑している、とか。

何分間くらい、そうして息を殺していただろう。そうか。覗き穴から外を覗いて見ればいいんじゃないか、とやっと思いつく。ひとり暮らしをするとき深春からいわれた諸注意のひとつに「やたらとドアを開けないこと」というのもあった。

『管理人のいないマンションなんだからな、廊下は公道といっしょだ。墓地のセールスマンに新聞の勧誘、宗教の訪問に怪しげな募金活動。それくらいならいいが、強盗だって飛び込んでくるかも知れん。きちんと確認できるまで開けるな。そのためにドアに覗き穴があるんだ』

まさか強盗だとは思わない。だってぼくの耳に届いた足音は、小さくて軽くて女の人のものとしか思われなかったからだ。ＤＫから玄関の土間に下りかけた瞬間、床がきいっと鳴った。それが聞こえたのか、ぱっと駆け出す足音。覗き穴を使うのも忘れてあわてて外開きのドアを開いた。だけど、ドアは少ししか開かない。なにかが前でつかえている。

辛《かろ》うじて首を突き出すと、階段の降り口に駆け入ろうとする後ろ姿が一瞬見えて、たちまち消えてしまう。目に残ったのは真っ白い毛皮のコート、たぶん同じ毛皮の帽子。そして帽子の下から背中へ流れる長い髪。くるくるに波打った明るい茶色の。そんな髪をしている人を、ぼくは最近ではひとりしか知らなかった。小城里花だ。

もちろん彼女に住所を教えたことはないが、同じＷ大生なら調べようはあるだろう。でも、なんのために来たのか。喫茶店で話をした四月下旬以来、ぼくは一度も彼女とことばを交わしていないし、顔を見てすらいない。大島先生は保護者と話してみるといっていたが、それきり彼とも会っていないから、彼女がどうなったかも聞いてはいない。

首を巡らせてみると、ドアの外に高さが一メートル近くはありそうな白い箱が置かれているのが見えた。華やかに結ばれたリボンは、赤と緑のクリスマス・カラーだ。

（プレゼントを持ってきたのか……）

それを礼もいわずに追い返したみたいで、ちょっと気の毒な気はしたけれど、チャイムを鳴らされたとしても部屋に上げられたかどうか。彼女でなくてもぼくしかいないところに、若い女の子をひとり迎え入れるのはやっぱり気が退ける。それにこんなプレゼントをもらうほど、彼女と親しかったわけでもない。

贈り物をもらうのって、ぼくはあんまり得意ではないのだ。嬉しさより、気持ちの負担の方が大きくて。特に全然趣味じゃないものをもらったりすると「気持ちは嬉しい」にしても、その後の処置に困るよね。捨てるに捨てられず、で。

そのままドアの前に置いておくわけにもいかないので、ＤＫまで持ち込んだ。嵩張《かさば》ってはいるけれどそんなに重くはない。でも女の子ひとりでこれを運んでくるのは、そんなに楽じゃなかったろう。かけられた手間の分、気の重さも大きくなる。

（まいったなあ——）

送り返すにしても、彼女の住所を知らない。大学で調べるにも大島先生に聞くにも、冬休みが明けてからにするしかない。万一腐るようなものだとよけいまずいから、中を確かめないわけにもいかないだろう。リボンを解くと、縦長の箱は前が倒れるように大きく開いた。中に入っていたものも緑に赤と金の色の、クリスマス・ツリーだった。

一九八五年のクリスマス以来、ぼくはツリーを目の前にしたことがない。目に入っても見ないようにしていた。意識して目をそらさなくても、自然と無視するようになっていた。だから他のクリスマスの飾りものがどういうデザインなのか、正確なことはわからない。たぶんこういうものはみんな、同じように見えるのだろうと思う。一番上に金色の星をつけて、枝には白い綿の雪と色とりどりのモール、サンタやトナカイの小さな人形を賑々しく下げているというふうな。

でも箱から出てきたツリーは少し違っていた。おもちゃのような飾りはなくて、真っ赤なリボンを結んだ金色のベルが一面について、とても洒落《しゃれ》た感じだ。あのときみちる母さんが温室に置いてくれたツリーも、ずっと大きかったけれどやっぱりこんなふうだった。赤いリボンと金色のベル。おかしなくらい似て見えた。

（偶然だよ、そんな——）

だがそれに気がついて、ぼくは唇を噛みしめた。そうしないと大声を上げてしまいそうで。てっぺんの金の星の下に、人形がふたつ下がっている。右手を挙げた天使、両手を胸に当てたマリア。おもちゃには見えない精巧な人形だ。

でもそのふたつの人形には、上から真っ赤な絵の具を浴《あ》びせられていた。そして、天使の首から下げられたカード。

『Merry X'mas. 私のアンジュ　リカより』

聖夜の殺意

1

安物の足つきグラスに注がれたシャンパンから立ち上る泡が、電灯に黄金色にきらめく。グラスの表はたちまちやわらかく曇り、手に持つと指先にひんやりとした感触を伝えた。

「よーし、乾杯しよう!」

「なにに? 男ふたりの食卓に、とか?」

「なんでもいいじゃん。御馳走喰ってうまい酒飲むんだから」

「うん。それじゃいただきます」

「アーメン」


二十四日の夜、ぼくと結城翳はかなり絢爛豪華《けんらんごうか》なテーブルを中にして向かい合っていた。足かけ七年使い続けてくたびれた食卓が、今夜だけはフレンチ・レストランみたいだった。

それというのもまずなによりも、翳が純白のテーブルクロスに麻のナプキン、銀のカトラリーを担いできたからだ。母親が若いときヨーロッパで買ったもので、いつか結婚したら使いなさいと渡されたという革張りのケースを見せられて、当然ぼくは「こんなもの使えないよ」と頭を振ったが、翳は断固として聞かなかった。

「何年しまっといたと思うんだよ。そろそろ使ってやらないと腐るぜ、いい加減」

「腐らないよ」

「いいだろ。ナイフやフォークなら、使っても減りやしないしさ」

「クロスに染みがつくよ」

「ついたら漂白すりゃいいんだ」

もっとも二十何年保存されていた銀器は当然曇っていたし、クロスは折り皺がついていて、ぼくが料理をしている間、翳は自分の気まぐれのフォローをしなくちゃならなかった。アイロンかけはともかく、銀器磨きってけっこう大変なんだよね。でもそのおかげで、ぼくの作ったニース風サラダに三種のチーズと黒パンの盛り合わせ、温野菜をそえたロースト・チキンというありふれた料理が、プロの仕事みたいに見えることも事実だった。

「だけどちょっと意外だったなー」

「なにが？」

「てっきりおまえ、栗山さんところでクリスマス・パーティだろうとばっかり思ってたから」

「まだいってる。彼女とデートだろう、とは思わないところが憎たらしいね」

「だって、いないんだろ？」

「お互い様に。——はい、サラダどうぞ。塩が足りなかったらこれね」

「おっと、サンキュ」

「翳のところこそ、家族で食事はしないの？」

「うちのおふくろは料理音痴だからな。——香澄、このサラダ、めっちゃうまい。味付けなに？」

「アンチョビとオリーブオイルとワインビネガーが少し、後は黒胡椒だけだよ」

「いろいろ入ってるな。サラダ菜にキュウリにトマトに紫玉葱にブロッコリーに茹で卵、と」

「あと茹でたジャガイモと黒オリーブ。材料揃えればけっこう豪華に見えるけど、まぜるだけだから簡単だよ。——家で食べるのじゃないとしても、レストランとかは？　やっぱりフレンチ・レストランかなんかでディナーじゃないの？」

今年の秋、一度チケットをもらって彼のお母さんのピアノリサイタルを聞きに行った。若々しい美人でびっくりだった。楽屋で挨拶されたお父さんも日本人離れした美丈夫って感じで、さすがにクラシックの人はかっこいいなと思ったものだけど、

「香澄くーん、それはクラシック屋に対する認識が足りませんぞー」

翳は変な節をつけていいながら、ジャガイモを刺したフォークを顔の前で振る。

「クリスマスから年末年始は彼らの書き入れ時なのだよ。家族サービスどころの話じゃない。俺は毎年ひとりで冷えた鶏とケーキを食ってた。まずいのまずくないのって」

「うわ、そうなんだ」

それは想像しただけで、胸が痛むような悲しい情景だ。でも親の仕事によったら、そういう子供はいくらでもいるだろう。

「年末年始くらいならダチと遊ぶって手もあるけどな、クリスマスっていうと普通は彼女か家族だろ。中学生のときはひとりで家にいるのが嫌で、必死こいてナンパして歩いたもんな」

「じゃあ、今年も？」

「さ、さあな」

「まあ、結果は聞かずともわかってるけど」

「おまえさ、どうしてそうニコニコ笑いながらぐさぐさ来るようなことというわけ？」

「別に嫌みじゃないよ。翳のナンパが不首尾で、ぼくは良かったなと思ってさ」

翳はなぜか急に真っ赤になって、がぶっとシャンパンを飲んで、気管に入ったのかげほげほ咳《せき》をした。でも、本当に本気のことばだよ。だってもしも今夜ひとりで過ごさないとならなかったら、ぼくはそれこそ地の底くらいまで落ち込んでしまったに決まっているんだから。

小城里花が持ってきたらしいツリーは、箱ごと和室の天袋に押し込んであった。とにかくそうやって目の前から消して、無理やり頭を楽しいことに切り替えたのだ。だってせっかく翳が来てくれるのに、つまらないことで思い悩んでいる場合じゃない。うんと美味《おい》しいものを作って、一晩楽しく過ごさなくちゃと決めたから。

「おまえって料理の天才な。このロースト・チキンの味付けは？　すげえうまいんだけど」

「ハーブ・プロヴァンシアっていうのかな、ローズマリーとタイムとバジルとガーリックに塩胡椒をオリーブ油にまぜて、鶏をマリネして焼くだけだよ。そんな複雑なことしてないって」

「昔俺がひとりで喰わされた鶏の腿なんて、砂糖と醤油が焦げたまま干からびてるみたいなもんだったからなあ。なんか、同じ鶏とは思えない」

「翳も料理覚えれば？」

「駄目。俺、才能ないもん」

「関係ないって」


　テーブルいっぱいの料理をふたりしてきれいに平らげて、皿洗いもして、幸いほとんど汚さずに済んだクロスも片づけて、今度は紅茶をいれた。シャンパンのハーフボトルに赤ワインを一本空けて、まだ夜は長いからアルコールは一休み。

　本郷通りのケーキ屋さんで、翳と選んだブッシュ・ド・ノエルの出番だ。これなら丸いクリスマス・ケーキと違って、ふたりで充分食べきれる。翳はいよいよご機嫌になって、普段は話さない音大付属にいた頃の話をする。普通高校とは生徒の気質もずいぶん違うみたい。自分の知らない世界の話というのは、いつ聞いても興味深い。

「もう楽器はやらないの？」

　ぼくは聞いた。

「なんかもったいないね」

「いまさら指が動かねえよ。ああいうものはスポーツ選手のトレーニングといっしょで、一日でもサボるとすぐ思うようにいかなくなるんだ」

「そうだろうね。どんなジャンルでも、そこで一流になろうとしたらきびしいよね」

「たとえ一流になっても、子供ひとりまともに育てられないんじゃしょうもないけどな」

「また、そういうこという」

ぼくが睨んでも知らん顔でさっさと皿の上のケーキを片づけた翳は、紅茶を一口飲むと急に体を真っ直ぐに立てた。

「でも、歌ならまだいけるぜ」

「歌？」

「せめて親父とお袋とは違うことって考えたとき、声楽はどうかなと思ったこともあったんだ。教師も筋がいい、とはいってくれたんだけどな」

すっ、と息を吸い込んで口を開いたと思うと、そこからいきなり朗々とした歌声が流れ出す。英語の歌詞の、それはでもクラシックじゃなかった。

The long and winding road
That leads to your door
Will never disappear
I've seen that road before
It always leads me here
Leads me to your door

The wild and windy night
That the rain washed away
Has left a pool of tears
Crying for the day
Why leave me standing here
Let me know the way

Many times I've been alone
And many times I've cried
Anyway you'll never know
The many ways I've tried

But still they lead me back
To the long winding road
You left me standing here
A long long time ago
Don't leave me waiting here
Lead me to your door

ぼくはいつの間にか目を閉じて、翳の歌声に聞き入っていた。

　正直な話ぼくの英語力はお粗末なもので、特にヒアリングは苦手だ。だから英語の歌を聴いていても、その歌詞の意味が聞き取れて理解できることなんてほとんどない。

　でも、いまは違った。それがどこまで正確な把握なのかどうか自信はないけれど、翳の歌を聴いているうちに、自然とその情景が目の中に見えてきたのだ。

　それは夜、雨混じりの風が吹きすさぶ真夜中の荒野だ。ぼくはその嵐のさなか、たったひとりで道をたどっていく。風に顔を打たれ、雨に濡れそぼちながら。

　いくたびもいくたびも同じこの道を、ぼくは歩いていく。ぼくがこんなに苦しくて、こんなに泣いていることを誰も知らない。いくら声を出して呼んでも、どこからも答える声はない。

けれどぼくは知っている。この道がいつかは終わることを。ほら、行く手にぽつんと明かりが点っている。それが君のいる家だ。

　ぼくは歩き続ける。道がどれほど長くて、曲がりくねっていても、それがきっと君のいるドアまで続いていることを知っているから。

But still they lead me back
To the long winding road
You left me standing here
A long long time ago
Don't leave me waiting here
Lead me to your door

「この歌好きなんだ、俺」

　翳の声にはっと目を開く。歌が終わっていた。すごく長い夢を見ていたような気分で、そこから抜け出すのがなんだか名残惜しい。

「ビートルズだよね？」

「そう。The long and winding road、長く曲がりくねった道」

「そういう意味の歌なんだね。メロディに聞き覚えはあっても、普通歌詞までは聞き取れないから、よく知らなかったんだ。いま初めて、ちゃんとわかって聞いた」

「なんか意味考えると、ラブソングともいえなくて、結構悲惨だったりするだろ？」

「そうだねえ。でも翳、すごい上手なんだ。そんな才能があるなんて知らなかったよ」

「止せよ。才能なんてもんじゃねえって」

　そういって彼は、今度は Let it be を歌い出す。すごい声量は、マンションの薄い壁なんか楽々と貫いているだろう。隣から苦情が来るかな、とちらっとは思ったけれど、止める気にはならない。それくらい翳の独唱はすばらしかった。彼が歌い終えるのを待って、尋ねた。

「レット・イット・ビーって、どういう意味？」

「歌詞カードなんか見ると、『なすがままに』って書いてある。だけど俺的には正確じゃないかも知れないけど『あるがままに』の方がピンと来る気がするんだな。だって『なす』んだとしたら、誰がなんだ？　なんか長いものには巻かれろ、右の頬を打たれたら左の頬も、みたいじゃないか」

「そういうことをいってる、わけじゃないんだよね？」

「いや、ほんとのところは知らないぜ。マリア様の教えてくれた智恵のことばってんだから、そっちが正解なのかも知れないけどさ、トラブルのとき、闇《やみ》のときに救いになるっていうなら、『神にすべてをゆだねます、神のなさるがままに』っていうより、『いまあるがままに、それが答えになるんだ』っていう方が納得できないか？」

　うーん、そういわれてみれば、確かに。

「東洋的な思想かも知れないけどね」

「そうか。でも無理にじたばたするより『あるがままに』任せている方がすうっとうまく行く、ってことは意外とあると思わねえ？」

「――うん」

　ぼくは翳がなにをいいたいのか、いまいちはっきりしないままうなずき、そんなぼくをテーブルの向こうからじっと見つめて翳は、

「俺さ、待てるから」

「ん？」

「おまえが俺にいいたくていえないでいること、それが例の『事件』のことでもなんでもいいけどさ、別に焦んないから。おまえがいいたくなったら聞くけど、いいたくないならいわなくていい」

　グサ、と来た。嬉しいというより、いまいきなり不意打ちみたいにその話を持ち出されて、どんな顔をすればいいのかわからなくて。だって満腹してアルコールまで入ったところで、持ち出されるにはハードすぎる話題だ。

「それは、もう興味ないってこと？」

　やっとそれだけいったけど、ぼくの表情は強張ってがちがちだったろう。翳はムッとしたように、あのきつい目でぼくを真正面から見据える。

「興味、あるよ。ないわけない。おまえのことなんだから」

「興味があるならさ、ぼくがいわなくても、調べることはできるよ。いくらでも。ネットで検索かければね」

「そうして欲しいのか？」

「それは――」

　ぼくは絶句した。して欲しいわけがない。でも、彼が望めば止められやしない。ぼくを含めて関係者は今日まで口を閉ざし、真相をその壁に包んで守ってきた。でも、忘れられるどころかその壁は時効を前にしてぼろぼろ崩れかけている。小城里花がなんのつもりで、あんなプレゼントを持ってきたのかわからないけれど。

アンジュはぼくの名前だ。かおる母さんがつけた名前。いまは誰も呼ばないけれど、生まれたときにぼくがもらった名前。事件の真相を覆い隠すためには、決して暴露《ばくろ》されてはいけない名前。それを彼女は知っている。知られたくないことを知っていると見せつけることで、ぼくに対する優越感を感じたいのか。もっと具体的な要求をするつもりなのか。それともただ無邪気に、自分がぼくと同一性を持っていると認めて欲しいとでもいうのか。

　ぼくは自分が傷つけられることには耐えられるけど、かおる母さんに辛い目を見せたくない。彼女が傷つけられると思っただけで動悸がする。でもどうすればいいのか、いまはとても考えられない。まさかとは思うけれど、小城さんがかおる母さんのところにまで押しかけたら、なんて想像しただけで怖くてたまらなくなった。それはいまのぼくには、最悪のシナリオだった。

「香澄」

翳の声が厳しくなった気がして、ぼくはびくっとなってしまう。

「俺がそんなこと、すると思うのか？」

「わからない……」

　わからないよ、翳。ぼく以外の人間が心の中でなにを考えているか、なんて。

「おまえなあ」

　テーブル越しに身を乗り出されて、思わず体を退いてしまう。翳の目尻の上がった食いつくような目が、急に怖く感じられる。

「ネットなんてどんな嘘や面白尽くの噂が書き込まれてるか知れたものじゃない。匿名だから誰も責任負わない、書きっぱなし、いいっぱなしの便所の落書きだ。俺はそんなもんとおまえのことを重ねたりしねえよ。だからさっきからいってるだろう。『あるがまま』がいいって。別になんにも聞かなくたってさ、いまのまんまでおまえは俺のダチじゃんか。ちゃんと話の流れを読めよ」

ぼくはとっさになにもいえなくて、翳の顔をじっと見つめてしまった。

「あるが、ままに？……」

「そうだよッ」

それでもしばらくぼくは翳を見つめたまま、息を詰めていた。その意味が自分の頭に、そして全身に浸透するまで。やがてようやく息が洩れる。彼のことばでどれくらいぼくが救われたか、小城里花からあんなことをいわれ、「響」のカードを受け取って以来胸にたまってきた重くて黒いものがすうっと晴れたか、とても伝えられやしない。

「智恵のことば《ワーズ・オブ・ウィズダム》、だね」

ようやくそれだけいい、翳は、

「止せやい」

と鼻面に皺を寄せた。

「礼ならあのロースト・チキン、来年も喰わせろ」

「お安い御用」

ぼくは微笑《わら》う。

「来年どころか一生でも」

「マジ？」

2

「見ろよ、香澄。雪だぜ」

暑くなりすぎた部屋の空気を入れ換えるのに窓を開けた翳が、ぼくを呼ぶ。紅茶はとっくにもう一本のワインに代わり、それもそろそろ空になりかけて時計の針は十二時に接近していた。

「ああ、ほんとだ。珍しいね……」

神代先生が子供の頃には、東京もいまよりずっと寒くて冬は年の内から必ず雪が降ったのだという。でもぼくが覚えている限りでは、二月くらいにならないと積もるほどの雪はない。これも積もるかどうかはわからないが、闇の中をふわふわと鳥の羽毛のように舞っていく雪は、思わず窓から顔を突き出してしまうくらいきれいだった。

「な、ちょっと散歩行かねえ？」

「ええ、こんな時間に？」

「そこらへんまででいいからさ。だってクリスマスの雪景色、ちょっと見たくねえ？」

　寒そうだな、とは思ったけど、ここらでアルコールの熱のこもった頭を冷やすのも悪くないな、という気もした。

「それじゃS字坂下って権現《ごんげん》神社まで行ってみようか。あんまり降ると坂道滑るけど、これくらいならまだ平気だろうから」

「よーし、出発！」

「あ、待って。毛糸の帽子貸すよ」

「おまえな、せっかく決めてきたのにこれで毛糸の帽子か？」

　それは、翳の黒いバックスキンのトレンチはすごく格好良かったけど、

「傘は邪魔でしょう？　頭濡れると風邪引くよ」

「うー」


　神代先生の家から昔毎日散歩に通った、S字坂と権現神社。先生の家よりまだ近いマンションに暮らすようになってから、神社の中は通ったけれど、こちらの坂道を通ることはほとんどなくなっていた。傾斜がきつくて歩きにくいとか、深春たちの住んでいる谷中のマンションへはもう一本の裏門坂（でもこっちの方がずっと幅が広くて舗道もある）を通る方が近いとか、理由は一応あったけど、それ以上にぼくがS字坂を避けていたのはやっぱり、昔知り合いが住んでいた小さな家が空き家となって残っている、それを見るのが少し辛かったからだ。

　でも今日は翳を案内するんだから、行きと帰りは別の道にした方が面白いだろうし、避けるほどのこともないという気分だった。真っ白な息を吐きながらジョギングでもするみたいにタッタッと坂を下っていく。左手はT大のグラウンドの塀で、右は住宅の塀や生け垣。そして奈々江《ななえ》さんの家の小さな門はまだちゃんとそこにあった。

「その家ね、十年くらい前に知り合いが住んでて」

「ずいぶん古そうな家だな」

「うん、たぶん」

「やっぱおまえって、古い家好きなの？」

「え、どうかな。あんまりモダンなガラスとコンクリートみたいなのよりは、木造の方が好きかな。どうして？」

「いや、桜井さんってそういうの研究してる人なんだろう？」

「そうだけど」

「俺の生まれた家も古いぞ。明治物だ」

「ええ？　どこにあるの？」

「信濃《しなの》町《まち》。といってもあんまり不便なんで、俺が小学生のときに近くのマンションに越してるけど」

「じゃ、その家は？」

「空き屋。一応管理はしてるから、まだ屋根も落ちてないけどさ」

「知らなかった」


知り合ったのが高二の秋だからもう丸四年になるのに、案外知らないもんだ。翳のご両親と会ったのも今年になってからだし、高校のときには手紙なんて書かないから、彼が生まれた家の住所を意識するまでには行かなかったのだ。

「住所いったらそれだけで知ってたよ、あの人」

「あの人——あ、京介が？」

「そう」

「そりゃそうだろうね。明治時代の住宅なんて、東京だとそんなに残ってないし」

「ま、それだけ古いから」

「古いだけじゃなく、関東大震災に空襲に東京オリンピックにバブルにって、そのたびに古い建物は壊されてきたから」

「やっぱおまえも詳しいじゃん」

「門前の小僧だよ」

「将来はそっちか？」

「わからないな。たぶん、違うと思うよ」

雪は思ったより降っていて、坂道はそろそろ滑りやすくなっている。凍りついているわけじゃないから危ないというほどではなくても、肩をぶつけ合うだけでオットット、って感じ。車もほとんど通らないので、ぼくたちはアルコールの勢いも手伝ってふざけ合いながら坂を下っていった。坂から見下ろすと水銀灯の光に照らされた神社の境内《けいだい》は、チョコレートにうっすらと粉砂糖を振ったように白い。

「おー、これぞクリスマス。いい感じじゃんか！」

翳が大声を上げる。鳥居に雪じゃクリスマスともいいかねるけれど、権現神社の境内は樹木も多くて、雪の薄化粧をした木立を眺めればそんな気がしなくもない。

「クリスマス・ソングでも歌う？　『ホワイト・クリスマス』とかさ」

この季節日本中の街角に繰り返し流れる曲なら、ぼくだっていくつかは思い出せる。だけど翳は毛糸帽子の頭をぶるんぶるんと左右に振って、

「陳腐陳腐。そーゆーのは止そうぜッ。だいたいどうして日本人はさ、キリスト教徒でもないのにクリスマスなんか祝うんだよ。だけどクラシック屋はそういうやつらの前でさ、賛美歌やらなにやら演奏するわけよ。俺はそのおかげで生まれてからずうっと、この季節一家団欒《だんらん》から疎外されてきたんだから、金輪際《こんりんざい》そんなものは歌わないぞ！　打倒、菓子屋と玩具屋の陰謀クリスマス！」

走ったり騒いだりしたせいで、急に酔いが回ったのかも知れない。翳の声の大きいことといったら、もう。でもまあ、この時間に教会ならともかく神社にやってくる人間なんて、ぼくらの他にいるはずもないけどね。

「怨みが深いねえ」

と笑っていたら、

「香澄、なんか歌え！」

「ええッ？」

「俺ばっかりに歌わせるな。歌え、こら！」

そんなこといわれたって、さっきのプロはだしの歌声を聞かされた後で、へたな歌なんかとっても歌えないよ。みちる母さんだけでなく、かおる母さんも歌は好きだった覚えがあるから、遺伝的にはぼくも素質皆無《かいむ》ではないんだろうけれど。

ぼくはもう思い出していた。八五年のクリスマス・イブ、「響」が温室の前に現れたときぼくがかけていたレコードのことを。曲名は依然不明だったけど、それはかおる母さんのレコードだったんだ。彼女が白金の家にいたとき、ぼくがひとりの子供ではなく、もうひとりのぼくがいたとき、母さんはよくそのレコードをかけて歌っていた。

だからみちる母さんは怒った。彼女の前でかおる母さんの名前を出したり、思い出に繋がるようなものを持ち出すのは最大のタブーだったから。彼女は「みちる母さん」ではなく、たったひとりのママ、おかあさまでなくてはならなかった。ぼくの記憶からそれを拭い去らなくてはならなかったのだ。

陽気で美人で派手やかなみちる母さんは、だけどいつも怯えていた。かおる母さんの影に。もしもぼくがもう少し大きくて、ふたりの気持ちをちゃんとわかってあげられたなら、すべては変わっていたかも知れない。マリア・カラス張りのソプラノを楽しげに響かせて「オペラ歌手になりたかったの」と笑うみちる母さん。ぼくがそれでもベビーベッドの横でかおる母さんが歌った歌を耳に残していると知ったら、彼女はぼくの耳を潰していたろう。

「――翳、ぼくが頭のところのメロディをハミングしたら、なんの歌かわかる？」

「そういうゲームか？」

「ううん。昔聞いて、タイトルがわからなくてずっと気になってるのがあって」

「どういうのだよ」

ぼくは記憶に刻まれているそれをそっと、音にしてみる。

「ん？　それだけか？」

「無理かな」

かおる母さんの歌声は耳に残っているのに、その旋律をたどろうとすれば出るのはほんの切れっ端だけだ。いくらなんでもこれじゃあ、と自分でも思う。だが翳はまじめな顔で、

「もういっぺん聞かせろ」

仕方なくぼくは繰り返し、翳はふいに、ああ、といった。

「わかったの？」

「うん、かなり有名な曲。テレビCMのバックなんかにもときどき使われるぜ」

「ほんと？……」

そんなに簡単にわかるとは思っていなかった。口の中がしゅん、と音立てて乾いた気がする。それがかおる母さんに繋がる曲だということは思い出していたのだし、別にタイトルがわかってもなんてことはないはずだったのに。

「これはな――」

翳がいいかけて、けれど急に声を呑み込んだ。目がぼくの顔から逸《そ》れて背後を見ている。ぼくも思わず体をねじってそちらを振り向いていた。権現神社には玉垣に囲まれた拝殿から離れて、左右に仁王のいる中門がぽつんと建っている。鳩の家になっている屋根の下に、誰かいた。女の人のようだ。こちらを見ている気がする。その雰囲気《ふんいき》がどことなく異様に感じられて、

（まさか、小城さん？――）

そんなはずはないと思ったけど、体が強張ってしまう。

「おい――」

翳がぼくの腕を摑んだ。

「香澄、見ろよ。あの人、おかしくねえ？」

「えッ？」

「こんな天気だってのに、コートも着てないし、足、裸足《はだし》だ。こっちを見てるぞ。もしかして、おまえの知り合いか？」

門の瓦屋根の下から、その人はこちらに向かってゆっくりと歩み出てきた。水銀灯に眼鏡のレンズがひかった。頭の左右に乱れた髪が、溶けた雪に濡れそぼっていた。ようやくはっきりと顔が見えた。それは、松岡さんだった。でも……

翳のいう通りだった。彼女はピンク色のニットにスカートという格好をして、脚にはタイツを穿いているみたいだけれど靴はなくて、足先から臑《すね》までが濡れて、泥に汚れて、真っ黒になっている。いったいどうしたというのか。

「松岡さん！」

ぼくはあわてて駆け寄った。

「どうしたんですか。風邪引きますよ」

だけど彼女の表情は明らかにおかしかった。手を摑むと濡れて氷みたいに冷え切っているのに、顔は赤い。アルコールの匂いがする。酔っているのだ。それも、絶対に楽しいお酒ではなかった。見開かれた目は暗く、ぼくが見えてもいないようで、

「は、な、せッ」

手を荒々しく振り払われた。うつろだった目が、急に焦点を結んだ。こちらを見た。

「松岡さん？」

「男なんて――おまえなんて――」

充血した目がぼくを睨み付けた。口元がゆがんでうめきが洩れた。

「死んでしまえ――」

がたがたと彼女は全身を震わせている。

「みんな――みんな――死んでしまえばいい――」

「松岡さん！」

止めようとした手を振り払って、彼女は駆け出した。

「殺してやる！　殺してやる！　あたしが殺してやる！」

叫びながら。だけどその脚が、ふいにもつれた。ああ――、と悲鳴を上げながら立ち止まった。両手がおなかを押さえていた。

傷ついた獣みたいな絶叫。

そして、血の匂い。

雪の上に立つ松岡さんの足元に、真っ赤な血の滴《しずく》が散る。

「あああああ——」

ぼくは動けなかった。膝の力が抜けて地面に倒れそうになりながら、目を離すこともできなかった。

雪の上の、真っ赤な真っ赤な血から。

3

そばに翳がいてくれなかったら、ぼくひとりではなにも出来なかったに違いない。

「香澄、携帯は？」

「あ、持ってきてない——」

「じゃ一番近い病院か消防署は」

「神社の向こう側出たら、隣が消防署で、向かいがN医大の救急病院」

「なら、直接行った方が早いな」

彼はコートを脱いで松岡さんの背中にかけると、気絶したように座り込んでいる彼女の腕を取って背中に背負う。

「走るぞ。香澄、落ちないように見ながらついてこい」

「うん——」

そうしてぼくたちは雪の権現神社を駆け抜け、裏門坂の車道を渡って病院に駆け込んだ。こんなにも病院が近いのがせめてものラッキーだった。松岡さんが処置をしてもらっている間に、タオルを借りてせめて顔や体を拭いた。間もなく医者が出てきて無愛想な顔で、

「それで？」

と聞く。

「どっちが父親？」

「はあ？——」

なんのことやらさっぱりわからない。

「俺たち、ただの通りすがりです」

　翳がむっとした顔で応じた。

「だけどそっちの君、名前呼んだだろう？」

「松岡さんは、千駄木《せんだぎ》の区立図書館の職員です。だから姓は知っているけど、住所とか家族のこととかは全然知りません。父親って――」

「流産してる」

　投げ出すようにいわれて、ようやくぼくは医者のことばの意味を理解した。

「っていうか、無理に流産しようとしたか、させようとしたかみたいだね。腹部に打撲傷負ってるよ。おまけにアルコールと低体温。本当に君たちがしたことじゃないだろうね？」

　ぼくらには無論思いも寄らない疑惑だったけど、その医者はかなり本気で疑っていたみたいだ。翳はすごく怒って、血液型でもＤＮＡでも調べてくれと言い返した。


　さすがにそこまでのことはなくて、ぼくの住所連絡先を書いた上で帰っていいといわれたけど、時計を見れば四時を回っている。ぼくたちは寒さに震えながらマンションに戻り、暖房をパワーいっぱいにつけて、

「お風呂入る？」

「うー、それもめんどいな」

「寝る？」

「寝られそうもない」

　それもそうだ。

「翳、今日の予定は？」

「別に」

「じゃあ、ウィスキーでも飲む？」

「飲む！」

　はいはい、いいお返事です。ぼくはお湯を沸かして、オールドファッショングラスにくるっと剝いたレモンの皮と砂糖少々。ただのホットウィスキーにも一工夫して、せめて気を紛《まぎ》らせる。

（まったく、ぼくってクリスマス運はとことんないんだなあ……）

せっかく今年こそはって感じだったのが、あれだものね。翳も同じような気持ちらしく、ぐんにゃりテーブルに沈んでいる。ぼくたちは陰気な表情のままホットウィスキーをすすった。

「香澄、おまえあの人とは親しいの？」

「うーん、親しいってほどじゃないよ。区立図書館で本を探しているとき、アドヴァイスもらったのがきっかけだけど、名前も知らないし、家も知らないしさ。図書館で顔見たり、道で行き合ったりすれば話するってくらい」

「だけど本探しの手伝いとかなら、仕事の範囲だろうし、普通ならそれくらいのことでお知り合いになりはしないんじゃないかな」

「うん。でもそれが？」

翳がなにをいいたいのかピンと来なくて、聞き返したぼくに、

「いや。彼女はおまえに男性として好感を持っていたのかな、って」

「翳、まさかと思うけど、ぼくが彼女とそういう関係で子供の父親かも、とか疑ってるんじゃないだろうねえ？」

嫌みな口調でいってやる。彼は上目遣いにこちらを見て、苦笑した。

「そうとはとっても思えない、よな」

「当たり前です」

「だけど彼女、おまえのこと見てたじゃん。はっきりおまえのこと睨んで、『おまえなんか死んでしまえ』とかいわなかったか？」

「それは——」

確かにあっさり否定は出来ない。ぼくもそんなふうに感じたのだ。『男なんか』と一般論ぽくいったのをもう一度言い換えて、『おまえなんか』とぼくを見ていったような。

「ま、錯乱してたんだろうけど」

翳はぼくから視線を外して、ぼそっという。

「錯乱してなきゃいくらなんでも、あんなこといわないだろうさ」

「あんなこと?」

「『みんな死んでしまえばいい、殺してやる』っていったろう?」

「うん」

「あれって相手の男と、もうひとつ自分のおなかの子供のことじゃないのか」

ぼくは息を呑み込んだ。

「もちろん彼女が暴行されて、危ないところを逃げてきた可能性だってないわけじゃないけどな、それなら俺たちの顔を見て『助けて』ってまずいいそうなもんじゃん。そうじゃなくて、目の前の男を呪うようなことばを吐いたっていうのは」

「自分で、子供を堕胎《お》ろそうとした?……」

おなかをなにかに打ちつけて、酔っぱらって、雪の中をコートもなしに。

「でも下手したら自分が死んじゃうのに。それくらいなら手術だって出来たろうに」

「だから、錯乱していたんだろう?」

「…………」

「よりにもよってクリスマスの未明、神の子が生まれた日にそれだぜ。やりきれないよな」

翳はがぶっとグラスをあおる。ぼくは胸のつかえを下ろさずにはいられなくなった。

「ここだけの話だけど、彼女は失恋したみたいなんだ」

「へえ?」

「相手は同じ図書館の上司で、秋頃新宿をふたりで歩いているところを見て、でも最近彼女が病気みたいな顔していて」

「男は妻子持ちか」

「よくわかるね」

「ありふれた話だろ。まるで昼メロだ」

翳は吐き捨てた。

「最初からそれくらいわかってたはずじゃないか。馬鹿な女」

「翳、ちょっとひどいよ」

　ぼくは目を見張って言い返し、

「ひどいのはあの女だろ。大人の遊びのつもりだったのか、離婚しておまえと一緒になるとでもいわれたのかは知らないけどな、セックスすりゃあ子供が出来るくらいわかりきってるだろうが。子供は親を選べないんだぞ。勝手に作られて勝手に殺される、腹の中のガキの身になってみろよ！」

　言い返せなかった。翳のいうことは正論だし、母の立場の松岡さんより、彼女の子供に同情するのもむしろ当然だ。でも——

（かおる母さんは結婚しないでぼくを生んだ。父親は妹であるみちる母さんの配偶者だった。ぼくを生むとき母さんに、葛藤がなかったとは思えない。ひとつ間違ったらぼくも、ああして死んでいたかも知れないんだ……）

（松岡さんだってきっと、うんと苦しんだに違いない。悩んで、悩んで、そんな自分を罰するみたいにあんなことをした。堕胎手術をしてもらえば、ずっと簡単で安全なのに）

（雪の上に散った、真っ赤な血。生まれることが出来なかった子供。母親になることが出来なかった、松岡さん——）

「悪い」

　翳がいきなり謝る。

「俺はあの女の人のことなんにも知らないけど、おまえには知り合いだもんな。どんな事情があったのかもわかんないし、昼メロだ、馬鹿女だは決めつけすぎだった。すまん」

「ううん。ぼくはあのときびっくりしちゃって、体も頭も動かなかった。どうしていいかわからなかった。松岡さんの命を助けたのは翳だよ。その方が同情よりもずっと大事だよ」

「どっちも大事さ。気持ちも行動も」

「そうだね」
「でも、女の人って怖いよな。母性愛は神聖だとか、母は強しとかいうけど、そんなのたぶん男の身勝手な幻想なんだ。自分を犠牲にして我が子を守る母親もいれば、追いつめられてその子を自分で殺す母親もいる。彼女たちにはそれが出来る」
「——うん」
「ああ。俺、たぶんそのへんがショックで、あの人を馬鹿な女とかいいたくなっちまったんだぜ。うわあ、ガキくせえ」
「そうだね。女の人も、母親も、みんな別々でみんな違うのにね」

翌朝ぼくたちはもう一度病院を訪ねた。松岡さんの体のことも心配だったが、翳のコートを背中にかけたままだったことを思い出したからだ。学生手帳や定期を内ポケットに入れて忘れていたのだから、まったく翳も呑気だ。

コートは出来るだけきれいにされてナース・ステーションに預けられていたけど、松岡さんの顔を見ることは出来なかった。N医大病院には産婦人科がなかったので、子宮の中に残ったものをきれいにする手術をするために、区内の他の病院に朝の内に搬送されてしまっていたのだ。

心配なような、半分はほっとしたような気分でぼくたちはそれを聞いた。もしかしたら松岡さんは昨日出会ったのがぼくとは気づいていないかも知れないし、それならなにもいわない方がいいのかとも思う。どうせなら名前も知らない赤の他人に助けられたと思う方が、気兼ねも少ないだろう。

退院したら松岡さんはまた区立図書館に帰ってくるだろうか。結婚している上司と恋愛関係にあったことが、これを機会にばれてしまって、勤めを続けられなくなるようなこともあり得るだろうか。そうして友人をひとり失うことになるとしたら、それはとても悲しい。

でも今度彼女がぼくの顔を見た途端、あの夜の出来事を思い出してしまったら。こっちも知らない振りをして失敗したら、もっと彼女を傷つけてしまう。いつどこでになるかはわからないが、もう少しお互いの記憶が遠のくまで、再会は先のことになる方がたぶんいい。

そんなふうにしてぼくと翳のクリスマスは終わった。ぼくらが見てしまったことは誰にもいうまいとふたりで決めた。でも年末年始はいつも通り行事が目白押しで、ぼくはやがてそのときの記憶を意識の表から遠のけた。忘れられるはずもないが考えないようにし、考えないでいられるようになった。

今年は翳も加えての、年越し大掃除から忘年会。手伝いのお礼の先払いに、深春と五反田《ごたんだ》の翳のアパートを急襲し、有り難迷惑の大掃除をしてあげてから三人で谷中に帰って、能率の悪い京介を叱咤《しった》しながら掃除と料理。深春も暮れは忙しかったから、おせちも全部そこで作るのだ。

紅白歌合戦の頃にはどうにか全部終わって、除夜の鐘が鳴り終えたら近所に初詣。神代先生の家へお年始に行って、今度はそのまま新年会。翳はそこで実家に帰ったけれど、次の週末は毎年恒例、伊豆での遊馬家新年パーティで、遠山蓮三郎氏がお婿に来てから初めてのパーティはさらに賑やかで、そこにも翳は加わってみんなで大騒ぎした。

その週からは大学が始まったけど、学内はまだなんとなく休みの続きめいていて、それでも月末には試験が控えているから、試験範囲やノートの情報ばかりは活発に飛び交って、妙に活気があっていつもの空気とは少し違う。

そんなこんなでぼくはいつか、すっかり忘れていた。松岡さんのことも、和室の天袋にしまったままのクリスマス・ツリーのことも、冬休みが明けたら大島先生に小城里花のことを尋ねようと決めていたことも。嫌なことはたぶん、思い出したくなかったのだろう。

でも、ぼくがそうやって浮ついて時を過ごしている間にも、事態はゆっくりと進行していたのだ。ぼくがそのことに気づけるのは、もうしばらく先のことだったのだが。

区立図書館に行ってみたのは、一月最終週の火曜日。松岡さんの姿が見えなかったので、貸し出しのカウンターで尋ねてみた。「尾形《おがた》」という名札をつけた女性は、

「休職しているんですよ、ちょっと体の具合を悪くしたもので」

といってわざとらしくにっこり笑ったが、答える寸前わずかに間が空いたのにぼくは気づいていた。その顔は明らかに、松岡さんの身になにが起きたのか知っている顔だった。

「なにか松岡に御用ですか？」

それ以上尋ねられるのが嫌で、ぼくは会釈だけしてその場を離れた。

翌日、教育学部の大島研究室に出かけた。だけどそこに大島先生の姿はなかった。ぼくも知っている伊左《いさ》さんという助手の人がいたので聞くと、先生は入院しているのだという。

「ご病気ですか？」

「いや……」

どう答えていいかわからない、というように彼は頭を掻いた。そばで書類を書いていた女性が、顔を上げてぼくを見た。

「あなた、小城さんて知っているわよね？　去年の前期、銅像前で立ち話していたでしょ？」

「はい——」

「先生はね、彼女のおかげで怪我をしたのよ。自宅を訪ねたところを、階段から突き落とされた」

「おい、止めろよ！」

「どうして？　本当のことでしょ？」

「先生は、自分で足を踏み外したといっておられたよ」

「庇《かば》ってるんでしょ。そういう関係なんだって聞いたわ。だから一年のとき、彼女はここで自殺未遂を起こしたんだって」

「根も葉もないことをいうな。人が本気にしたらどうするんだ」

「でも私の友達は、彼女の口からはっきりそう聞いたんですってよ」

「あの女は妄想に憑かれてるんだよ。自分の周りの男が、全員自分に性的な関心を持っていると思ってる！」

「身に覚えがありそうね、伊左君」

「君みたいな噂好きが、下劣な風評を広めて妄想を強固にさせるんだ」

「なにもかも妄想だって決めつけるのはどうかしらね。そういう受け取り方の根底に、女性蔑視の視点がないといえるの？」

「問題をすり替えるのは止せよ」

「すり替えてないわよ！」


　ぼくはもうなにもいえず、ふたりの言い争うことばを聞く気にもなれず、黙ってそっと立ち去ろうとした。なにが真実なのかわからない。小城さんの行動がそんな誤解を生んだのかも知れない。でも、大島先生の怪我は本当に事故なんだろうか。

　ぼくの後を伊左さんが追いかけてきた。

「びっくりしたろ？　変な噂が広まってしまって、とんだ心理学のケーススタディだ」

　全部冗談だ、とでもいうように声を上げて笑ってみせる。なんだかわざとらしい笑い方だった。

「まあ、ぼくらにとってはなかなか興味深いがね、君も嫌な思いをさせられるかも知れないから、先生が退院されるまでは研究室に来ない方がいいかも知れないよ」

　伊左さんのことばが、なんとなく素直に受け取れない。ぼくのことまでが誰かの口から語られて、噂になっているような気がする。ぼくまで妄想に憑かれたみたいだ。

「先生の入院、長くかかるんですか？」

「右脚を複雑骨折されたそうだから、新学期までは休まれるんじゃないかな」

「そんなに……」

「君が訪ねてきたら、病院に来てもらっていいといわれているんだ。これ、病院の名前と住所電話番号。それじゃ」

　ぼくの手にくちゃくちゃになったメモを押しつけると、彼はさっと身をひるがえした。呼び止める暇もなかった。

　そのとき思い切ってすぐに、大島先生を病室に訪ねるべきだったのかも知れない。でも、ぼくの気持ちは重く沈んでいた。先生が小城さんの家に出かけたのも、ぼくが彼女の話をしたせいだ。それもきちんと全部伝えたのではなく、「薬師寺家事件」をほのめかされたことだけは除いて話した。先生が大怪我をしたこととそれの間には、関係がないといえるだろうか。

　自分が疫病神になった気がした。合理的な説明なんかあるはずもないが、松岡さんの失恋と入院もぼくと出会ったせいだとさえ思えてきた。そんなの馬鹿馬鹿しいと思いながら、シャツに落としたインクの染みのように、そういう嫌な気分からどうしても抜け出せない。

　まるで前に読んだ心理学の本に出てきた、靴下は毎朝必ず左足から履く、履かないと悪いことが起きると信じている、迷信深い子供みたいだ。子供の感じている世界に対する無力感が、逆説的にそんな迷信を生み出すのだというが、

（何歳だ、ぼくは——）

　自分の幼稚さにつくづく嫌気がさした。

　京介に泣きつこうかと思った。深春を摑まえて鬱憤を晴らそうかと思った。でもいまふたりは三月のタイ、マレーシア旅行を前にして、大車輪で仕事を片づけているはずだった。

それに小城さんのことを話すとなったら、記憶実験に参加したことがそもそもの間違いだったということになりかねない。大島先生の監督不行届、みたいな話になったら困るし、クリスマス・ツリーのことをいったら、なんで年末年始に一言も話さなかったのだ、と呆れられるだろう。

一度いわないでおこうと思ったことは、全部解決するまではいわないままでいるしかなくなる。こんな半端な状態で、泣き言なんかいえない。ふたりは絶対ぼくを責めたりしないと、それだけはわかっていてもだ。だけどいま意地を張ることで、もっとどうしようもないところに追いつめられてしまったらどうしよう。考えれば考えるほど、なにが正しいかわからなくなる。

ぼくは自分がいつかテレビで見た、迷路の中のハツカネズミになってしまった気がした。動物の学習と記憶の実験だったと思うけど、なんだかひどく残酷に見えて嫌だった。ネズミは真剣に狭い迷路の中を行きつ戻りつ走り回っているのに、上から覗けば一目で答えは明らかなのだ。でも、ハツカネズミは絶対人間にはなれない。二次元上を移動するものには、三次元の視点はスーパーナチュラルだ。ぼくが困惑しながらうろうろしている現在も、高次元にいるものにしてみればハツカネズミの迷路でしかないのだろうか。

考えるのに疲れて翳に電話した。彼に話すか話さないかはそのときの気分次第として、全然関係ないことで気晴らしするのでもいい。翳は携帯は持っていないので、アパートの部屋にかけるしかない。留守のときは留守電に吹き込んでおく。でも、ちっとも返事が来なかった。試験期間なのはたぶん翳の大学も同じはずで、バイトや旅行ということはまずないと思うのだけれど。それに長く留守にするときは、大抵連絡をくれていた。

（まさか、翳の身にもなにか起きている、なんてことはないよね？……）

じりじりと不安が募《つの》っていく。もしもなにかあってずっと留守にしているなら、留守電をぼくの声だけでいっぱいにしてしまうのはまずい。だから何度かかけた後はメッセージを吹き込むのは止めて、それでも毎晩マンションに帰ると、短縮のボタンを押した。

そうして電話をかけ出して、十日くらい過ぎたある晩、がちゃ、と受話器を外す音がした。

(ああ、良かった!)

「もしもし、翳？　ぼく、香澄だよ」

『——ああ』

その低い声を聞いただけで、ぼくの心臓は違う音を立てた。なんだか不機嫌そうだった。それとも病気なのだろうか。

「このところずっと電話してたんだけど、留守だったよね？　どこか出かけてたの？　試験はもう終わり？」

『うん、まあ、な』

いつもの翳とは全然違う、煮え切らない口調がぼくを不安にさせる。

「ねえ、どこか具合悪いの？　病気？　ひとりで不便してるんじゃない？」

本当に風邪でも引いているなら、電話で話すのもしんどいかも知れない。でもそのときぼくはどうしても、せっかく繋がった回線を切ってしまう気にはなれなかった。これを切ってしまったら、もう二度と翳に通じないような気がしたのだ。だから必死でしゃべり続けた。

「もしもそうならぼく、これからでも看病に行くよ。食べられそうなものと風邪薬持って。ね、そうした方がいい？」

『——いや、いい』

「翳、ほんとに、どうしたの？……」

『悪い。切るから』

「待ってよ。翳ったら、それじゃなんだかわからないよ!」

ぼくはとうとう叫んでいた。

「わからないよ。なにがあったかちゃんといってよ！」

『悪いけど、いましばらくおまえの顔、見たくないんだ』

「そんな……」

受話器を持つ手が震えた。

「ぼく、君になにかした？」

『違う』

「でもッ」

『おまえは悪くない。だけど、少し時間をくれ。頼む』

「翳……」

『ごめん』

それだけいってぷつんと、電話は切れた。ぼくは受話器を握りしめたまま、ＤＫの床に座り込んでいた。その晩ずっと。


久しぶりに「響」の封筒を郵便受けに見つけたのは、その翌朝のこと。何時間も冷たいフローリングの床に座り込んでいて、真夜中過ぎにやっとベッドに入って、眠ったのか眠らなかったのか自分でもよくわからないまま迎えた嫌な朝だった。

朝刊の下になっていたから、あるいは昨日届いていてぼくが気がつかなかったのかも知れない。いつもと同じ宛名シール、いつもと同じ「響」の字。頭の麻痺していたぼくは、なにも考えぬまま封筒の口をびりびりと破いた。

いつもと同じ白いカード。

並んだ英文。

でもその文面は、これまでとは違っていた。

No one loves you.――誰もおまえを愛さない。

（本当だ……）

膝から力が抜けた。

ぼくはずるずると床に座り込んだ。

泣きたくとも、涙も出なかった。

亀裂

1

その日の午後、ぼくは市ケ谷《いちがや》にある病院を訪ねていた。そこに大島先生が入院しているのだ。高台にある小さめの病院は、一見するとル・コルビュジエ風っていうか、個人の大邸宅みたいで、こういう表現が病院に対して的確かどうかは別として、設備もお客も「お金持ちっぽい」気がした。

受付で聞いて上がったのは、四階の個室だった。電話をしてあったので、「大島庄司」と名札の出たドアをノックすると、すぐに中から、

「薬師寺君？　入って」

聞き覚えのある声が答える。ドアを開けて入ろうとして、ぼくはぽかんと口を開けていた。実は受付で聞いた後に、仮にもお見舞いなのに手ぶらで来てしまったことに気づき、どうしようかと迷っていたのだけれど、室内を見て半端な花束なんか持ってこなくて良かったと思った。パステル・カラーで彩《いろど》られたホテルみたいな病室の中は、豪華絢爛な花で文字通り埋まっていたんだ。

「やあ、驚いた？　我ながら、こんなに大量の花の中にいるのは生まれて初めてだよ」

ベッドに横になっていた大島先生は、いつもよりはハイテンションな口調でいう。照れているのかも知れなかった。確かに普通の男の人が、純白の胡蝶蘭に左右から挟まれて横になっているというのは、かなり不思議な眺めだ。病気見舞いに贈る花は強い匂いのないもの、そして根のついた鉢植えは「寝つく」に通じるから駄目、と聞いたけれど、そのせいか蘭の切り花が一番多い。

花を別にしても、室内の様子はまったく病院らしくなかった。クリーム色の壁には印象派の油絵、カーテンはレエスと厚手のウールの二重で、カーペットは趣味のいい焦げ茶色。付き添い用にだろう、ゲストベッドの向こうにはトイレと風呂らしいドアが見え、ぼくが勧められたベッドサイドの椅子も折り畳み椅子なんかじゃない、背もたれのある革張りのしっかりしたものだった。

「お元気そうですね」

「うん、元気だよ。ご覧の通り病室はホテル並みの快適さだし、悪いのは片方の脚だけだからね。そうそう、食事もなかなかいけるよ。この機会にせっかくだからゆっくり休ませてもらって、ついでに内科系の人間ドックや検査も全部してもらって、学部の先生方には悪いけどせいぜい楽させてもらうことにしたんだ。暇が出来たおかげで、君から教えてもらった最近の日本のミステリなんかも、いろいろ読めているしね」

「あ。それじゃお見舞いには、本を持ってくれれば良かったですね」

「大丈夫大丈夫。ときどきパソコン借りてネットも見てるから、要る本はそっちで注文してる」

あまりにも屈託なげな先生の様子だったけれど、その顔のままぽそっといわれた。

「薬師寺君、昨日寝てないな」

「あ。目、赤いですか？」

「それだけでなく、後頭部の髪の毛がくしゃくしゃだ」

あわてて手をやった。もちろんブラシくらい入れてはきたけど、確かにもともとくせっ毛の髪がかなりひどいことになってる。そんなところまで、気が回らなかった。

「寝つけないと人間って、枕で髪がもつれるよね」

「先生、名探偵ですね」

「駄目だよ。煙草が吸えない」

「え？」

「肺癌の検診も受けて無罪放免されたのに、病室に煙草の匂いがつくのはまずいというのさ。これで煙草とコーヒーさえ解禁してくれるなら、ここに住んでもいいくらいだけどなあ」

「喫煙室はないんですか？」

「あるよ。いつも混んでる。だから、ぼくらは屋上へ行こうか」

先生は膝にかけていた毛布をぱっと剝いだ。右脚が腿まで大きなギプスに覆われていた。

「そこに立てかけてある松葉杖、取ってよ。それとロッカーにオーバーがあるから頼む」

「いいんですか、歩いて」

「筋力が低下したらいけないっていうんで、左脚だけの筋トレはしてるんだ。杖の使い方もずいぶんうまくなったよ。優雅な入院生活に飽きたら、このままでも一度大学に顔を出すつもりなんだ。もっともこの通り、介添えは要るけどね。ドア、開けてくれる？」

エレベータに乗るまでにも、何度も看護婦さんに呼び止められたけど、幸い「出歩いたらいけません」とはいわれなかった。運動した方がいいのは本当なんだろう。

屋上はコンクリートの平面に手すりが回っているだけの殺風景さだったけど、良く晴れていて風もないので暖かだった。暖められたコンクリートに並んで座り、手すりに背中をもたれさせる。

先生は早速、

「失礼するよ」

と煙草を取り出した。しばらく無言のまま煙を吐く先生の横顔を眺めながら、ぼくは昔翳と高校の朝の屋上で顔を合わせていた頃のことを思い出していた。やっと学校にもなじんで、毎日の登校が苦痛でなくなった頃。煙草をふかす翳の隣で、身長を伸ばしたくてせっせと牛乳を飲んでいた。あれは幸せな時代だったんだな、と思う。なんだか、何十年も前のことみたいだった。

「なにがあったか、聞きたい？」

　こちらを見ないまま、先生がいきなりいう。

「去年の四月君が相談に来たときは、ぼくはあんまりなにも話さなかったね。それはその方がいいと思ったからだが、いまは君にも話しておくべきだという気がしている」

「もしも差し支えないんでしたら、聞かせていただきたいです」

「ぼくは、少しも差し支えない。だが、差し支えると思う人間もいる、実のところね。だから念のため屋上に出てきたわけだ。わかるかな」

　よくわからない、という顔をしてぼくは先生を見た。

「この病院の経営者は、彼女の義理の父親と取引関係にある。年収の高い患者を主に受け入れて、質の高い医療とサービスを提供するのがコンセプトだ。当然ながら大学教授程度の収入で、入院することは出来ないよ」

　そのことばの意味するものを、ぼくは考えた。先生の怪我の治療費、入院代を負担しているのは小城さんの親だということだ。つまり先生の怪我は単なる事故ではない。その賠償的な意味合いがこめられている。だが、もしかするとそこにはもうひとつ、口止め料の意味もあるのかも知れない。少なくとも先生は、そう考えている。

「だったら、ここでその話は止めた方がいいんですね？」

「いやいや、だから屋上に来たんだよ。あの病室だと看護婦やら、誰やら、いつなんどきやってくるともわからないし、ひょっとしたら盗聴器くらいは仕掛けられているかも知れないからね」

「まさか――」

「うん。盗聴器というのは半分冗談だけど、あの花の山を見ればお見舞いが多いのはわかるだろう？　かみさんはあんなの持ってこないし、学生の見舞いは断っているのにね」

半分は冗談ではない、ということになる。確かに小城さんの家族が頻繁に病室を訪れれば、その耳をはばかるようなことはしゃべりにくいだろう。

「彼女は、いわゆる被愛要求が非常に強いんだね。愛されること、関心を持たれること、認められること。そのときどきに、彼女に選ばれた他人から。それが与えられないとパニックする。あるいは攻撃的になる」

　前置き抜きのことばにぼくは面食らったが、先生はここでも固有名詞を口に出すことを避けているのだ、と思い返して耳を傾けた。

「想像力が豊かで、マンガや小説を好んで読むし、大学に入ってからは心理学関係の文献も多く読んで、それをすべて自分の物語を強化するために使っている。ぼくが相談された一年生のときは、義理の父親にレイプされて、彼を殺そうとして母も一緒に殺してしまった、という話だった」

「レイプ？――」

　刺激的なことばにぼくはびくっとなったが、

「君はそういう話は聞いていないだろう？」

「はい」

「ところがこれも虚構だった。涙ながらに聞かされた物語は非常に説得力に富んでいて、ぼくはまったくそれを信じてしまったんだが、後で分かったことにこれとそっくり同じプロットのマンガがあるそうだよ。もっともそちらの主人公は男の子だったが、母子一体の幸せな時代が、母の恋愛によって壊されて、さらに現れた男が主人公を犯す、という展開は完全に同一だった。

　実のところぼくも小さいときに両親が離婚して、母ひとり子ひとりで育てられてね、母との関係はかなり濃密な方だったが、ぼくが成人してからは必ずしもいい関係ではなかった。支配的な母から独立するために諍《いさか》って、ようやく距離を開けることができたものの、母はそれに不満を覚えていたし、ぼくの方には罪障感が残った。

その母が彼女の相談を聞く半年前に病死してね、それも癌でかなり苦しんだんだ。彼女の物語に強く反応してしまったのは、たぶんそのせいもあったと思う。学内新聞に母を追悼するエッセイを書いて、それはぼくのアンビバレンツな愛憎の思いを率直に表現したものだったんだが、どうも彼女はそれを読んでいたらしいんだ」

「ぼくが聞いたのは、彼女は小さいときから母親に支配されていて、憎みながら愛していたのを裏切られた、だからふたりを殺したというのと、先生が相談に乗ってくれなかったので自殺しようとした、狂言ではない、という話ですけど」

「ぼくの印象では、彼女は自分の物語を聞かせる対象をちゃんと選んでいる。そしてぼくの場合のように前もって得た手がかりに沿って、自分の話を変化させる。対象がそれを受け入れやすいように、信じ込みやすいように、嫌なことばを使うなら弱みにつけ込むんだ。決して手際がいいとはいえないが、短期間ならそれをうっかり信じてしまうこともある。もっともそこに『母殺し』の挿話が繰り返し語られるので、事実との齟齬《そご》はすぐに明らかになってしまうんだがね。薬師寺君も彼女と話したときは、それをすべて事実だと思ってしまったろう？」

ぼくは黙ったままうなずいた。心が乱れていた。いま口を開いたら、なにをいってしまうか自分でもわからなかった。

「それを病と考えるか、先天的な性格の偏《かたよ》りと見るか、幼児期のトラウマを疑うか、診断する能力はぼくにはない。だがいまの彼女の精神状態が、健全だとはいえそうにない。彼女のためを考えるなら、放置しておくべきではない。一昨年の自殺未遂のときはどういう対処の仕方をされたのか、いずれにせよもう一度専門家の診断をあおぐべきではないかとご両親に話しにいったんだが、どうやら彼女にそれを聞かれてしまってね」

「それで？——」

それで小城里花は、先生を階段から突き落としたのだろうか。先生は外国人のジェスチャーのように両手を広げて見せた。

「背中に目はないからね、ぼくが分厚い高級絨毯を敷き詰めた階段に爪先をひっかけて、転げ落ちた可能性はゼロではない。そうしてそのことでぼくが彼女の義父を脅迫したわけでもないし、彼が沈黙を要求されたわけでもない。せっかくのご厚意を断れば角が立つ、というまことに日本的な決着の結果が、この優雅な入院生活というわけだよ」

ぼくはまたしばらく考え込んでしまった。ミステリの中の謎のように、なにもかもが明らかにされればいいというものではない。それはぼくだって理解している。たとえその瞬間小城さんの手が先生の背中に触れていたとしても、彼女がなにを思っていたかは推測するしか出来ないし、それが彼女を治療するためになるわけでもない。

「じゃあ、彼女は？　いまは病院か、そういうところに？」

「それがね、行方不明なんだ」

「行方不明？」

「ぼくが病院に運ばれた後のことだから、正確な経緯はわからない。だがどうやら、その直後から家を出てしまったらしい」

煙草をくわえたままの先生の顔が、苦いものを口に含んだようにゆがんでいる。

「先生が彼女のところにいらっしゃったのは、何日ですか？」

「去年の暮れの二十三日だ。つまりもう一ヵ月以上になる。どこにいるのかわからない。もっとも母親にはときどき電話があるそうだし、カードの利用状況からして都内にいることは確かで、失踪しているともいえないんだが、親御さんも無理に連れ戻すつもりはないらしくてね。それでいいのかどうか、ぼくはいささか不満なんだが」

「先生が怪我したのは、その日の昼間ですよね」

「昼過ぎかな。――薬師寺君、どうかした？」

「二十三日の夜に、彼女、ぼくの家まで来ました」

「会ったの？」

「いいえ。チャイムは鳴らさないまま、マンションのドアの前に、プレゼントを」

「薬師寺君」

「彼女は、どうしてか、ぼくのことをいろいろ知っているみたいで。先生に、いっていないことも。それから、そのプレゼントも――」

　うまくことばが出ない。喉が詰まったようで。首が苦しい。みちる母さんの顔が目に浮かぶ。やさしい顔でなく、怒りにゆがむ顔が。でもそれは怒りながら、泣いているような顔だ。

（香澄、香澄、香澄！　おまえはあたしの子よ、あたしだけの息子よ。姉様のものじゃない！――）

（おまえを姉様に盗られるくらいなら、それくらいなら……）

　その顔が、雪の中の松岡さんの顔に重なった。死んでしまえと呪った我が子が、血の塊《かたまり》になって落ちていく瞬間、長く尾を引く悲鳴を上げた彼女。その悲痛な顔。

　母になった女の苦悩、母になり得なかった女の苦痛。人間は、母となる女性の苦痛と犠牲なしに産まれ得ない。それこそがぼくたちに科せられた原罪なのかも知れない――

「薬師寺君、君はひとり暮らし？」

　いきなり聞かれて、またぽかんとしてしまう。

「はい、そうですけど」

「でも神代さんのところに、一緒に暮らしていたこともあったんだろう？」

「ええ、はい」

「大学も休みに入るんだし、どんな理由をつけてもそちらに移った方がいい。もちろん神代さんのところでなくても、どこでもかまわない。君が落ち着けるところならば」

「それって、先生……」

「ぼくは彼女を繰り返し拒否しただけでなく、病人扱いしていると取られても仕方のないようなことを両親に向かって告げてしまった。それは彼女にとっては、許し難い最終的な裏切りというべきだったろう。だが彼女の目の前で階段から無様に転落したことで、たぶんぼくの存在はその視野から抹殺された。

しかし君に対しての彼女の物語は、まだ終わっていない。親からも教師からも拒まれて追いつめられたと感じている彼女が、どんな形にせよ君のもとに現れる可能性はあると思う。現れて、彼女がどういう行動に出るかはわからないが」

「危険だ、とでもおっしゃるんですか？」

相手は女の子ひとりなのに、そんな馬鹿な、というニュアンスを込めてぼくは聞き返し、先生は無表情に返す。

「取り越し苦労ならいいさ。教え子を危険呼ばわりしたぼくが、ダメ教師といわれるだけだ」

「…………」

「打ち明けてくれる必要はまったくないよ、薬師寺君。だが彼女は君に対しても、ぼくにしたように、君の心の弱みにつけこむような話をして聞かせたのだろう？ そのせいで君は、夜も眠れないほど悩んでいるんじゃないのか？

本来なら責任のあるぼくが、君を守るために動かなくてはならないんだ。不甲斐ないことにそれが出来ないから、君に自分を守って欲しいとお願いしているんだ。こんなときに逃げ出すのは、少しも恥ずかしいことじゃない」

「…………」

「間違っても君の身に、なにか悪いことが起きてもらいたくないんだ。彼女にとってもこの上加害者となることは、自分を傷つけて後戻りできないところまで追いやってしまうことだ。自分を守ることに気が進まないなら、彼女のためだと思ってくれ。痛い目を見るのはひとりでたくさんだよ」

いっそいってしまいたかった。危険というなら先生、ぼくこそ危険な人間なんですよ、と。神代先生がどんなふうにぼくのことを伝えたか知らないけれど、ぼくは無垢《むく》の天使なんかじゃありません。ぼくの手は血で汚れているんです。血の繋がった父親と、叔母で育ての母との。ぼくがそれをしたんです。このぼくの手が。

2

病院の大島先生と別れて、ぼくは門野さんの事務所の番号をプッシュした。悲惨な出来に決まっている期末試験はみんな終わっていたが、行きたいところはどこもないし、かといってマンションの部屋にひとりでいたくはない。先生がいったようにどこか別の場所に避難するとしたら、神代先生を騒がせないでも、門野さんなら即座にいくつもの住所を上げてくれるだろう。

だが彼のところへ顔を出すことにしたのは、そういうつもりではなかった。逃げ出すのはいつでも出来る。もしも今度小城里花が現れたら、思い切って呼び止めて話をしてもいい。いま彼女がなにを考えているか聞いてみたい。そして彼女の物語とぼくの物語が決して重ならないことを、ぼくが彼女の救いには成り得ないことを、聞いてもらえるかはわからないが話したい。

(それに、ぼくが急にいなくなったら翳が訪ねてきたとき、困るし……)

どうしていきなりあんなふうに愛想づかしをされたのか、いくら考えてもわからなかった。それがぼくの問題なのか、翳の問題かさえも。だけど彼が思い悩んで苦しんでいるなら、電話では話せないけど顔を見ればと思って、いきなり前触れなしにやってくるかも知れない。期待を持って待ち続けるのは辛いけど、その可能性をこちらから断ち切るつもりもなかった。

ぼくが門野さんを訪ねようと思ったのは、自分のことではなく、かおる母さんの様子を確かめたいからだ。それと彼女の身辺に出来るだけ気を配って欲しいということを、いうまでもないかも知れないがもう一度念押ししておこう。小城さんの行方が分からない、というのはやはり気になる。万が一、彼女がかおる母さんまで自分の物語に巻き込もうとしないかどうか。

門野さんの現在のオフィスは神宮前《じんぐうまえ》一丁目。ぼくが知っている限り、住所はいつもだいたい神宮前から北青山《きたあおやま》でこの近辺だけれど、場所は半年に一度くらいは動いている。原宿《はらじゆく》近辺は最近ますます人が多くてうるさくなる一方だから、それを避けて引っ越しを繰り返しているらしい。

秘書の女性が出て、一度切ると折り返し電話がかかってきた。

『やあ、元気かね。君から電話をくれるとは珍しいな！』

いつ声を聞いても、門野さんこそ常に元気がいい。この人の辞書に落ち込む、なんてことばは存在しないようだ。それを聞くとこちらも元気になる、というのならいいんだけれど、いまはちょっと辛い。根掘り葉掘り聞かれるのも困るので、出来るだけ調子を合わせないと駄目だけど。

いま市ケ谷駅にいるのだが、出てきたついでなので一時間くらい寄らせてもらっていいですか、と聞くと二つ返事で『もちろんいいとも！』という声が返ってきた。

「お忙しくないですか？」

『君ならいつでも大歓迎だよ。私の隠居仕事なんぞ、いくらでもキャンセルが利くんだから、遠慮することはない。ひとりかね？』

「はい、ぼくだけです」

『桜井君も忙しいようだな。いろいろと小耳に挟んでおるよ』

「ええ。じゃ、いまからJRで向かいます」

一年中お祭りのような原宿駅前を抜けて、住居表示を探しながら歩く。初めての場所なので少し迷って見つけたのはずいぶんと古ぼけたビルで、七階までごーんと鳴るエレベータで上がると、顔を見覚えている秘書の女性が待っていてくれた。エレベータはその階で終わりだが、階段を上がって案内されたのはさらに上の階だ。階段も廊下も古いビルにふさわしく薄暗く汚れていたけれど、ドアを開けた中は普通の家の玄関みたいになっている。壁にはめ込まれた、アールデコ調のステンドグラスがおしゃれな感じだ。

「どうぞ、靴は履いたままでお上がりになって」

秘書さんに導かれて、廊下から明るい広間に出た。頭の上から足元までのガラス戸が、正面から目に飛び込んでくる。その向こうには、そろそろ黄昏れ始めた冬の空が広がる。どうやらペントハウスらしい。アンティークめいたビリヤード台の奥にバー・カウンターがあって、その中に門野さんがいた。

「やっ、蒼君ようこそ。君はよもや陽が沈む前にはアルコールを口にしないというほどの謹厳居士《きんげんこじ》じゃないだろう？　見給え。汚れた東京の空も美しく染まる菫色《すみれいろ》の夕べだ。この空の色を眺めながらまずは一杯といこうじゃないか」

ぼくが到着するタイミングを見計らっていたらしく、彼の手にはすでに銀色のシェイカーがある。そういえば神代先生が初めて門野さんと出会ったときにも、彼はそうしてシェイカーを振っていたそうだ。この前遠山さんがやっぱり目の前でカクテルを振ってみせたけれど、こうしてみると門野さんの方が遥かに堂に入っている。

氷を入れて冷やしていたカクテル・グラスを二客さっとカウンターに載せ、赤いシロップのようなものをほんの少しそこに垂らすと、シェイカーの中身を等分に注ぐ。青紫の液体が底の真紅に滲《にじ》んで、まるでガラスの外の空の色をそっくり切り取って移したみたいだ。

「わあ、きれいだ……」

思わず嘆声を上げたぼくに、

「名前は『トワイライト・タイム』か、いっそもう少し気取って『黄昏に献ず』はどうかな。私のオリジナル・レシピだよ。ん、君も飲むかな？」

そう尋ねたのはぼくを案内してくれた秘書さんにで、彼女はにっこり笑いに少し皮肉の苦みを利かせて答えた。

「遠慮しておきますわ。会長のオリジナルはいつもタイトルが一番で見た目が二番、味は三番目以下なんですもの」

「そりゃずいぶんときついな、美代《みよ》ちゃん」

門野さんは大げさに顔をしかめたが、

「もちろん会長のオリジナルを振る舞われるのは、男でも女でも気に入られた人間だけです。いつも桜井さんをお誘いしては断られていらっしゃるから、蒼君がお相手してくれる歳になられて良かったですわね」

「うむ。まあ、な」

「では今日の夜の予定はキャンセルしておきます。でも若い方にあんまりお酒の無理強いはいけませんわよ。会長もちゃんと寝るときはベッドになさって下さいね。この前のようにビリヤード台の上で寝られると、きっとお風邪を召しますわ。では、どうぞごゆっくり」

会釈して、プロのモデルみたいにターンした。ボディにぴたりと沿ったスーツのラインがセクシーな後ろ姿。でも彼女はどちらかというと、護衛役として雇われているらしい。

「やれやれ、美代ちゃんにかかってはかなわんよ。長く使い続けた秘書というのは、古女房と変わらなくなるな」

くすくす笑った門野さんは、カウンターの内側からグラスを上げる。

「まあ、君と一緒に酒が飲めるのは、私にとっては人生最高のご褒美だよ。乾杯しよう」

「はい、いただきます」

バー・カウンターに向かった小さなスツールに腰を下ろして、窓の外の空と門野さんの上機嫌な顔を等分に眺めながらグラスに口をつける。かなり甘口のカクテルだった。ジンの香りとシャープさが底にあるけれど、それより前に鼻孔を馥郁《ふくいく》とした花の香りが満たしていく。花束に顔を埋めてその蜜を吸っているみたいな、不思議な感覚だった。

「この香り、なんでしたっけ……」

「セイヨウニオイスミレ、というが私も咲いている花を見たことはないな。日本でいう菫と同じ種類の花なのかどうかも。リキュールの瓶はこれだが、名前がいいだろう」

　手元から門野さんは、きれいな青紫の瓶を取り上げてカウンターに置いた。フランス語のラベルは、パルフェ・タムール、『完璧な愛』。

「完璧な愛なんて、どこにもない……」

　ついぽろっとつぶやいてしまったぼくに、

「そうだな。だが、ないからこそ人は憧れる。夢に見る。そして追い求める。パルフェ・タムール、神聖なる愛の聖杯。手に入らないからこそ、探求の旅は終わらない。それは命に限りある人間にとって、むしろ幸せなことじゃないか。目的を達してしまい、なあんだ、と失望することもなくていられる。私はそう思うな」

「門野さんて、ロマンティストなんですね」

「君たち若者には甘ったるくて、馬鹿馬鹿しいと映るかもしれんがね、歳を食ってシニカルになるのは当たり前なんでえらくもなんともない。甘ったるいのも大いに結構さ」

　この人がどんな仕事をしているのか、ぼくは全然知らない。ただわかるのはすごくお金持ちで、すごく顔が広くて、それなりの年齢なのにいつも活力旺盛で、隠居したというわりにはバリバリ忙しく働いていて、ということだけだ。そしてもうひとつ、彼はかおる母さんを愛している。

かおる母さん、みちる母さんの父親だった美杜晃《あきら》の古くからの友人で、美杜家の番頭さんみたいなことまでしていた門野さんは、ずっとかおる母さんを見ていた。でも、そんな気持ちを誰にも見せはしなかった。自分の容貌が、女性を惹きつけるようなものではないと考えて。ドルシネア姫に愛を捧げたドン・キホーテのように、彼女からはなにも求めず、ただ彼女のために行動してきた。そして、いまも彼がかおる母さんを守ってくれている。

「あの――」

「うん？」

「かおる母さんは、元気ですか？」

「元気だよ」

　尋ねればいつもそう答えが返る。でも、彼女はぼくと会うことを望んでいない。そういわれる。それは母さんがぼくを気遣ってのことか、あるいは門野さんが母さんを気遣ってか、わからない。わからないまま、今日まで過ごしてきた。

「君から来る手紙は全部読んでいるし、写真やビデオも届けている。君が楽しい大学生活を送っているというので、彼女も喜んでいるよ」

　思い切っていった。

「今年の八月で、十五年経ちます」

「そう。ようやく時効だな」

「でも時効が迫ってくると、その事件にまた関心が集まります」

「警察でも現れたかね？」

「いいえ。でも、ネットなんかでは」

　門野さんがそちらに詳しいとは思わなかったので、どう説明しようかとことばを探したが、

「インターネットのホームページか。うんうん、最近は妙なところで素人がいっぱしの口を利くようだな」

　彼はあっさりうなずいてみせた。

「安心しなさい。そのへんはきっちりチェックさせとるよ」

「そうなんですか?」

「そっち方面のサイトはすべてリストアップして、更新されればダウンロードして私も見られるように手配してある。無論新しいサイトが開かれればそれもな。そういうことは機械的に出来ることで、大した手間じゃない。君は見たのかね?」

「ええ、前に少し」

「気持ちのいいものじゃあるまい」

「そうでした。だから、一度見ただけで止めましたけど」

「それが賢明だ。匿名の掲示板ばかり集まっているサイトなぞ、まさしく人間のもっとも醜悪な部分を煮詰めたようになっている。インターネットというのは便利な道具だが、人に品性を教えてくれるようには出来ておらん。というか、便利なものが出来れば出来るほど、人間というやつは品下っていくものらしい。いや、こりゃうかうかと年寄り流のシニシズムだな」

門野さんは大きな頭を振って笑うと、

「さて、もう少し口当たりのさっぱりした飲み物を作ろうな」

と、空になったカクテル・グラスを流しに引いた。カウンターの下の冷蔵庫から、いくつもの瓶を取り出して並べ、

「君の名前にちなんで、蒼と入るカクテルにしようか。チャイナ・ブルーはどうだね?」

「なにとなにが入るんですか?」

「ライチの香りのディタに、ブルーキュラソー、グレープフルーツジュースを軽くシェイクして、トニックウォーターかペリエを注ぐ。アルコール分も軽くて爽《さわ》やかだ。いいかね?」

「はい。お手数かけます」

そうして出してもらったカクテルは、色がきれいなだけでなくさっぱりとして口当たりも良かった。いまみたいに心が重いときでなかったら、もっとずっと美味しく感じられるだろうに。

「彼女に、かおるさんに会うかね？」

さらっといわれて、思わず息を詰める。

「私はこれまでずっと、彼女と会いたいという君の当然の願いを否定し続けてきた。それが間違っていたとは思わない。彼女自身尋ねるたびに、君が元気でいてくれればそれで充分だといっていたしな。しかし君も疾《と》うに二十歳を過ぎた。自分でそうしたいと思うなら、私が止める権利はない」

「もしかして母さん、ずいぶん悪いのですか？」

前から体の具合が悪いことは知っていた。門野さんが急にそう言い出したのは、あまり先が長くないから、という意味ではないかと思ったのだ。しかし彼はゆっくりと頭を振って、

「いますぐどうということはない。だが、万が一のことがあってはいけないからな。かおるさんがいるのは南房総《みなみぼうそう》だ。そこは病院ではないが、医師と看護婦はちゃんと付き添っている。君がその気になればいつでも行けるよ」

どきん、と胸が鳴った。遠い思い出の中の存在になっていたかおる母さんが、そんな近いところにいるなんて思いもしなかったのだ。

もちろん会いたかった。会って、この通りぼくは元気だよ、こんなに大きくなったよ、といいたかった。記憶の中のかおる母さんはいつも不幸せそうに青ざめていたから、それが笑顔になるところをこの目で見たかった。

でも——

「駄目です」

思わず大声で答えていた。

「蒼君？」

「いまは、駄目なんです」

もしも小城里花がぼくを見張っていたら、ぼくが母さんに会いに行ったら、彼女をそこまで案内することになってしまうかも知れない。まさかとは思うけれどそんなことになったら、どれほど後悔しても足りやしない。

「ぼくの生まれたときの名前が、美杜杏樹《あんじゅ》であることを知っている人間がいます。だからぼくは、いまは母さんのところには行けない」

　門野さんが表情を改めていた。彼がそれほど厳しい顔をするのを、ぼくは初めて見た。

「いったいそれは何者だね。知っているというのは確かなのか？　どうやってそれを知った。なぜ君はそれに気づいた？」

　ぼくはつかえつかえ、去年の四月からの出来事を話した。小城里花と、大島先生のこと。それから、直接関係があるかどうかわからないけど、と前置きして、「響」という署名のある封筒とカードのことも話してしまった。門野さんは難しい顔をしてそれを聞いていたが、

「そのカードというのは、全部取ってあるかね」

「はい」

「その娘が置いていったプレゼントも」

「あります、マンションの天袋に」

「他の誰にも見せていないし、相談もしていないわけだな？」

「そうです、京介にも」

「それは私が預かろう。それと、骨折したW大教授の入院している病院の名前は？　うん、わかった。取り敢えずは、行方知れずになっているという娘のことを調べないとな。あるいは」

「あるいは？」

「行方不明だというのは、親が繕った表向きという可能性もあると思ったのさ。怪我をさせられた教授の手前な」

「でも、それじゃ小城さんはどこにいると思われるんですか？」

「あっさり家に舞い戻って、そこに止《とど》められているか、それともどこかに入院させられているか」

「でも大島先生は専門家に相談した方がいいといわれたんですから、それなら隠す必要はないのじゃありませんか？」

「本気で娘をどうにかしよう、心が病んでいるなら治そうと思っているとしたら隠す必要はないさ。だが、養父という男はずいぶんと体裁を気にしているようだ。娘に良かれと思うより、自分の体面が大事かも知れん。そして心の病というやつに、とんでもなく時代遅れな偏見や差別を抱いているとしたら、教授の心からの忠言をよけいなお世話だくらいに受け取って、この機会に娘は手元に置いて行儀見習いでもさせておけばいい、というつもりにでもなっているかも知れんよ」

「でも、そうしたら？……」

「出歩かせるな、といったところで、自宅なら人目を盗んで出入りするのは簡単だ。まあいい。その娘の住所は阿佐ケ谷だと？　そちらを調べて事実娘の姿がないとなれば、養父の周辺からなにから調べさせる。無論かおるさんの周囲に、妙な人間など近づけるものじゃない。それは安心しなさい」

「はい――」

「しかし、その小娘がどこから『杏樹』という名前を知ったかは気になるな。監視しているサイトでもいまのところ、その名が載ったことはこれまで一度もないはずなのだ。いろいろ不愉快なことは書かれているようだが、だからそういう意味での心配はしてこなかったのだよ」

「小城さんがそれを知っているということ自体、彼女がかおる母さんの近くに接触した証拠にはなりませんか？」

「いやいや、それだけはない。私が考えるに多少なりとも可能性があるのは、もと美杜家の使用人か、薬師寺病院に勤務していた人間の線だ。かおるさんも出産はそこでしたからな。一九七八年、美杜かおるが未婚のまま息子を出生し、それが杏樹と名づけられ、八二年に事故死して青山墓地の美杜家の墓域に埋葬された、という公にされた事実を承知している者は、そこいらへんには確かにいるだろう」

「それじゃ、けっこうな数の人ですね？」

「そう大した数でもないさ。そしてその九十九パーセントまでは、生死にいたるまで把握《はあく》できている。聞き苦しい話だが、君ももう大人なんだから変に隠し立てはしないことにしよう。薬師寺静はみちるさんと結婚する前も、後も、病院の看護婦にも手を出していた。そういう女性たちは単なる使用人より家庭の内情を知っていた可能性があるが、それも無論全部チェックしてある。といっても、彼女らから大して実のある話が聞けるとは思えないな。とっくに死亡した者も少なくない」

「でも、それなら小城さんはどこから知ることが出来たんでしょう」

「ひとつには、だ。インターネットで発表されている情報について、すべてを洩れなくチェックすることは不可能なわけだ。公開されていないサイト、アクセスするのにパスワードが必要な掲示板といったものもあるからな」

「そう、か……」

ぼくもネットについては詳しいとはいえない。でもいま門野さんがいったようなことは、聞いたことがなくはなかった。どういう方法を使うかは知らないけれど、クローズドな掲示板の『パスワード破り』をして不正にアクセスし、それを読んでしまう、というようなことをする人もいると聞いた。特に目的があるわけでもなく、パスワードを破ること自体が面白いからというわけで。

「場所をある程度絞り込めれば、そうやって『パスワード破り』をすることも不可能ではないそうだ。つまり我々にもな。だがどこにあるかわからないものを、探し出すのは実際問題としてちと困難だな」

「そうでしょうね」

「だが、まったく不可能ともいえん」

「そうなんですか?」

「いやいや、私も具体的なことはなにもわからんよ。まあ、そのへんのことは明日にでも美代ちゃんに相談するとしよう」

門野さんはちょっと笑ってみせたけれど、なにか誤魔化されたみたいな感じもした。パスワード破りの方法のヒントだけでも教えたりしたら、ぼくが情報源のサイトを探してパソコンにしがみつくと思われたのかも知れない。残念だけど、自分にそれだけのスキルがないことはちゃんとわかっている。

「実際のところ、その娘がなにをどこまで知っているかは確かではないわけだ。だからあまり神経質になることもない、とここは無責任にいわせてもらおうか。ただ彼女がストーカー紛《まが》いに君の周辺を嗅ぎ回って、妙なプレゼントを押しつけたりする可能性はこれからもあるな。プレゼントくらいならまだしものことだが、大島教授の二の舞になるようなことがあったらとんでもないわけだ。というわけでだな、君も春休みだし——」

「ぼく、平気です」

話がどこに向かうかは予想できたので、いわれる前に、あわててことばを返した。

「彼女がぼくの前にもう一度姿を見せたら、今度こそちゃんと話をしたいんです。ぼくだって痛い目を見るのは嫌だから、用心はしますけど」

「その娘の心が病んでいたら、話しても通じないかも知れんよ」

「そうかも知れません。でも、一度は試してみたいと思って。だって病気ならなおのこと、放っておいてはいけないはずだし。違いますか？」

「まあ、な」

「ただ今日は、なにかそれでかおる母さんに迷惑がかかったら困ると思って、そのことをお願いしに来たんです。勝手な頼みばかりで申し訳ないんですけど、母さんのこと、これからもお願いします」

門野さんは黙って、ぼくの顔を見ていた。彼の大きな目にじいっと見つめられると、別になにも後ろめたいことがなくてもちょっとたじろいでしまう。でもぼくも、無言でその目を見つめ返した。まるでにらめっこだ。

するとやがて彼はふっと嘆息して、目を下に向けて、ぼくが予想もしていなかったことをした。左手の薬指から指輪を抜き取って、ぼくの前にコトリ、と置いたのだ。それはぼくが知る限りいつも門野さんの左手にひかっていた、金色の輪に大きな四角いエメラルドをはめた指輪だった。

「取りなさい。君のだ」

「え？　でも――」

「それは白金の家を建てた美杜雪雄《ゆきお》が息子の芳雄《よしお》に贈り、芳雄が息子の晃に贈ったものだ。晃はそれを私にくれたというよりは、預けたのだよ。『娘の夫になる男にやるつもりだったが、自分はそれまで生きられないかも知れないから頼む』とな。

私はそれを、『娘たちの夫にふさわしいと見たなら渡してくれ』という意味に受け取った。だが残念ながらふたりが愛した男は、私の眼鏡には叶わなかった。そこで私はもうしばらく、この指輪を預かっておくことにした。

君が大人になってくれたら、それまで私が生きられたら、預かりものを渡すつもりで今日まで来たのだよ。これ以上そのときを引き延ばす理由もない。間に合ってとても嬉しいよ。有り難う、蒼君。いや、美杜杏樹君」

3

ぼくは戸惑っていた。なぜいま急に門野さんが、ぼくにそれを渡す気になったのかちっとも理解できなかったのだ。灯火にきらきらとひかるエメラルドの深く澄んだ緑は、ぼくの目を魅了し、嫌でも吸い寄せていたのだけれど。

「あの、でも、門野さん。ぼく、まだちっとも大人じゃありません。この前も京介が怪我をしたとき、子供返りしちゃったのご存じでしょう？　あのときはほんとに心細くて、京介にしがみつかずにはいられなくて」

「子供でないからこそ、ときには子供返りしてしまうんじゃないかね」

やさしく諭《さと》すようにいわれた。

「君が子供でないことは、私たちの誰もがちゃんとわかっている。無論子供のときから君は強かった。だがいまの君は立派な大人だよ」

「そうでしょうか——」

ちっとも確信が持てなくて、心細く聞き返してしまう。

「実感がないです、全然」

「最近読んだ本にあったのだがね、人間という動物は、親でなくてもいいが、そばにいてくれる大人との間に愛情関係を成立させられなくては充分に成長出来ないそうだ。脳の発達すら遅れてしまい、ことばも出ない。ことばを獲得することで、人間は他ならぬ人間になれるというのにな。それというのも人間は、愛する者に向かって語るためにことばを覚えるものだからだろう」

「愛する者に向かって、語るために……」

「そうだ。君のこれまでの二十余年は決して容易いものではなかったが、そしてみちるさんの君に対する振る舞いはしばしば虐待と呼ぶしかないものだったろうが、それでも彼女は彼女なりに、ひどく不器用で自己中心的なやり方ではあったものの、君を愛したのだと私は思いたい。

みちるさんもかおるさんも君を愛した。だからこそ君はそうして、強く健《すこ》やかに成長することが出来た。愛される子供から愛する大人にな。君は間もなく母たちを超えて、自分の愛を与える者を探しに旅立つことだろう。それでいいのだ。自分を生んでくれ、自分を愛し育《はぐく》んでくれたものには、感謝とともに別れをいっていい。君はそういう年齢にさしかかっているのだよ」

門野さんはカウンターの上に置いたままの指輪を摘むと、ぼくの左手を取って薬指に滑り込ませる。

それはゆるゆるだったけれど。

「美杜家を築いた者たちにも無論苦悩も蹉跌《さてつ》もあったろう。だが彼らはそれでも才豊かに誇り高く生きた。君には忌《い》まわしい場所に違いない温室も、もとを質《ただ》せば美杜雪雄の描いた美と夢の宝石箱だった。私はこのエメラルドの緑を見ると、水晶のように輝くガラスのドームの下に繁る南国の植物の美しさを思い出す。まこと美の杜《もり》と呼ぶにふさわしい、在りし日の景色を。君は自分の体に流れている美杜家の血筋を誇っていい。だがそれ以上に君は、君を愛したふたりの母を持っていたことを誇りに思って欲しい。それが私の願いだ」

ぼくの指には太すぎるエメラルドの指輪は、サイズを直してくれるということでもう一度門野さんの手に戻った。ちょうどいい大きさに詰めてもらったとしても、自分ではめるにはためらってしまう石の大きさだったけど、お守りのつもりで持つことにすればいいかも知れない。

門野さんの手料理、洒落たバー・カウンターにはいささか不似合いだけどすごく美味しい焼きうどんや、自家製のピクルス、チーズのたぐいを御馳走になり、もう何種類かカクテルも飲ませてもらって、九時過ぎにぼくは彼のペントハウスを辞した。なんなら泊まっていけばいい、ともいわれたけれど、そうはいかなかった。この調子で飲み続ければ、いくらカクテルでも確実に二日酔いだ。

原宿駅までの道は、この時間でもまだ全然空いていない。白い息を吐きながら人波の中を歩く。アルコールのおかげで頰は火照《ほて》っていたけれど、残念ながらうきうき気分というにはほど遠い。かおる母さんのことは、門野さんが請け合ってくれた以上心配ないとはわかっている。小城さんのプレゼントと「響」のカードは、明日宅急便で門野さん宛送る約束をした。それでなにかわかるかどうか確信は持てないけれど、ぼくの肩にのしかかっていた重荷がいくらか下ろせたことは確かだ。

みちる母さんもまたぼくを愛してくれたのだ、という彼のことばは、記憶をたぐり返していたいまの自分には、抵抗もなくうなずくことが出来る。もちろん最終的にぼくはかおる母さんを選んでしまったのだし、そのためになにをしたのかを思い出すと、彼女の愛情を認めれば認めるほど胸は痛む。でもそれもすべて済んでしまったことで、いまさらどうしようもないのだから、京介がいったように自分に暗示をかけても考えないようにするしかない。

カードで改札を通ったぼくは、山手線のホームに立ったままぼんやりと思いを巡らせていた。向丘《むこうがおか》のマンションに戻るなら、外回り電車で駒込《こまごめ》で下りて地下鉄南北線に乗り換えるか、西日暮里《にしにっぽり》から千代田線を使うか。どちらにしても乗るのは新宿方面の電車だ。でもぼくはあまりなにも考えないまま、反対の内回り電車に乗ってしまう。そっちの方が空いていたから？

（いいや、違うよね……）

なにも考えない、なんて自分についた嘘だ。内回りに乗っていれば電車は渋谷《しぶや》、恵比寿、目黒を過ぎて五反田を通る。翳のアパートの最寄り駅だ。ぼくは彼に会いたいのだ。自分のマンションで彼がまた来てくれるのを待つなんて、そんなのとっても我慢出来ない。

彼にぼくの話を聞いて欲しい。いまならなんだって話してしまう。昔のことも、去年からぼくが直面させられてきたことも、なにもかも全部。他の誰でもなく、君に話したいんだ。

アルコールが頭に回って、なけなしの自制心を蒸発させてしまった。翳がもしかしたら病気かも知れないとか、彼自身の問題で悩んでいるから『会えない』なのかとか、そういう配慮のたぐいも全部すっ飛んだ。どこが大人だよ、と自分に毒づきながら、もう立ち止まれない。こんなことなら門野さんに引き留められたとき、いいです、なんていわなければ良かった。

でも、もっと酔っぱらったらいうつもりのないことまで口走ってしまいそうで、心配になってきたのだ。

（そのあげくが、騶んところに乱入？　止めておけよ。せっかくの友達なくすぞ、おまえ——）

（だって嫌なんだもの、わけのわからないの。他にもわからないことはたくさんあるんだから、せめてひとつくらいははっきりさせたいんだもの——）

　自問自答を繰り返しながら、ぼくはさびしい道を足早に歩いた。いっそ道に迷えれば、とか思ったけど、一度だけ来た記憶は鮮明で。

　ありふれた木造モルタル二階建てのアパートだ。外階段は錆《さ》びた鉄製で、勢い良く上がると盛大に音がする。それを泥棒みたいに、足音を忍ばせてそっと上がった。階段からふたつめのドア。ドアの脇にある窓は小さな台所の流しの上にある窓で、ちゃんと明かりが洩れていた。留守ではない。ほっとするよりも、不安で心臓が大きく跳ね上がる。

　もしも面と向かって、昨日の夜のように『おまえの顔を見たくない』なんていわれたら、ぼくは平静でいられるだろうか。女の子みたいに泣きわめいたり、ヒステリーを起こしたりしやしないだろうか。アルコールも入っているし、自分の理性を過大評価する気は全然しない。

（ええい。ままよッだ！——）

　ドアの脇のチャイムを押して、息を詰めて待つ。でも、答えはない。耳を澄ませても、中からはなんの音もしない。テレビの音やなにかも聞こえてこない。明かりを点けたまま留守にしているのだろうか。それとも眠ってしまったのか。まだ十時前で寝るには早い時刻だけれど、やっぱり具合が悪くて寝込んでいるのだろうか。

　だとしたら、何度もチャイムを押すのはとんだ迷惑だ。でも本当に病気なら、手助けすることがあるかも知れない。あるいは来たのがぼくだとわかって、居留守を使っているということは？……

先の行動を決めかねて、ドアの前で何分くらいぐずぐずしていただろう。たとえ病気だとしても、ドアが開かないならどうしようもない。それだけは確かだ。電話をかけるのが駄目なら、手紙を書くことにしようか。その方がどんな場合でも、こちらの気持ちを伝えるにはふさわしいだろう。

帰ろうと決めて一度踵《きびす》を返し、それから確認するような意味で体を戻してドアのノブを摑んだ。ゆっくりと回してみた。ところが、手前に引いたドアは抵抗もなく開いたのだ。ぼくはためらいながら、そおっと頭を入れて中を覗いた。

翳のアパートはドアに近いところに二畳分くらいの板の間があって、そこが小さな台所で、トイレのドアもあって、その奥が六畳間というコンパクトさだ。風呂はなくて、ベランダに後からつけたユニットのシャワー室がある。板の間との間に下げたカーテンは少し脇に寄っていて、六畳も電気が点いたままなのがわかった。流しが饐《す》えたような匂いを立てている。首を伸ばして覗いて見ると、汚れた食器が一杯に積み重ねられた上、三角コーナーの生ゴミが溢れている。翳は確かにあんまりまめな方ではないが、ここまでだらしないとも思えない。やっぱり病気なのだろうか。ぼくは思い切って靴を脱いで板の間に上がった。カーテンをそっとめくり、六畳間を覗き込んだ。

机と本棚を置いた残りの畳は、こたつとこたつ布団でほとんど隠れていた。翳は向こう側から脚を入れて、こたつの中に埋もれて眠っている。辛うじて投げ出した片腕と、向こう側から突っ込んだ足の先が見えた。

病気ではないらしいとぼくが思ったのは、部屋の空気にアルコールの匂いが充満していたからだ。座布団をふたつ折りにした枕のそばに、湯飲み茶碗と空になった焼酎のペットボトルが転がっている。それ以外に食べ物の皿なんかは見えない。ぺしゃんこになったポテトチップの袋があるだけだ。

かすかないびきの音が聞こえる。酔い潰れて眠っているだけだ。いくらかほっとした。でも、翳がこんなふうにひとりで泥酔しているところなんて、ぼくは初めて見た。ぼくの知る限り、彼の酒はいつも楽しい酒だったから。なにかよっぽど辛い、酔って憂さを払わずにいられないようなことがあったのだろうか。

　そっとしておいてあげるべきなのか、少しはお節介を焼いていいのか、ぼくはまた迷ってしまう。汚れた流しの食器を洗って、ゴミを捨てるくらいお安い御用だけど、善意の親切がいつでも喜ばれるとは限らない。

　でもいくらなんでも、鍵もかけずに眠ってしまうなんて不用心だ。翳の身になにか起こったら困る。彼がぼくと会いたくないなら、このまま帰ってもかまわないけど、せめて鍵ぐらい中からかけろといっておきたい。

「翳――」

　ぼくは膝を折ってしゃがんで、こたつ越しにそっと声をかけた。

「翳ったら、ドアが開いたままだったよ。鍵、かけなよ。危ないよ」

「ンー？」

　くぐもった声が布団の中から聞こえた。

「鍵ィ？　おまえ、かけとけよ……」

「ぼくがかけていいの？」

「いいって、別に。まかせる――」

　寝ぼけてもごもごだったけど、その口調はいつもと変わらない。昨日の夜の電話が、嘘だったみたいだ。ほんとにそう思ってしまっていいんだろうか。ぼくとしては、狐に摘《つま》まれたような気分。でも、もちろんほっとしてもいる。

　誰だって虫の居所の悪いことはあるし、うっかり思ってもいないことを口にして、後でしまった、と思うこともある。だから翳がないことにするつもりなら、ぼくも忘れた顔をするのが一番いい。

鍵をかければ当然ぼくは中にいるわけで、泊まっていけ、というつもりなんだろうけど、小さなひとり用のこたつにふたりで寝るというのはちょっと、いや、確実に狭い。第一そんなことをしたら暑すぎて、汗を掻いて後で絶対に風邪を引く。

「翳、こたつで寝たら駄目だよ。布団敷くよ」

「うー、後、で」

「しょうがないなあ」

確か押入には、こたつ掛けと合わせればふたり寝られるくらいの布団はあったと思った。それにしても、こたつのまわり一面に広がった本やらなにやらをまず片づけないと。

パソコンからネットのページをプリントしたような紙束を、ばさばさと適当に掻き集めて、その下になっていた角封筒を、この中に入っていたんだろうかと引き出したぼくは、ふっと息を引いた。そこに貼り付けられていた宛名ラベルの字体とレイアウトに、見覚えのある気がしたのだ。

宛名ラベルなんて、どれも似たり寄ったりといわれればその通りかも知れない。だけどぼくの中で、なにかがざわざわと音を立てていた。

〒１４１―００３１

品川区西五反田５丁目＊番＊号

佐伯荘　２０２

結城　翳　様

最近はプリンタもフォントが良くなって、ちょっと見では活字と変わらない字が打てる。でもこれは古いワープロみたいに、カクカクした文字だ。こんな字をつい最近見ている。今朝ポストの中で見つけた、「響」からの封筒の上に。

封筒の裏を返して見ても、差出人の名前はない。だが封を切られた中を見てみると、こたつ板の上や畳の上に散らばっているのと同じ感じのプリントされたＡ４紙がまだ入っていて、それがこの封筒で翳宛に送られてきたことは間違いなさそうだった。差出人は「響」なのか。

でもなんで「響」は、翳の名前や住所を知っているんだろう。彼が十五年前のクリスマス・イブに白金の家に現れた、ガラス越しにぼくと目を合わせたあの痩せた子供だったとして、ぼくが翳と知り合ったのは高校に行ってからだ。「響」が翳を知る機会があったとは思えない。

それともぼくは「響」とその後も、顔を合わせているんだろうか。十五年も経てば人の顔も変わる。年齢もぼくより何歳か上程度なら、たとえば大学の中で違う名前を名乗っていて、ぼくが気づけないということもあり得るかも知れない。

（それにしても、なんだって翳を巻き込もうとするんだろう……）

（いったいなにを送ってきたんだろう……）

他人のところに送られてきた郵便物を勝手に見るのは非常識だ、と思う気持ちはあったのだが、封が切られて、しかも中身のほとんどが散らばっていたせいもあって、つい視線が向いてしまう。

そして——

ぼくは手にした紙から、自分の目を引き剥がせなくなっていた。そこに印刷されていた映像にも見覚えがあったからだ、明らかに。粒子の粗い写真は、見忘れもしない白金の家の門だった。フィルターをかけたような暗い映像。堅く閉ざされた門扉《もんぴ》に、鉄の蝶番と飾り金具が真っ赤に錆びて、それがまるで血の滴《したた》りのように見える。画像を処理して色を足してあるのかも知れない。

写真の下に『惨劇の家』という赤い文字のキャプションがある。そしてそれに続けて、

『1986年8月、東京港区白金の高級住宅地に建つ洋館で未曾有《みぞう》の殺人事件が起きた。いまなおその邸宅は住む人のないまま、ひっそりと門を閉ざしている。2001年の時効完成を前にして、犯人は依然捕らえられぬままだ。薬師寺家事件はこうして時の中に闇と消えていくのであろうか。いや、我々は決してそれを赦してはならない！

我々未解決事件究明班はかねてから薬師寺家事件を対象として資料の収集と推理を進めてきたが、今回ルポライターで迷宮入り事件研究家のS氏によって発掘された警察の内部資料が彼のサイト上に公開され、これまで推測するしかなかった真相に迫ることが出来た。鑑識の撮影した現場写真を多数掲載、血塗られた温室の惨状、警察官も嘔吐《おうと》した無惨極まる死体凌辱《りょうじょく》、とことばのみで伝えられてきた事件の詳細が初めて明らかにされる。

　S氏の許可を得てリンクを張りました。ただし以後の情報は有料となります。ご承知の上ご利用願います。→ココ。』

4

　どれくらいの時間手にした紙を見つめて茫然としていたか、自分でもはっきりしない。ひどく長かった気もするが、たぶん数十秒というところだろう。


「――カズミ……」

　翳の声がしてようやく我に返った。いや、ちゃんと返ってはいなかったかも知れない。ぼくはまだ両手でその紙を握りしめていて、翳はこたつから上半身を起こしたままぼくの顔をあっけに取られたように見つめている。

（なあんだ。翳ったら、さっきまでは寝ぼけてたんだ――）

（つまりさっきの彼は本当じゃなくて、顔を見たくないといった昨日の電話の方が本音で――）

　ぼくは頭の半分でそんなことを思っていたが、もう半分は手にしたプリントのことでいっぱいになっていて、

「これ、送られてきたんだ？……」

　かすれた声が出た。そして翳はやっとぼくがそれを読んでいたことに気がついて、目を剝いた。あっ、と声を上げた。

「よ、読むなッ！」

　こたつの向こうから飛びつくように腕を伸ばすのに、ぼくはとっさに飛び下がる。畳の上から集めた紙束を、腕の中に抱えたまま。

「でも翳は、読んだんだ……」

「香澄、俺――」

　中腰に、両腕をこたつ板の上に突っ張った姿勢のまま、ぼくを見る翳の顔がゆがむ。いまにも泣き出しそうな、小さい子みたいな顔。

「俺、ごめん――」

「なぜ謝るの？　謝ることなんかない。だって、君に話せなかったのはぼくだもの」

　冷静に、いつかこんなときが来るかも知れないと、自分でも考えたことはあったじゃないか。翳が知りたくなるのは当然だ。

「君がもう、ぼくの顔を見たくなくても、それは当然だ。なにも悪いことなんかない。ぼくこそ、いままでごめんね。黙っていて」

「香澄！」


　さようなら、といおうとした。でも、声は喉に詰まっていた。ぼくは腕をゆるめて、持っていた紙を畳の上に落とし、そのまま身をひるがえした。玄関の靴に足を突っ込んで、後も見ないで走り出した。翳が「香澄、待て！」と呼ぶ声が聞こえたけど、ぼくは立ち止まらなかった。街灯も少ない暗い道を、どこへとも考えないまま走り続けた。

　走れば顔に当たる夜の空気が、痛いほど冷たい。でもそれよりもっと痛いのはぼくの心臓だ。肋骨の中で暴れる心臓。走って走って鼓動が速くなれば、そのせいで苦しいのか違うのかわからなくなる。だからぼくは止まれない。地の果てまでも走っていって、それがお盆の縁《ふち》みたいならそこから飛び降りてしまいたい。

　翳はぼくが腹を立てたと思ったろうか。『あるがままに任せる』といったことばを、彼が結果的に裏切ったから。違う、翳。そうじゃない。悲しいけれど腹なんか立たない。

だってぼくがそれをしたのは事実だ。でも八歳のぼくにはどんな罰も下されなかった。子供は一人前の人間ではないから、罰もない。そしてぼくの罪は永久に雪《すす》がれない。だからきっとぼくはいつになっても、大人になりきれないのだ。

いっそぼくはラスコーリニコフのように、大地にキスして自分の罪を大声で叫ぶべきだろうか。あたりの誰にでも聞こえるように。いや、それは出来ない。なぜなら殺人の罪を犯した人の名と、ぼくのしたことの動機は秘密のままにしておかなくてはならないのだから。翳にはそれも含めて、打ち明けるつもりだったけど。いつかは。

だけど翳はもう、あれを読んでしまった。薬師寺家事件について語られている言説の内、事実の一部ではあっても真実とはいえない猟奇的な部分を、彼は知ってしまった。きっと彼の目にはもう、ぼくはこれまでのぼくと同じには見えない。彼がぼくの顔を見たくないのは当然だ。

いつか涙が溢れて、頬を伝い落ちている。その感触を振り払うようにして、ぼくは走り続ける。どうしてもっと早く、彼には全部打ち明けておかなかったのだろう。その結果翳がぼくから離れても、こんなことになるよりはまだましだった。結局は自分の愚かさと臆病さのせいで、ぼくは一番の親友を失うのだ。

ようやく息が切れて、もう走れないというほどになって、ぼくは足を止める。ふらふらと街灯の柱にもたれかかる。コートの下の体が汗に濡れて、すごく気持ちが悪い。いっそこのまま倒れてしまえれば、なにも考えずに済むのに。自暴自棄な考えが頭に浮かぶ。

でもそうして乱れた呼吸が少しずつ収まってくると、ぼくの頭も冷えてきた。あの封筒を翳に送りつけたのが「響」なら、間違いなく彼はぼくのすぐ近くにいる。もしかしたらうちの電話か、翳の電話が盗聴されているのかも知れない。

だからこそ「響」からのカード、『No one loves you.』は、あんなにもタイミング良く現れた。翳が封筒の中身を読んでショックを受けて、電話がようやく通じた翌朝に。消印は偽物で直接ポストに入れられた。そうも考えられる。

（だけど、なぜそんな——）

ぼくは右手で喉元を押さえていた。呼吸が苦しいからではなく、吐き気がこみ上げてくるような気がして。汗が冷えてきただけでなく、頭に次々と浮かんでくる嫌な考えのせいで悪寒がする。

ぼくはいままで生きてきて、京介たちといろんな事件に関わることで、ときには危ない目に遭ったり殺されかけたりもしたけど、でも出会った人のほとんどはいい人で、犯人といわれる立場にいてもそれは罪を犯さざるを得なかった悲しい人たちだった。だからこの世にドラマに出てくるような、本当に赦せない根っからの悪人がいるとは信じられない。それが正直なところだ。

ほとんど唯一の例外はぼくの父親である薬師寺静で、彼は根本的に罪の意識も倫理も欠いた、自分の利益のために人を騙して殺せる悪人だったらしい。でもぼくは結局彼のことをろくに覚えてはおらず、小さい頃に殴られたり怒鳴られたりした、それが怖い、嫌だ、という程度の感情しかない。彼が他人に対して犯した罪については、間接的に知らされているだけだから、あまり実感がないのだ。

でも、翳のところで読んだサイトのプリント。あれを書いた人間はどうやってか警察が撮った写真まで手に入れて、しかもそれを売り物に利益を得ているらしい。それもまた「響」がしているのか、彼はただプリントを翳に送りつけただけなのかは知らないが。あの正義ぶった書きぶりの卑《いや》しさ。そしてぼくを傷つけるために、ぼくの大切な友人を傷つけた「響」の遣《や》り口《くち》。最初のカードのときはそうも思わなかったけど、いまはもう彼のぼくに対する悪意は否定しようがない。

「チクショー……」

唇から罵りのことばがこぼれた。

「畜生、畜生ーッ！」

また涙が目から溢れる。でもいまのそれは怒りと悔しさの涙だ。胸が焼ける。ぼくはいままでこんなにも、誰かを憎んだことはない。たとえ人に傷つけられても相手の気持ちを思いやりたいとまず考え、それも出来ない相手からは逃げた。小城さんに対しても、戸惑いの次に感じたのは恐れだ。

だけどそれはぼくが、自分に怒りや憎しみを抱かせる状況を、回避しようと努めてきた結果なのかも知れない。ぼくは誰も憎みたくない。そんな醜い感情は好きになれないし、自分で自分を貶《おとし》めるような気がする。それにぼくはもう二度と、どんな動機であっても罪を犯したくはないのだ。そんなことをしてしまえば、ぼくを愛してくれる人たちを傷つけることになってしまう。かおる母さんを守ることも出来なくなる。

でも、ぼくがそうして自制してこられたのは、これまで本当に赦せないと思うほどの事態に遭わずに済んできたからだ。小城さんが大島先生にしたようにかおる母さんに手を出したら。「響」がこれ以上翳を傷つけるような真似をしたら。ぼくは、自分の理性に自信が持てない――

（でも、駄目だ。こんなことでひとりでカッカしていたら……）

ぼくは唇を堅く噛みしめた。もう一度門野さんに会って、翳にも門野さんから話してもらって、あのプリントアウトを回収して、内容を調べてもらおう。たぶん翳のためにも、その方がいい。盗聴装置の有無も、門野さんならすぐに調べてくれるだろう。そして「響」の正体を。

（ヒビキ？……）

ふと、思った。「響」と「静」。きれいに対照的な名前だ。もしかしたら「響」は薬師寺静の息子ではないのか。

（そうだ。そう考えれば――）

そう考えればあの午後のことも、すっきり解釈がつく。クリスマス・イブの昼間、みちる母さんの前に息子を連れて現れた女性がいて、それを知って薬師寺静はあわてて家に戻ってきたのだ。ぼくの見た「響」はぼくより少し年上らしく見えたが、その女性は彼がみちる母さんとの結婚より前につき合っていた相手だった、とも考えられる。

温室に戻ってきたみちる母さんがぼくのかけたレコードにひどく腹を立てたのも、それがかおる母さんの記憶に繋がるからだけではなかったのかも知れない。主屋であったことのせいで、彼女の気持ちはささくれ立っていたのだ。夫には別の女性の生んだ息子がいて、ぼくという彼女の「息子」はいまも自分を唯一の母親と認めていない。そういわれたように感じて、つまり自分という人間の価値を否定されたように思って、だからこそみちる母さんはあんなにも激昂《げっこう》した。

いままでその可能性に思い当たらなかった自分の鈍感さに、頭がくらくらした。門野さんはぼくから「響」という名前を聞いたとき、即座にその正体まで推測できたはずだ。『薬師寺静はみちるさんと結婚する前も、後も、病院の看護婦にも手を出していた』ということばは、それをぼくに悟らせるためにいわれたのだろう。そういう愛人関係の女性は、家の内情について普通の使用人より詳しかった可能性がある、とも彼はいった。ということは、子供である「響」もそれを知らされていて不思議はないということだ。

しかし、それなら「響」はどこにいるのか。誰が正体を隠した彼なのか。ぼくの頭の中を、大学で知り合った人たちの顔がぱらぱらとカードを弾くように通り過ぎていく。もしも小城里花が男性であったなら、真っ先に疑わずにはいられないところだ。いや、それにしても顔が違いすぎるか。「響」の容貌は記憶にあまりにもあざやかだ。

（こんなこと、していられないよ。早く門野さんに電話しなけりゃ……）

（盗聴器のこと、調べてもらわないと。わかるまでは携帯だけ使うとしても、京介たちから固定電話にかかってきたとき、困る……）

（ここ、どこだろう?……）

　酔いがぶり返してきたみたいなおぼつかない足取りで、ぼくは歩き出す。しっかりしなきゃ、と自分に言い聞かせながら。かおる母さんのことは門野さんが守ってくれるけど、翳はぼくの責任だ。彼はもうぼくなんかに関わるのはこりごりだとしても、彼の身になにか起こることがないように。

（でも――）

　ふと、新しい疑問がつぶてのように胸に当たる。

（「響」がぼくの腹違いの兄弟だとして、彼はぼくになにをさせたいんだろう。なんのためにいまごろになって、あんなカードを送ってきて、なにを思い出せって――）

（ねえ、ヒビキ。いいたいことがあるなら直接いえよ。聞きたいなら尋ねろよ。君の父親を誰が殺したか知りたいっていうなら、答えてあげるよ。それをしたのはぼくだって!）

「これはこれは、思いがけないところでお目にかかるね」

　いきなり、声がした。

「いや、そうもいえないかな。君もなにかあるたびに、ひとりでこの門の前にやってくるのかも知れないからねえ」

　目の前に男が立っている。痩せた黒い影が、頭に載せたハンチングの鍔《つば》の下から、冷たくひかる視線をこちらに向けている。革のハーフコートのポケットに両手を入れて、ひょろりと細い立ち姿だ。だがその馴《な》れ馴《な》れしい口調に反して、ぼくは相手の顔にまったく見覚えがなかった。

（この門?――）

かけられたことばの意味がわからなくて、ぼくはぼんやりとあたりを見回した。ぼくたちが立っているのはまったく人気《ひとけ》のない、ゴースト・タウンのような塀に囲まれた街路だった。いつこんなところまで来たのか、まったく記憶がない。翳のアパートの近くでないことだけは確かだ。街並みの雰囲気がまるで違う。

街灯の青白い光が男を斜め上から照らして、長い影法師を右手の門扉に投げかけている。それを目でたどって門の飾り金具の意匠を見て、ぼくはすっと息を吸い込んだ。それは、ぼくが生まれた白金の家のものだった。

ぼくの視線をたどって振り向いた顔が、目の中に滑り込んでくる。貧弱な細面《ほそおもて》に、三白眼の白目がひかった。

「ずっと君と会いたいと思っていた。思いがけず念願がかなったよ。薬師寺香澄君、いや、美杜杏樹君というべきかな?」

深淵《デ・プロフンディス》より

1

たぶんぼくはそう呼ばれた瞬間、顔を引《ひ》き攣《つ》らせていただろう。そして男は投げた矢が的に当たった、といいたげにニヤリと歯を剥いて笑った。黄色く汚れた乱杭歯《らんぐいば》のせいで、なおのこと嫌な顔つきに見えた。

「どうして君の戸籍名だけでなく、もうひとつの名前の方も知っているかって？　それはまあ、おいおい話すとしようか。簡単にいってしまえば推理の結果、だがね。おっと、自己紹介が遅れたな。俺の名は斉藤《さいとう》、自称迷宮入り事件研究家だ」

内ポケットから出した右手の指が、煙草を摘んでいる。左手が百円ライターを擦って火を点ける。ふうと白い煙を吐き出した斉藤は、ぶらぶらとした足取りでこちらに近づいてくる。逃げ出したかった。せめて一歩でも二歩でも、後ろに下がって身を避けたかった。でもぼくは動かなかった。両手を体の脇で握りしめて、相手を睨み付けていた。こんなやつに対して、ほんの少しでも弱みを表したくなかった。たとえ赤くなった目や涙の痕を見せてしまうとしても。

「つまりあなたですか、『ルポライターで迷宮入り事件研究家のS氏』というのは」

ぼくの放った声はそれなりに平静で、軽い皮肉な調子も滲んでいたはずだ。斉藤の顔に軽くではあったが、驚きの色が浮かんだ。だが相手の表情を間近に見て、ぼくも新たに胸が騒ぐのを覚えていた。彼の目元や鼻に、見覚えのある気がする。この男がぼくの思い出した「響」なのだろうか。

だが、そうだとしたら年齢が少し合わないようにも思えた。「響」はぼくと同年代か、二、三歳上だと感じたけれど、この男は若くとも二十代の後半、あるいはもっと上に見える。もっとも子供のぼくがそのへんを勘違いした可能性はあるし、逆に斉藤が老けて見えるだけなのかも知れない。

「ぼくになにを求めているんです。なにを思い出せ、というんですか？」

さらに相手の反応を確かめるつもりで、ぼくは問いを重ねた。だが今度は驚きの色は表れず、彼は肩をすくめただけだった。

「求めて叶えられるものなら、ぜひ君との単独インタビューをお願いしたいね。君自身の口から語られる薬師寺家殺人事件の真相を、俺のサイトの訪問者にぜひ読ませてやりたいものだ。無論出版に漕ぎ着ければお礼はさせてもらうよ。どうだい。こんな場所で会ったのもなにかの縁ってもんだ。お屋敷の中で話させてもらえないかなあ」

ずうずうしく悪びれない、ということばはこういう場合に使うものなのだろう。吸い終えた煙草を足元に落とすと、ニヤニヤ笑いを深くして息がかかるほどの近さまで寄ってくる。その場に踏みとどまるだけで、結構意志の力が必要だった。

「事件当時君はほんの子供だった。つまり殺人の罪を認めても罰せられる可能性はゼロだ。それも今年の八月で時効になる。インタビューを活字化するのは無論それからにしよう。俺のサイトにはそれに先立って発表させてもらうが、アクセスできるのは会員だけだから安心してもらっていい。

君だって世間に嘘をついて、秘密を持って生きているのは辛いだろう？　友達にも気が許せないだろう？　一度吐き出してしまえばずいぶん楽になるぜ。いろいろ話すのが嫌なら、俺の推理がどこまで当たっているか、だけでもいい。なあ、認めてしまえよ。薬師寺君。ほんの一言、自分が犯人でした、だけでもいいからさ」

「そうしてそれを録音して、もっと話せって脅迫するつもりですか？」

ぼくがそういって口元だけで笑ってみせると、斉藤は忌々《いまいま》しげな顔になってチッと舌を鳴らす。ライターを取り出したときの手つきが妙だったから、たぶんそこにMDかなにかが入っていて、いまスイッチを入れたに違いないと思ったのだ。

「舐《な》めるなよ、ガキが」

低く罵りながら、これ見よがしに内ポケットへ右手を入れる。これがアメリカならピストルが出るかと思うところだが、幸い日本ではまだ、組織暴力団の組員でもなければそう簡単に銃器は手に入れられない、はずだ。それにここでぼくを襲ったところで、この男にはなにも得るところはない。

しかしそこから現れた彼の手が持っていたのは、一枚の名刺だった。手元に弾き飛ばされたのを思わず掴むと、呆れたことに毒々しい真っ赤な紙に、黒インクで印刷されている。

事件ライター
迷宮入り凶悪事件研究家
事件追及サイト De profundis 主宰
斉藤　鬼哭
Saito Kikoku

鬼哭啾々《きこくしゅうしゅう》——浮かばれない霊魂の泣き声が響く、から穫ったわけか。本名のはずがない、馬鹿馬鹿しいほど大仰《おおぎょう》なペンネームだった。

「裏に俺のサイトのアドレスと、有料ページに入れるIDとパスワードも書いてある。特別に只にしてやるから読みに来るといい。来ないと後ろめたいことがある証拠だと解釈するぜ」

「いいでしょう。読ませてもらいますよ。あなたみたいな、正義を口実に下劣な好奇心を満足させているような人間に、なにを書かれたところでぼくは痛くもかゆくもありませんから」

手で触れているのも不快で、コートのポケットに名刺を投げ込んだ。そのまま体を巡らせたのに、

「へへえ、本当かねえ」

せせら笑う声が追ってきた。

「強がっても無駄だぜ。友達に冷たくされただけで、ずいぶん堪《こた》えていたようじゃないか」

ぼくはそれには答えず、そのまま足早に歩き出した。振り向いてなにか効きそうな捨てぜりふをいってやりたいと思ったけど、そんなことをしてもなんにもならないと自分に言い聞かせた。うっかり口を滑らせて、なにか相手が喜ぶようなことをいってしまわないものでもない。

だけどひとつ確かなのは、盗聴器をしかけたのはあいつだということだ。ぼくのマンションか、翳のアパートか。電話ではなく部屋の中かも知れない。だとすると携帯で話してもこちらの声は聞かれてしまう。翳はあの通りの不用心だし、ぼくはまさか鍵をかけずに眠ることはないけど、鍵はもともとドアについていたひとつきりだ。道具があれば簡単に開けられるだろう。


（そうだ。門野さんに電話――）

だが腕時計を見ると、時刻は十二時近い。いつの間にかずいぶん時間が経っていた。あの人の就寝時間はわからないけど、電話するには常識的に見て遅すぎる時刻だ。帰るにもぐずぐずしていると、もうじき終電になってしまう。

でもあのマンションの部屋に戻るには、さすがに気が進まなかった。盗聴器が仕掛けられている可能性が高い、となればなおさらだ。ぼくは迷ったあげく駅から谷中のマンションに電話し、当然のように起きている京介の声を聞いて心から安堵した。いつもは呆れる彼の昼夜逆転生活が、これほど嬉しかったことはない。

「いま目黒の駅なんだ。こんな時間だけど、泊まりに行っていい？」

と聞くと、

『ああ、かまわないよ』

いつもの淡々とした答えが戻ってくる。

『深春は夜のバイトだし、僕も仕事しているから、あんまり相手は出来ないけど』

「ううん、それは別にいいんだ。お正月以降顔を見てないなと思っただけだから」

『そうだな』

「京介、おなかは空いてない？　夜食欲しいならコンビニでなにか買っていくけど」

『いや、夜食ならある。というか、手伝ってもらえると助かるよ』

「ふうん？」

『見てくれればわかる』

　電話を切って山手線に乗る。終電近くなるとまた車内は混み合って、なんとなくお酒臭い。ぼくはその中で人に挟まれて揺られながら、京介の顔を見たらする話を頭の中で組み立てる。話すことと話さないこと。ぼくがこんなふうに頭を使っていると知ったら、京介は嫌な気がするだろうか。

　でもぼくはそのことを、自分でも不思議なくらい冷静に、後ろめたさ抜きで考えていた。ぼくは大丈夫だ。自分の力できっと切り抜けてみせる。それでも、心配せずにはいられない京介たちの気持ちもわかるから、いまはいわない。全部終わった後で、実はこんなことがあったんだよ、と笑いながら話せるときまでは。

　例の赤い名刺は、うっかり京介の前でポケットから落としたりしないように、札入れの隅にきっちり押し込んだ。もう一度よくそこに書かれた文字を読んでみたい気もしたけど、電車の中なんかで取り出す気には到底なれなかった。

　ここのアドレスを、門野さんに伝えるべきだろうか。サイトの監視をしてくれているのだから、そのリストに洩れていないかどうか、当然確かめるべきだろう。でもそうするとなぜぼくがそれを知ったのか、聞かれるにきまっている。

（さあ、なんて答えよう……）

ぼくは取り敢えず明日まで、その問題を棚上げにすることにした。京介たちにすっかり隠していることを、門野さんには打ち明けてしまうのは、やっぱりいくらかは後ろめたい。そして門野さんに対しては、彼の好意を利用しているみたいで別の意味の後ろめたさもある。たぶんぼくは京介ほどは、門野さんを好きでないんだろう。だから逆に彼には、相談を持ちかけるのも平気で出来るのだろう。自分がマキャベリストになったみたいで、なんとも複雑な気分がする。でもそんなことを考えていると、頭が冷えるのは有り難かった。

京介が手伝って欲しいといった夜食、深春が仕事に出る前に作って置いていったのは、おむすびだった。京介がパソコンに向かいながら食べられるものがいい、といったからだそうだけど、そして大きすぎるとたびたび苦情をいった結果、大きさは小さくしたが、その分数が増えた。

夕飯と兼用らしいから、とんでもなく非常識な量というわけでもないんだけど、海苔《のり》を巻いたり、胡《ご》麻《ま》をまぶしたり、薄焼き卵で包んだり、ふりかけをまぜたり、深春もまめだなあと呆れてしまうほどの力作おむすびが大皿いっぱい。

「何人分なんだ、これは」

うんざりしたように頭を振る京介をまあまあとなだめて、お茶をいれてふたりでそれを食べながら、門野さんのカクテルを御馳走になった話なんかをした。

「京介、誘われても断ってるんだって？」

「そうだな」

「どうして？」

「話がくどいから」

曾祖父の形見のエメラルドの指輪のことは京介も知らなかったそうで、

「でもぼくじゃ、あれ似合わないよね」

というと、

「お守りのつもりで持っていればいい」と、ぼくが考えた通りのことをいわれてなんだか嬉しかった。

「門野さんのところには、なにか用事で？」

海苔のついた手をおしぼりで拭いながら、さりげない調子で京介が尋ねる。ほらね。うっかり聞き逃す、なんてことは絶対にないんだから。

「かおる母さんの様子を聞きに行ったんだ。そうしたら、母さんいまは南房総にいるんだってさ。知ってた？」

「いや。それで？」

「会いたいなら会えばいいっていわれたから、今年中にでも行ってみるつもり。体の方、あんまり良くないみたいだし」

「そうか――」

「もうじき、時効だよね」

たぶん京介の頭に浮かんだろうことばを、ぼくから口にする。

「少し、ほっとする」

京介の目がじっとぼくを見つめて、なにかいいたそうな顔に見えた。でもいま彼に追及されて、うっかりボロを出したら大変だから、

「京介、仕事している間後ろにいていい？」

この家は広いリビングの他は、寝室に使っている部屋がひとつしかない。だからシングルベッド二台を並べた残りのスペースに、パソコンを載せた京介のデスクも置かれている。普通なら服を入れるはずのウォークインクローゼットは、京介の資料本で完全に占拠されているらしい。こうなるとリビングだけが広すぎるのも考えものだ。

「眠るならリビングで、ソファをベッドにすれば明かりを消せる」

「ううん、それはいいんだ。明るい方が」

「翻訳の仕事だから、あまり話しかけられると困るよ」

「うん、わかった」

神代先生の家でひとつ部屋に暮らしているときも、京介は特別ぼくをかまったりはしなかった。あの頃からぼくは本を読んだり、キーボードを叩く京介の背中や横顔を見て暮らしていた。だからどちらかといえば正面から向かい合ったりするより、それがぼくの一番気持ちが落ち着くポジションなのだ。

その晩ぼくは京介の背中を眺め、彼の静かな息づかいを聞きながら眠った。そうしてとても幸せな夢を見た。そこはあの温室だけど、同時に森のように高く木々が茂り、花が咲き、緑の草に覆われた地面が広がり、明るい陽射しに満ちあふれていた。

そこにふたりの子供が、並んですやすや眠っている。ほんの赤ん坊のような、それとも青年のような、どちらとも見えるふたりは良く似た顔をして、ひとりが杏樹、ひとりが香澄だった。そしてどちらもがぼくだった。そばでは京介と深春も、神代先生も門野さんも、みんな気持ちよさそうに微笑みながらうつらうつらと眠っている。

きれいな女性の歌声が流れている。何人もの女の人たちが、ぼくらを取り囲むようにして座って声を揃えて歌っているのだ。その中にはみちる母さんもかおる母さんも、ふたりの母親のみすずお祖母《ばあ》ちゃんも、それからぼくの知らない人もいる。彼女たちはみんな白い服を着て、看護婦さんみたいだ。でも顔を見るとふたりの母さんはぼくが知っているよりずっと若くて、どちらかといえばほんの少女くらいだ。その歳の頃はふたりも仲が良くて、一緒に声を揃えて歌うこともあったのだろうか。

びっくりしたことに、その中には松岡さんまでが混じっていた。彼女は肉づきのいい丸顔に薔薇色の頬をして、楽しそうに声を張り上げている。オペラ歌手みたいに豊かな声量だった。その歌の歌詞はいくら聴いても聴き取れないのだけれど、あのぼくが少しだけ覚えている、タイトルを知らない歌のようだ。みんなとっても上手くて、ぼくはずっと聴いていたいと思う。

でも気がつくとガラスの外に、顔を押しつけてこちらを覗いている子供がいる。その子は寒さに震えていて、おなかもとっても減っていて、こっちに来たいと思っている。おいでよ、とぼくは声をかけたつもりだけど、その子には届かない。温室の扉は大きく開いているのに、そこから歌声が外まで聞こえているはずなのに、その子は中に入れないと思いこんでいる。そしてとても悲しんでいる。いくらかは恨んでもいる。自分を迎えてくれないぼくら、楽園の住人を。

草の上で眠っているぼくは気がつかないけれど、その情景を見ているぼくはとっくにそのことをわかっていて、早くなんとかしないと気持ちが焦っている。とにかく、そうしていたらいけないんだ。ぼくは大声を張り上げる。

——入ってきていいんだよ！

——早く、早く。そうでないと、＊＊が来るよ！

でもいくら声を張り上げたつもりでも、夢の中のぼくは安らかに眠り続けている。女の人たちは歌い続け、その子は怨みをこめた視線を中に注ぎ続ける。ぼくにはなにも出来ない——

そのときぼくが感じたもどかしさと焦燥は、目が覚めてからも生々しいくらいに心に残っていた。おかしな夢だった。

2

翌朝は帰ってきた深春と三人で朝御飯を食べて、無事ふたりにはなにも気づかせぬまま、ぼくは自分の部屋に戻ってきた。たったひとつ、我慢しきれないで、聞いてしまったが。

「ねえ、『デ・プロフンディス』ってなんのことだかわかる？」

「何語だよ。綴《つづ》りは？」

と深春は聞き返したが、京介はあっさりと、

「旧約聖書だ。詩編の何番だったかの最初の一行だよ」

「ラテン語かあ。意味は？」

「主よ、我深き淵より汝を呼べり。願わくは我が声を聞き我が願いに耳を傾け給え。そういう詩の冒頭の部分で、確か『De』が英語のfromに近くて、『profundis』が、深淵の意味の活用形だ」

「まったくおまえはなんでも知ってるな。毎度感心するよ」

ちっとも感心してない調子で深春がいう。

「英語にすりゃあ『From the deep』か？ その詩の中の『我』が人間なら、神様から見たら人のいる場所は地獄の底、みたいな感じだな」

冗談でも聞いたみたいに深春はわはは、と笑い出し、でもぼくはあんまり笑う気にはなれなかった。

「で、蒼はなんで急にラテン語なんか気になったんだ？」

「う、うん。ちょっとね」

「ネットのゲームとか、そういうんだろう」

「そんなとこかな。じゃ、ぼく帰るね。朝御飯ご馳走様でした」

「おい、蒼。まだ七時だぜ？」

「だってふたりともこれから睡眠でしょ。ちゃんと寝ないと駄目だよ。じゃあね」

谷中のマンションからぼくの部屋までは、道のりにしても一キロちょっとしかない。少し早すぎるかなと思いながら、道々門野さんの事務所にかけてみるともう秘書さんが出て、取り次いでくれる。

「朝からすみません」

『なあに、年寄りは朝が早いもんさ』

こちらも陽気にわははと笑った門野さんだが、ぼくが盗聴器のことを一言いっただけですぐに口調を変えた。きびしいとも聞こえる調子で、

『君は他に移った方がいい。あの部屋は不用心過ぎる』

「それは、困るんです」

『なぜだね。大学は当分春休みだろう』

「京介たちに知られたくありません」

　最初考えたように、翳がぼくの部屋にいきなり来ることは、たぶんもうないだろうけれど。

『それならボディガードを置こう。プロに君の周辺を警護させる』

「いえ、そんな大げさなことまでしていただかなくても、盗聴器の有無だけ調べていただければ充分ですから」

『部屋の鍵を付け替えることもだ』

「それは、はい、そうですね」

　電話線に盗聴装置をつけるなら部屋の外でも済むのだろうが、それ以外となれば室内に侵入されている可能性は確かにある。なんとも嬉しくない想像だけれど。

「翳の部屋の方もお願いします。盗聴器と、それから彼のところに送られてきたものを」

　ぼくは簡単に、プリントされたホームページのことを門野さんに話した。それがたぶんぼくのところに届いていた「響」と同じ差出人のものだ、ということも。

『汚いことをしおる――』

　門野さんが唸《うな》った。

『それで君は結城君と、ちゃんと話し合えたのかな？』

　さすが要点を突いてくる。

「いえ、駄目でした。ぼくもびっくりしたけど、彼も動揺していて、その、酔っていたし」

『彼の住所まで掴まれていたなら、盗聴もされていて不思議はないと思ったのかな？　それとも、もっと他になにか疑うに足るようなことが起きたのか。そう思うのは私の考え過ぎかな』

　またまたビンゴだ、門野さん。おっしゃる通りぼくは疑っている。斉藤があんなにもタイミング良くぼくの前に現れたのが、偶然のはずはないと。

盗聴ではないとしても、張り込みくらいはしていたかも知れない。それならアパートから飛び出したぼくを尾行し、ああして目の前に立ちふさがることも出来る。でもぼくは、いまはまだそのことを打ち明けるつもりはなかった。だから話を変えた。

「門野さんはご存じなんでしょう？　ヒビキの正体を。昨日ははっきりとはおっしゃらなかったけれど、でもぼくは」

『まあ、待ちなさい。いま君は、どこから携帯をかけている？』

「部屋に入らない方がいいかと思って、権現神社の境内にいます」

『うん。それならあと三十分で車を行かせる。パソコンのサービスマンとしてな。君は待機していてくれ。ただしその間、室内で電話は携帯も使わないように。パソコンも触らない方がいい。わかったかね？』

宅急便で送るつもりだった小城さんのプレゼントの箱と「響」の封筒を紙袋にまとめて、待つほどもなくドアのチャイムが鳴った。

「ごめんください。ＭＥＣパーソナルサービスです。パソコンの点検修理にうかがいました」

と打ち合わせ通りの声がして、ドアを開けるとクリーム色と水色の作業着に帽子姿のふたりが、きびきびとした足取りで入ってきた。男女ひとりずつだ。そして女性の方が、

「パソコンはどちらですか。ネットはダイヤルアップで？」

といったことを聞きながら、メモ用紙をぼくに示す。そこには『せりふはこちらに適当に合わせて下さい。重要なことは当面筆談で。』と書かれていた。その間にも男性は持ってきた段ボールと道具入れを開いて、なにかの作業を開始している。どちらも怖いほど隙のない動きだ。プロフェッショナルそのものって感じだ。

パソコンの点検も口実だけではないらしく、ベッドの横に置いたぼくのデスクトップを立ち上げながら、

「メールはよく使われますか？」

「いえ。そんなでも」

あれっ。これはしゃべっていいのかな、悪いのかな。

「ネットは？」

「レポートを書くときの調べものとか、図書館の本を探したりとか、そういうのが主ですけど」

「ウィルス・チェックはしていないようですね」

「あ、はい。パソコン買ったときからソフトは入ってると思うんですが」

「入れてあるだけでは駄目です。新しいウィルスは次々と現れますから、アンチ・ウィルス・ソフトもアップデートしないと。不具合が出ているなら、その種のトラブルも考えられます。それほど深刻なことにはなっていないと思いますが」

彼女は自分の持ってきた作業箱からCD－ROMを取り出し、読み込みを始めるとまたメモ用紙を取り出した。すばやくシャーペンを走らせた。

『この部屋が侵入を受けたとすると、盗聴器の他にパソコンをいじられて、メールや閲覧履歴を外部から盗み見られた可能性があります。そのためのチェックです。』

ぼくは息を呑み込んで、こくん、とうなずく。そんなことまで想像もしなかったけど、それじゃ頻繁にネットやメールを使う人は、盗聴なんてものじゃない、頭の中を覗かれるのと一緒だ。いまどんなことに関心を持っているか、まで完全に把握されてしまうだろう。

幸いパソコンはシロだった。でも他は、ぼくの危惧は的外れではなかった。リビングの固定電話とテーブルの下、さらに啞然としたことにぼくがここのところ着ていたダッフルコートの襟《えり》の中にも、極小のワイヤレス・マイクが発見されたのだ。

電話機は必要なら通話を録音出来るものと交換してもらい、その使い方の説明を受け、午後から鍵の交換に人をよこします、と言い残して、カードとプレゼントは段ボールに納めて、ふたりはものの三十分で引き上げた。

もう電話は使ってもだいじょうぶだといわれたけれど、なんだかとてもそんな気にはなれない。コンセントを引き抜き、携帯の電源も切ってしまう。そしていつの間にかまたベッドの上で、頭から毛布をかぶって膝を抱えていた。ひどく寒かった。当たり前だ。エアコンもオイル・ヒーターも入れていない。でも動く気がしない。

だってひとりになった後で、ぼくはふと気づいてしまったのだ。盗聴装置といっても、いま秋葉《あきは》原《ばら》あたりで手に入るものは、昔のスパイ映画に出てくるような万能の機械ではない。電池式ならそれが切れれば終わりだし、拾った声を届かせる距離も大したことはない。

取り敢えず斉藤が「響」であると仮定しよう。彼は昨日の夜、翳のアパートを見張っていた。侵入してそこにも盗聴器を仕掛けるつもりだったのかも知れない。そこにぼくが現れた。彼は車に乗っていたのだろう。つまり彼の車には受信装置が載せられていて、ぼくたちの話し声を聞き取った彼はまんまとぼくの尾行に成功したわけだ。

だとするなら、斉藤はこの近くにいるはずだ。それも車ではなくて。このマンションの周辺は道が狭いし駐車禁止区域で、ミニパトもしょっちゅう巡回しているから、運転手が乗ったままでも長時間の駐車は難しいのだ。

つまり斉藤はこのマンションの中にいる、ということにならないだろうか。五階建てで各階四室の小さなマンションだけど、もう六年もここに住んでいるのにぼくは他の住人のことをほとんど知らない。学生ばかりだから定期的に入れ替わる、ということもあって。

顔を知っている人でも階段あたりで会えば会釈する、という程度。それも驚かれたり、無視されたりの方が多くて、おかげでぼくもあんまり挨拶はしなくなった。

　東西に長い建物で、一番西側に一室、階段があって後は三室。間取りはたぶんみんな同じ2DKだろう。ぼくの部屋は階段から一番遠い、東端の205（4は欠番だから）だ。確か201はいまは空き室で、202はT大法学部の学生。一、二度立ち話をしたことはあるが、ぼくがW大だというと、私学はねえ、と妙に馬鹿にしたような口調でいわれたものだから親しくなる気はそれで失せた。すぐ隣の203はやっぱり学生風の男だったが、めったに出入りするところを見ない。壁越しの物音も聞いた覚えがない。同じ階でもこの程度だから、他の階の住人のことなどさっぱりだ。

（でもぼくのすぐ近くにあの男がひそんでいるなんて、本当にそんなことってあるかな？……）

　あんまり突飛《とっぴ》すぎて実感が湧かない、というのも正直な話だ。でも、だからといって馬鹿馬鹿しいといって済ませる気にもなれないのだ。だが、実感が湧かないと思うのは自分に対する一種の誤魔化しかも知れない。それを信じてしまえば、もうここにはいられなくなってしまうから。だからといって、どこへ行けばいいのかわからないから。

　さっきはあのコートから盗聴器が見つかった。それならそれ以外の服や持ち物に、同じ仕掛けが施《ほどこ》されていないとなぜ断言できるだろう。そのまま京介のところや神代先生のところに避難したら、今度は彼らが翳のような、いや、もっとひどい目に遭わされるかも知れないじゃないか。どんどん怖い想像が浮かんできて、育って、ぼくの全身をがんじがらめにする。妄想じみていると思っても、それを振り切ることが出来ない。窓を開けたら他の建物から覗かれたりするんじゃないか、という気がして、カーテンに触れる気にもなれないのだ。

午後になる前にナントカホームセンターと名乗る作業員が来て、ドアごとすっかり交換していった。見たところは前とほとんど同じだけど、どうやら鍵の仕組みが違う。ピッキングくらいでは歯が立たないそうだ。

「複製は普通には作れませんので、鍵の管理には注意して下さいね。はい、サインをお願いします」

愛想のいい中年のおじさんで、だから本当にホームセンターの人なのかと思っていたら、最後に内ポケットから新しい携帯を出して、

「はい。これは会長からです」

と渡して帰っていった。電源を入れた途端に、門野さんから電話がかかってきた。

『すっかり済んだようかね？』

「あ、はい。いろいろと有り難うございました」

『なにを水くさいことをいっておるんだね。まあとにかく、前の携帯は番号を知られている可能性もあるし、大事な用には新しいのを使いなさい』

「はい――」

『それじゃまず、こっちの話をしておくか』

ぼくが頼んだ翳のことも、門野さんはたった半日で動いてくれていて、翳のアパートには盗聴器はなかったこと、しかし当人は不在だったので郵便物については調べられなかったこと、翳は信濃町の実家に戻っているので少なくとも安否の心配はないことまで聞かせてくれた。

『君のところに来ていた方は、ざっと見たところ変哲もないもののようだな。まあ、これも調べてみるから待っていてくれ。プレゼントの方もな。君がプリントを見たサイトの方は、いま美代ちゃんが当たってくれておる。どうやらこれまでチェックしていた中には入っていなかったようでな、アドレスがわかったらもう少し話が早いんだが』

「アドレス、わかるかも知れません。そのものでなくても、リンクが張られているみたいで」

『ほ。覚えておるかね？』

さすがに翳のところで見たプリントの端にあったかも知れない、サイトのアドレスを思い出すことまでは出来なかった。だが、門野さんはそう解釈してくれたようだ。

ぼくは定期入れの中にしまっておいた斉藤の名刺を取り出して、そのアドレスと名前だけを読み上げた。登録の必要な有料サイトに、門野さんの秘書がどうアクセスするかはともかくとして、なにか調べてもらえることがあるかも知れない。ふんふん、とそれを書き留めた門野さんは、

『君は見たらいかんよ』

釘を刺してくることは忘れない。

『不愉快になるとわかっていることを、敢えてする必要はない』

「ええ」

とだけぼくは答える。

「それよりも、さっきのぼくの質問には答えていただけないんですか？」

『ん？ なんだったかな』

とぼけるつもりらしい。

「じゃあもう一度お尋ねします。薬師寺静には香澄と杏樹の他にも子供がいたんですね？」

『なぜそう思う？』

「ぼくのところにカードを送りつけてきたヒビキが、その息子ではないんですか？」

『しかし静は杏樹のことも認知はしなかった。戸籍上の息子は香澄だけだ。静の愛人が彼の息子を生んだとして、なぜ今頃になって君に脅迫紛いの真似をする必要があるね？』

門野さんはなにか隠している。それをぼくに知らせまいと、質問に質問で返す。そんなの卑怯だ。ぼくは声を強めて言い返した。

「そんなこと、ぼくにだってわかりません。時効が迫っているからかも知れない。でもいまいったサイトの主宰者は斉藤鬼哭と名乗っています。鬼が慟哭する」

『ふん、大仰な名だ』

「静と響が対応するように、これも響きと通じる名前だと思いませんか?」

電話の向こうが沈黙した。ぼくは畳みかけた。

「ぼくのところから回収した盗聴器、調べてなにがわかりました?」

『なにが、とは?』

「どの程度の距離まで、その声を受信することが出来るんです? 何キロも、なんてことはあり得ませんよね。もしかしたら盗聴者は、ぼくのすぐ近くにいるんじゃありませんか?」

『そう答えたら、しばらくでも住まいを移すことに同意してくれるかね?』

奇妙に弱々しく感じられる声が、ぼくの胸に湧いた疑惑を肯定しているようだ。でも彼はぼくになにも知らせず、なにも見せないまますべてを片づけてしまおうとしている。まるでぼくがいまも、自分の脚で歩けない幼児であるみたいに。

(みんな同じだ。口を開けばぼくは子供じゃない、立派に成長したなんていうくせに、本音は違うんだ。どこまでも子供扱いしなくちゃ気が済まないんだ、この人たちは――)

「ぼくはどこにも行きません」

『蒼君――』

「これはぼくの問題です。逃げたりしません。絶対に!」

それだけいって通話を切ってしまった。

それからぼくはもうひとつ、考えていたことをした。「響」から届いた封筒、それまでは中のカードを読んだだけでしまってあった封筒の内の一通を、渡さずに残しておいた。それを取り出して、虫眼鏡を片手に慎重に調べてみたのだ。

消印は本物らしい。手で書いたものではない。宛名ラベルを剥がしてみても、その下に宛名を書いて消したらしい痕跡はない。

だがラベルは簡単に、破れることなく剝がすことが出来た。自分宛に投函した手紙のラベルを貼り替えれば、本物の消印がついた封筒を入手できる。それは消極的な証拠だけど、もうひとつ、そういう操作のされた可能性を高めるのは消印の日付とぼくがそれを受け取った日付のずれだ。

　京介宛の郵便物を整理するときのやり方で、受け取った日付はすべて小さく鉛筆で記入してある。この封筒がポストにあったのは十月一日。でも牛込《うしごめ》局とある消印の日付は九月二十日だ。事故があったのでもない限り、都内で投函された郵便物が到着にこれほど時間がかかるはずもない。唯一、さっきぼくが考えたような手順を経たので無い限り。

　思い出してみれば、最初の封筒を受け取ったのは確か去年の七月二十六日。でも消印の日付は十何日だった気がする。つまり「響」の封筒は郵便で配達されたものではない。直接ポストに投げ込まれたのだ。たぶん、その全部が。

そうした人間は当然ながら、ぼくのすぐ近くにいる。盗聴器に続いてこれもまた、そのことの証拠になっている。しかし門野さんはなにもいわない。彼ほど抜け目のない人が、これくらいのトリックに気づかないはずもないのに。

（なぜ？……）

　わからない。

（まさか……）

　頭に浮かんだ妄想めいた考えを、ぼくはあわてて頭を振って追い払った。これ以上誰かを疑うなんてまっぴらだった。

3

　少し後になって思い返してみるなら、そのときのぼくは完全にどうかしていた。門野さんはぼくの味方ではなく「響」の黒幕かも知れない、なんて馬鹿馬鹿しいような疑惑だ。

なのにぼくはそれを完全には振り払えなかった。

そしてそこまで自分の精神状態が良くないと思ったなら、京介たちに助けを求めるべきだった。なにもかもひとりで背負い込んで、被害妄想チックに震えながら強情を張っているなんて、どう考えても大人の態度じゃあない。

翳がぼくの問題に巻き込まれて傷ついたのは事実でも、全部を知っている京介や深春ならぼくを支えてくれたはずだ。ふたりとも心配するのは人一倍でも、ぼくの自主性を摘むようなお節介は焼くまいと、それは神経を使ってくれていたのだから。

でもそれはまさしく後の後悔というやつで、そのときのぼくはひたすら「そんなことは出来ない！」と思いこんでいた。降りかかる火の粉は自分で払わなけりゃ、いつまで経っても大人になれない。その原因は全部、ぼくの子供時代に繋がっているのだから、それと対決して克服するのも誰にも頼れない、自分だけがしなくてはならないことだ――

だからぼくはその晩、ひとりでパソコンに向かって例の真っ赤な名刺のアドレスをタイプした。真っ黒なウィンドウが開き、闇の中から青くひかる文字が浮かび上がる。――『De profundis』

そしてスピーカーから流れ出す重々しい旋律。アルファベットの文字は、その音楽に合わせてぐにぐにと溶けた飴みたいに伸び、流れ、もつれあう。最後には蛇の群れみたいに一塊りになって、それがいきなり内側から弾けた。吹き出た赤が画面を染め上げ、ドアが開く。くだらない虚仮《こけ》脅《おど》かしだ。データが重くなるだけで。

ぼくは口の中で罵りながら、ようやく現れたインデックスの文字を追う。ラテン語のタイトルの下に『未解決凶悪殺人事件の研究』という副タイトルがあって、その下に筆文字風の字体でまえがきみたいな文章がある。そのへんはどこかで読んだことがあるような、猟奇大好きの好奇心を正義の美名で飾り立てたみたいな空疎な文面だ。

プロフィールと書かれた文字をクリックすると、簡単な経歴と仕事内容が並べられている。個人的な履歴は「１９７４年東京生まれ」とだけだ。つまり今年二十六歳。白金で出くわしたのが本当に当人なら、実際の年齢よりずいぶん老けて見えるわけだ。でもぼくの四歳上なら、記憶にある「ヒビキ」にはぎりぎりセーフかも知れない。顔つきは、ずいぶん違って感じられるけど。

仕事内容の方は、別段感心するようなものではなかった。一番メジャーなのは読み物ムックのシリーズの中の一冊、『迷宮入り寸前未解決事件を追え』というタイトルの本に「薬師寺家事件」の文章を寄稿しているくらいで、ぼくもたぶん読んだろうが印象は薄い。後は聞いたこともない出版社の文庫や、スポーツ新聞の記事を、ひとつひとつ並べてあるところはいじましいほどだ。職業で人を差別するのはいけないことなのだろうが、尊敬に値する仕事でもないことは事実だった。

インデックスにはその後は、ずらりと事件名が並んでいる。お品書きか、とぼくは笑う。一番最後はＢＢＳ（掲示板）。わざわざＩＤとパスワードをよこした有料ページは、小さなマークだけで示されたいわば隠しページになっている。毒を喰らわば皿まで。あの男がなにをこのサイトに書いているのか、いっそ全部読んでやる、とぼくは思って、順番に事件名をクリックしていった。

そこで読んだ内容を、いちいち繰り返す必要はあるまい。少なくともぼくにはいくら読んでも、ミステリ小説や映画ではなく現実の事件に興味を持つ、という人間の精神がピンと来なかった。こういうものを愛読出来る人は、よほど己れの健全さと倫理性に自信があって、自分は絶対犯罪になど関わらないと信じているに違いない。架空の物語としての犯罪事件ではなく、現実に起きた現代の事件はいつも悲惨で残酷だった。ただことばで読むだけでも胸がむかついた。

これが例えば現実の事件でも、百年も前に起きたロンドンの『切り裂きジャック事件』などならいくらか事情は違う。社会もいまとは全然違うし、大英帝国爛熟期の時代性と事件の照応とか、あるいはフェミニズム的な解釈とか、ほとんど歴史的事件としていろいろな読みを楽しむのは、まあ理解できなくはない。それでも最近の研究書には死体写真や現場写真が掲載されていて、不鮮明なモノクロの写真であっても、「勘弁して欲しい」という気分にさせられたことはある。惨殺死体には、ロマンもなにもありゃあしない。

けれどネットというのは奇妙なものだった。そこに書かれ、あるいは写真を掲載されている事件は、活字で読むよりさらに抽象的で絵空事じみて感じられた。本格ミステリに描かれる不可能犯罪より遥かに嘘臭かった。最初はそうでもなかったけど、読み続けているうちにどんどんそんなふうに感じられてきてしまったのだ。

ぼくが昔っぽい人間で、本は実体的だけど液晶上に表示されるものは実体的に受け取れないからだろうか。事件はどれも四、五年前から去年くらいに、日本国内で起きた殺人だった。どこまでそれが正確な情報かは知らないが、殺人の瞬間を再現する記述は詳細を究《きわ》めていた。もっとも掲載されているのはせいぜい被害者の生前の顔写真と、現場の写真、現場の説明図くらいで、踏み込みは浅い。それぞれに『犯人のプロファイル』という項目があったけど、それも常識的に想像できる犯人像、という程度のことしか書かれていなかった。

解決編のないミステリの作り物でない謎解きがしたい、ということなんだろうか。無惨に殺された女性の生々しい死体を想像するのが楽しい、なんて変な人間がたくさんいるよりは、そっちの方がまだましだ。でも「作り物はつまらない」と思う人は、フィクションは価値が少ない、現実にあったことの方が価値があると考える人なのだろう。

『一杯のかけそば、なんてくだらねえクサイ話に感動して涙流しておいて、後で作り話だってわかってだまされたって怒るのは、絶対そういうやつなんだぜえっ』

　とは深春の弁だ。もちろんよく出来たノンフィクションは面白いけど、フィクションよりノンフィクションの方が価値があるとはぼくも思わない。だってことばを使って書かれている以上、どちらにしろそれは剝き出しの現実じゃない、書き手の主観を経た「物語」なんだものね。

　斉藤鬼哭の書く「殺人事件ノンフィクション」は大して面白くない。いくら読んでも人間の悲惨さや、思わぬときに命を奪われた哀れさが胸に迫ってくるわけでもない。ただグロテスクで俗悪だ。それに正義の香水が山ほど振りかけられているから、両方が混じり合ってなおのことキモチワルイ。カウンターはけっこうな数になっていたけど、こんなものでも読みたがる人がいるのがいっそ不思議だ。

（なあんだ。こんなもんなら別にびくびくすることなんか要らないや——）

　胃のあたりはむかついていたけど、腹立ち半分ぼくはある意味リラックスしていた。こんな調子なら有料ページなんていっても、大したものじゃないだろう。もっともライターとして調べたことの再利用で済むなら、コストはほとんどかからない。いったい月に何人くらいの人間がひっかかるのか知らないけど、他人の死と苦痛を売り物にするなんて、みじめったらしくてせこい商売だ。

（まあいくら詐欺に近い商法でも、ぼくが被害者に同情する立場じゃないけどね……）

　掲示板の方は、ぼくが前に見たことのある同じような種類のサイトのと似たり寄ったりのカオスだった。新聞の社説を引き写したような真面目で毒にも薬にもならない感想が並んでいるかと思えば、どこまで本気なのか、完全にイッちゃったやつの書き込みもある。

『ファイルナンバー4の事件の犯人の推理は間違っている。なぜならやったのはこの俺だからだ』みたいなのだ。後は必ずいる名探偵気取りと、どこまで本当か知らないが女の子の人生相談のような書き込みが入り交じっている。

『斉藤先生、あたしの悩みを聞いて下さい。』というのがここで人生相談を始めるローカルルールらしくて、それがかなり多いのがここの特徴かも知れない。内容はいろいろだけど、こういうサイトだからか『自殺したい』『親を殺したい』といった相談が次々と現れる。それもみんな中学生や高校生の女の子ばかりだ。

斉藤のレスも最低一度はついているが、答えはいろいろ。はっきりいってかなりいい加減だ。『ふうん、親殺したいのか。いいんじゃない。別に気にせずやっちゃえば？』なんていわれた人がそれからどうしたのか、読んでいるぼくの方が心配になってしまう。

それでもまた別のハンドルの似たような相談が書き込まれているんだから、ぼくみたいに真面目に呆れたり驚いたりする方が馬鹿で、これは一種の遊びに過ぎないのかも知れない。誰が一番過激で危ない書き込みが出来るか、競っているみたいな。

前へ遡《さかのぼ》って読んでいる間に、ぼくはちょっと不思議なことに気づいた。相談に答える斉藤のレスが、ときどきはニュアンスが違うのだ。あんな人を馬鹿にした書き込みではなく、かといって常識的な説教でもなく、本気で相手を心配しているような答え方をしている場合がときどきだがある。いい加減な方はぼくが出会った男の雰囲気と全然違和感がないのだが、そちらの方は違う。ちゃんとした人が書いている気がする。

『自殺したい気持ち、すごくわかるけど、明日の朝まで待ってごらん。そして空に太陽が昇るのを見てから、もう一度後悔しないか考えてごらん。死ぬのはいつでも出来るし、痛いよ、すごく。』

『ひどい親の子に生まれて運が悪かったね。子供は親を選べないのってすごく不公平だね。でも君はもう義務教育を終えたんだから、親を殺して自分も死ぬより、そんな親捨てて逃げ出す方が正解だよ。そんなつまらない人間のために自殺するの、もっとつまらないよ。』

『誰も君を愛してくれないなら、せめて自分で自分のことを愛してあげなよ。それがみじめだなんて、オレは思わないよ。いいじゃないか、それでいまの君が救われるならば。』

そういうレスをもらった子が、一瞬でも救われた気持ちになれたかどうかは断言出来ない。でも最悪に落ち込んで、誰にも相談できなくて、こんなところにゲロを吐くみたいに鬱憤を吐き出して、笑われても無視されてもいいやと思ったのに思いがけない真摯な答えをもらえたら、ほっとしないかな。ぼくなら宝くじで五百円当たった程度には、心が慰められる気がする。

相手の顔が見えないから、名前も知らずどんな立場もないから、お金を払ったりするわけでもないから、ただのことばが嬉しいんだ。親や先生にいわれればお説教にしか聞こえないことでも、赤の他人からいわれればまた別だ。

(変だな……)

ぼくは思う。

(レスをつけてるの、あいつじゃないのかな——)

一応プロのライターなら、締め切りで忙しいときもあるだろうし、誰かが手伝って掲示板の管理をしている可能性はあるか。書き込みの多いところなら毎日何度も見回って、関係のない広告や荒しの書き込みをされていないか、トラブルが起きてないか確かめるというから。ぼくは最初に戻ってもう一度ログを読み直し、日付を確かめた。別人めいたレスはそれほど頻繁ではなくて、曜日でいうと月曜日が多い。最後は十二月の中旬で、以後は全部あの斉藤らしい、嫌な感じのものだけだ。

去年の十二月のところを見ていて、最初は読み流してしまった一文に気づいた。

『斉藤先生、聞いて下さい。あたしの人生は周囲の無理解な大人のせいでぼろぼろです。母はあたしを人形のようにかわいがっていたくせに、男が出来ると平気であたしを捨てて再婚しました。その男はいつもあたしを狙っています。そのことを打ち明けた大学の先生はあたしをレイプし、あたしが自殺しようとするとあたしをキチガイ扱いしました。それから研究室に出入りする他学部の学生で、先生が興味を持たれるだろう人物がいます。隠しファイルの事件の関係者です。でもこの先はここに書かない方がいいですね。　　　　リカちゃん』

『リカちゃん。いつも書き込み有り難う。君の話はとても興味深い。女子学生に手を出すような馬鹿教授はぜひ抹殺するようお勧めする。寄せてくれた情報についてはこちらからメールさせてもらおう。掲示板の諸君にもいずれ報告する。　斉藤』

（これが斉藤鬼哭と小城里花の結びつきか――）

ぼくは画面を睨みつけたまま、しばらく固まっていた。『リカちゃん』の書き込みの日付は、去年の十二月十日だ。一見すると斉藤がぼくのことを知ったのは、このときが初めてのように読める。しかし『いつも書き込み有り難う。』と答えているからには、彼女はそれ以前からこの掲示板のおなじみだったわけで、去年の七月から始まった「響」のカードと彼が無関係だとはいえない。

もっともぼくのダッフルコートに仕込まれていた盗聴器は電池式のはずで、そう何ヵ月も使えはしないだろう。第一、クリーニングの袋を破ってコートを着始めたのは十二月になってからだ。

（いったいなにを信じればいい？……）

いや、信じない方がいいのだ。この掲示板から情報が読み取れるとしても、わざわざアドレスを教えたのは向こうで、それがぼくにそう信じさせるための偽の情報の可能性は少なくないわけだし。

（でも、この掲示板丸ごとが偽物じゃない以上、偽の情報だけが書かれているはずはない。斉藤の周辺にこういう、相談してくる若い子たちのことを本気で心配している人間もいるのは確かだ——）

　それはぼくにとっても、悪い情報ではなかった。悪い情報じゃないと改めて思いたいほど、サイトの他の部分に嫌な気分になっていた、ということなのだろうが。

（さあ、ここでぐずぐずしててもしょうがないや。この際空元気でもなんでも出してッ）

　時計を見るともう夜中を過ぎている。ぼくはひとつ深呼吸をして、インデックスのページの一番下にある黒い十字架をクリックした。すぐに『ここからは登録会員のためのページとなります』云々《うんぬん》という注意書き、登録の方法、料金の支払い法といった説明が細かい文字で記されたウィンドウが開く。そしてその下に、登録済み会員のユーザーＩＤとパスワードの入力欄があった。


　名刺の裏を見ながらそれを打ち込むと、画面一杯に現れたのは翳のアパートに届いていたプリントの写真と良く似た白金の家の写真だ。その下にある文章も似ていたが、タイトルは『白金一家惨殺事件、いわゆる薬師寺家殺人事件の知られざる全貌』とかなり派手だ。しかしこの写真は、特にぼくの不安を掻き立てはしなかった。当然だろう。ぼくは当時この家を、外から眺めたことなど一度もなかったからだ。

　次のページを開くには、写真の中の門扉の合わせ目をクリックしなくてはならなかった。すると固く閉じていた扉がわざとらしい効果音のきしみを上げながら左右に開き、土色のスクラッチタイルの壁に天然スレートの屋根を載せた、チューダー・ゴシック風の洋館が画面一杯に膨《ふく》れ上がる。よく見ると写真ではなく、写真を元にしたＣＧだった。一昨年、一度深春と訪れたからいまの屋敷の様子は頭に入っている。それとはかなり違う。

門野さんがきちんと手入れをしてくれているので、主屋の壁やガラスは人が住んでいるのと変わらないくらいきれいに保たれていた。前の敷石にも落ち葉一枚落ちていないほどで、触れられていないのは例の温室の周辺くらいだ。ところがそれでは面白くない、というのだろう。CGの館は殺人のあった不吉な洋館にふさわしく荒廃し、窓ガラスは割れ、壁には血の色をした蔦《つた》が這い回っている。とんだゴシック・ロマンスだ。

塀を乗り越えて写真を撮りに忍び込んだのだとしても、さすがに主屋の中にまでは侵入できなかったようで、そこからはテキストが主となる。薬師寺病院の跡地の写真や薬師寺静の学生時代の写真などを混ぜながら、彼という男の不道徳的な行状があくどい文章で語られる。この前門野さんがちらりと洩らしたような女性関係から、深堂《しんどう》家の未亡人を騙して結婚し、舅と妻を殺害、病院を乗っ取った経緯が断定的な調子で暴露されている。

深堂家から籍を抜いて病院を薬師寺病院と改称、金儲けに奔走する病院経営の実態を証言する当時の看護婦の顔写真はモザイクつきで、名前も（仮名）となっていた。美杜晃を殺害したのも主治医の静で、その後財産目当てに美杜みちると結婚、姑《しゅうとめ》となったみすずのアルツハイマー病発症も静の工作であるというのだから、斉藤によれば彼は最低の悪人ということになる。もっともそうした疑惑の一部は、渡部晶江ファイルにも書かれていたから、ぼくにも多少の免疫はあった。

（問題は、この先だよね……）

だがテキストの続きを読んでいって、ぼくは少しずつ安心していった。斉藤が描き出したのは事実とはかなり違う、トマス・トライオンの『悪を呼ぶ少年』のパロディみたいなホラーだったからだ。みちるの生んだK（仮名）とかおるの生んだ杏樹、ともに静を父親とするふたりの息子があの家にいた、というところまでは正解だったが。

簡単にいってしまえば杏樹こそが残虐極まる殺人者で、みちると静とみすずとそこに居合わせた深堂華乃《かの》の他に、Kをも殺害したのだという。Kの小さな体はばらばらにされて、大人たちの臓器の破片と混ぜられて消されてしまった。そして杏樹はKと入れ替わり、被害者のひとりとして助け出されたのだそうだ。美杜かおるはその子がKではなく杏樹だと気づいているが、我が子を庇ってその事実を隠し通した、と。

（馬鹿馬鹿しい——）

心配しすぎて損した、とぼくは思う。青山墓地の美杜家の墓所に八二年五月の没年で杏樹が葬られているが、それは誤魔化しだと彼は断定する。杏樹は死んではいなかった。無論Kも。ふたりはそのまま白金の家にいたのだ。『杏樹が死んだことにされたのは、四歳の子供が恐るべき残虐さの片鱗を見せ始めたことを両親が恐れたためで……』。そんなの理由にもなっていない。

でも、あの男がこれを信じ込んでいるのなら、最悪の事態じゃあない。こうとわかっていたらご期待に添うように、ナチュラルボーン・キラーらしい表情とか見せてやれば良かった。ナイフを弄《もてあそ》びながら変に人の周りを嗅ぎ回ると、どうなっても知らないよ、とでも。もっともそんなことをいったら、たじろぐより大喜びされてしまいそうだ。

（だけど、翳はこの説を読んだのかも……）

（いや、読んだに決まってる——）

ぼくは髪の毛を掻きむしりながら、畜生めッ、と自分で自分を罵った。翳に限ってそんなことを信じたとは思いたくないけれど、ぼくがいつまでもぐずぐず昔のことを秘密にしていたから、斉藤みたいな下司《げす》につけこまれることにもなったのだ。翳ならかおる母さんのことも含めて、全部打ち明けたってちゃんと秘密は守ってくれるはずなのに。ぼくがいえなかったのは彼を信頼していない証拠だと思って、嫌になったとも考えられる。

斉藤の仮説がこの程度のものなら、後の処理は門野さんに任せて、ぼくは翳にどう謝るか、それを考えるべきかも知れない。部屋に侵入されて盗聴器を仕掛けられたことは腹が立つし気味が悪いけど、それも指紋とか見つけられれば門野さんが手を打ってくれるだろう。さっきはその曖昧な態度に腹を立てたり、怪しんだりさえしたというのに、ぼくは都合良くそんなことを考えている。

(まだなにか出るのかな?　もう、こんなのさっさと見終えてしまおう——)

テキストはいい加減に飛ばし読みしながらクリックを続け、殺人者である薬師寺K、実は美杜杏樹が現在なにをしていて、どこにいるかということまではさすがに書いていない、ということは確認した。まさかとは思ったけど、斉藤みたいな人間に常識を求めても無駄な気もしたから、最低そういうパーソナル・データまでは掲載されていないのがわかって心からほっとした。

もちろん薬師寺という姓はそれほど多くはないから、これを読んでいる人間でW大第一文学部学生の薬師寺香澄を知っている者が、この殺人者Kがぼくだろうと思うことが絶対にないとは限らない。小城里花のように。そして困ったことに、それは完全な誤解ではないのだ。

でもその程度のリスクは、改姓も養子縁組もしないと決めたときから覚悟していたはずだ。あの事件が社会の一部分でこれほど関心を集めているとは思わなかったが、それが予測できたとしてもぼくの決意は変わらなかったろう。

このリスクはぼくが負うべきものだ。自分でそう決めた。これからもぼくは、薬師寺香澄の名前で生き続ける。ぼくに生命をくれた、ぼくの従弟を忘れないためにも。

(え?……)

真っ黒な画面に、白い太ゴチック体の文字が並んでいた。

『お待たせしました。ここからが斉藤の入手した最新極秘資料です。警察内部から流出した薬師寺家事件の現場写真十数点。逆さ吊りにされた戦慄の惨殺死体と、血にまみれた温室の内部をつぶさに観察することが出来ます。プロテクトがかかっていますので、ダウンロードやプリントアウトは出来ません。このまま画面上のみでご覧下さい。そしてくれぐれもご内密に。』

　ぼくはそれを見た。たぶん見るべきではなかったのだろう。なぜならそれはぼくにとって、ただ液晶画面に浮かんだ平面の映像ではなかったからだ。それは記憶の鍵だった。

　最新の記憶理論がそのメカニズムを、想起するたびに再構成されるものとどれほど断定しても、自分自身が目の前にした情景は文字通りぼくの中に焼き付けられている。そして思い出すとき、ぼくはその生々しい情景の中に五感ごと引き戻される。

　ぼくがそれをした。死んで動かない三人の大人の体、かおる母さんが立ち去るとき外の芝生に並べて置いたその体の足首にロープをつけ、鉢吊りのモーターを作動させて温室の中に引き込んだ。そして、三人の血を流させて温室の中に塗りたくった。

　庭や温室に水道はあったが水は出ない。元栓が締められていて、ぼくはその在処《ありか》を知らなかった。主屋のことはさらにわからない。だから、他に方法がなかったのだ。温室に残された、かおる母さんの痕跡を消すためには。

　そのとき自分がなにを考えていたかは、ちっとも思い出せない。三人を憎んでいたわけではない。みちる母さんのことは、決して嫌いではなかったし、もうひとりの女の人は顔も知らなかった。唯一好きでなかったのは父親だけど、彼を父と呼んだ覚えもなかった。ぼくはただせっせと、その作業を遂行しただけだった。憎悪も怒りもなく、敢えていうなら少し焦っていた。

ぼくは四年間温室の中で暮らして、でも主屋から運ばれた古い探偵小説の本は繰り返し読んでいたから、犯罪のトリックといったことにはずいぶん知識があった。だからかおる母さんに、もっとちゃんと後始末をしなくちゃ駄目だよ、といったのだけど、かおる母さんはぼくのいうことなんか耳に入らなくて、『きっと戻ってくるから一日だけここで我慢していて』とだけいって、行ってしまった。温室の中にはここにいたはずのないかおる母さんの髪の毛や、指紋や、胃液まで残っているのに。

早く早く、それを全部消してしまわなくては。ぼくは全部覚えている。一瞬一瞬彼女がどこにいたかを。だからその心配をするのに必死で、他のことはなにも考えなかった。汚いとも、気味が悪いとも思わなかった。他のなにひとつ思わず、感じずにいられた。

(あのときはちょっと、いや完全に、おかしくなっていた、よね——)

感じること、考えることを遮断していたから、平気で出来たんだろう。人間の体を、それもよく知っている人の死体を切り刻んで、血を流させて、水の代わりにしてしまうなんてことが。

感じていなかったのだから、思い出そうとしても思い出せないに違いない。いままでは漠然とそう考えていた。例のカードを見て昔の記憶をたどっていたときにも、事件のときのことは考えなかった。考えたくなかったから。「響」が思い出せといっているのも、それのはずはないと決めつけていた。

でも思い出せないというのは、間違いだった。画面に浮かんだ写真がぼくを、十四年前の温室へと引き戻した。まるで胃壁の内部のように、赤黒く染め上げられた温室のカーブを描く壁。それがひかって見えるのは、警察の鑑識がストロボを焚いているからだろう。本当に、どこもかしこもが赤黒い血の色だった。その一枚一枚をぼくは、それぞれ一時間も見つめ続けていた。

頭が冷たく麻痺《まひ》している。体が麻酔を打たれたように硬直して動かない。ただ眼球を動かす筋肉だけが、視線を繰り返し写真の上に行き来させる。それを見ながらぼくは、あのとき意識しなかった血の匂いを感じた。口の中にねばつく唾液の味を覚えた。両手のひらと下についた足の裏に、粘つく生血の感触があった。血は少しずつ乾きかけている。両手でこすってもうまく伸びない。これじゃ駄目だ、と冷静にぼくは思う。全然足りない。あのへんには母さんの足跡も残っている。

感情が干からびてしまったような、八歳のぼくの意識。同時にそれを感じて、茫然としているいまの自分の意識。ふたつを同時に感じる。感じながら、嫌だ、と思う。

嫌だ、嫌だ、嫌だ。もう見たくない。思い出したくもない。それを自分がしたことは否定しない、認めるからお願いだから、忘れさせておいて。さもないとぼくは正気でいられない。

手が震えた。その手の下にマウスがあったことを忘れていた。指が勝手にそれをクリックし、新しいページを開く。ぼくはかすれた悲鳴を上げている。逆さに吊された三人の死体。そのアップ。切り裂かれた喉から吹き出た血に斑《まだら》に染まった男の顔。その白く濁った目がぼくを見ている。

あのときも、彼の顔を逆さに見た。でも八歳のぼくは動揺なんかしなかった。この体からあとどれくらい血が採れるだろうと、測る目でだけ見ていた。それがいまのぼくに降りかかる。自分のしていることの恐ろしさ、気味悪さ。喉の奥から胃液がこみ上げてくる。

ごめんなさい――

すみません――

ぼくが悪かったんです――

そんなふうにいって泣いて謝ることが出来たら、いっそ楽だろうか。でもいまのぼくにも、それは出来なかった。

自分のしたことをそうして見せつけられ、そのおぞましさに胃から突き上げてくる吐き気を無理やり押さえ込みながら、誰に対してもぼくは謝罪などしたくはなかった。

もしもいま八歳のあの日に引き戻されて、いまのぼくのまま温室に取り残されても、ぼくはまた同じことをするだろう。かおる母さんを罪に落とさせないために、嫌いな父親も、決して嫌いではなかったみちる母さんも、顔さえろくに知らないもうひとりの女性も、同じようにその遺体を切り刻んで気にもしないだろう。ぼくのために殺人を犯した、かおる母さんを守るためには。ぼく以外の誰も、それを肯定してくれなくとも。

父さん、香澄のことも杏樹のことも、決して愛してはくれなかった父さん。ふたりの母さんに愛されても、その愛を利用することしか考えなかった冷酷なあなた。でもあなたは結局、そうして自分のしてきた罪を償わされたんだね。

いまぼくはあなたのことを、少しだけ気の毒に思う。あなたがそんなふうにしか生きられなかったことを、そしてそんなふうに死ぬしかなかったことを、いくらかは可哀想だと。だから、もう消えて。ぼくらの記憶からも、記録の中からも、消え失せて無に還って。いつまでも亡霊のようにぼくたちを脅《おびや》かさないで——

4

玄関からいきなり鍵を外す音が聞こえて、ぼくはびくっと椅子から飛び上がった。いったいなにが起きたのか、理解できなかった。

「——蒼？　いるのか？」

それは京介の声だ。京介が玄関に来ている。ぼくはあわてて、パソコンのためには絶対してはいけないことをした。ネットの接続も断たず、ブラウザも閉じず、いきなり電源を切ったのだ。

だってそうでもしなかったら、京介にこれを見られてしまうかも知れない。キーボードの脇にあった名刺をポケットに突っ込んで、もうなにも他に残ってはいないことを見て確かめてから答えた。

「いるよ。なあに？」

声が少しかすれていたけど、風邪の引き始めくらいに見えるだけだろう。ぼくはなんでもない、という顔を繕ってダイニングキッチンに入る。京介はもう中にいた。靴を脱いで上がっていた。間一髪だったかも知れない。

「まだ寝ていたのか？」

「うーん？」

セーターとジーンズは着たままだから、あんまり寝起きには見えないかも知れない。そもそも、いまは何時だろう。外廊下に開いた流しの上の窓が明るい。ということは、もう朝になっていたのか。あくびをするふりをしながら、壁の時計を見ると八時を回っていた。

（うわ。それじゃぼくときたら、八時間もあれを睨んでいたのか……）

目がちかちかしても無理はないや、と自分で呆れてしまう。

「朝なんだねえ。読みかけの本に熱中しちゃったもんで、気がつかなかった。京介はどうかしたの？　ずいぶん早いね。また徹夜した？」

そう聞いたぼくの口調は別に変ではなかったはずなのだが、京介の顔にはなぜか緊張がある。それくらいはわかるさ。つきあい長いもの。

「十回くらいチャイムを鳴らしたんだが、聞こえなかったのか？」

「あ、あれ。じゃあ、少しうとうとしてたかな。それともチャイム故障かなあ」

「服は着たまま？」

「うん。なにか用事？　電話してくれれば良かったのに」

「電話は、通じなかった」

あ、とぼくは絶句した。昨日から固定電話は電源を切ったままで、携帯も京介が知っている方はやっぱり切りっぱなしだった。

「ごめん。ちょっと、修理して」

「電話機が変わっているね」

「そう。交換してもらったんだ」

「携帯も？」

「うん、まあ。それで心配して来てくれたの？　わざわざ？」

　とにかくコーヒーをいれようと流しに向かいかけて、ぼくはふと妙なことに気づいた。玄関の鍵は昨日交換したんじゃないか。

「京介、いま玄関鍵かかってたよね？」

「かかっていた。だからこれで開けたよ」

　京介はポケットから出した鍵を、顔の横で振ってみせる。ぼくがもらったのと同じ、まだ新しくて銀色にひかる合鍵を。

「でも――」

「昨日門野氏がバイク便で送ってきた。最近このへんで空き巣が増えていて、不用心だから交換したといって」

　ずいぶん早手回しだなあ、とぼくは内心驚いたけど。

「うん、そう。別にぼくが頼んだわけじゃないんだけど、門野さんって親切がときどき強引だから、有無をいわせずって感じでドア丸ごと交換されちゃったんだ。でも京介に合鍵送ることまでは考えてなかったから、それは良かったな」

「簡単に合鍵が作れないものだそうだ」

「ぼくもそう聞いたよ」

　門野さんはそれ以外のことは京介にはいっていない、らしい。だったらいいけど、ちょっと心配だ。あの人は昔から京介のファンを自称しているから、ぼくが口止めしても京介にはなんでも話してしまいそうな気がする。

「――蒼」

「ん、なあに？　せっかく来てくれたんだから、コーヒー飲んでいくでしょう？　カフェ・オレにしていい？」

「この地域に空き巣が多いとは聞いてない」

「えー、そんなことないよ。この地域っていうか、そういうのは最近は東京近辺どこでもでしょ。ピッキングとかさ。それにこのマンション、学生が多くて昼間は全然人気がないから、不用心なのは確かなんだよ。ドアの鍵も古くなっていたしね。そろそろリフォームが必要かも」

「だったら春休みの間だけでも、神代さんのところにいたらどうだ？」

　反射的に振り返りそうになって、危うく自分を押しとどめる。門野さんからなにか聞いたの、なんていうのは墓穴だ。

「えー、なんで先生のとこ？」

「最近蒼が顔を出してくれない、と何度もこぼされたしね」

「遊びに行くのはいいけどさ、ずっといるのはやだよ。先生んちったらパソコンもないんだもの」

「パソコンが要るのか？」

「そりゃあ、ぼくだってメールくらいしてるし、手軽な調べものにも便利だし。あ、でも変なサイトとかは見てないからね。もしもそういうこと心配してるなら」

　京介は黙った。昨日の夜はネットを見ていて夜明かししてしまった、くらいのことはいってもいいだろうか。でもいま京介にうちのパソコンを開けられたら、履歴の欄にあのサイトが載っているのが見られてしまう。それだけでたぶん京介は——

「デ・プロフンディス」

　ぼそっとつぶやく京介の声に、心臓が素手で握りしめられた気がした。ひっ、と息の音が洩れそうになる。彼に背を向けてガス台に向かい、お湯が沸くのを見ていたのがせめてもだった。

　それにしても、

（ぼくって馬鹿だ！）

そのことばの意味を、彼に尋ねたのは自分じゃないか。なにもあそこで聞く必要はなかったのに。そして京介は聞き流さなかった。彼はたぶん、もうあのサイトを見つけている。有料ページまでは見なくても、それと今朝のぼくの眼が赤いことを結びつけるのは簡単だ。だから京介は朝からここまでやってきたんだ……

「蒼」

ぼくはどうすればいい？　ああ、頭がちっとも働かない。なんにもいいアイディアが湧いてこない。きっとぼくはひとりでも大丈夫だなんていっても、全然説得力がない。いまのぼくの顔は、ちっとも大丈夫そうには見えないだろう。でも――

「僕たちの助力は、必要ないのか？」

ぼくは息を詰めた。思わず両手で流しの縁を掴んでいた。

「僕たちは君に、なにもしてやれないのか？」

その静かな声が胸に突き刺さる。ぼくにははっきりとわかった。普通の人なら、なにを考えているかわからないとしか思えないだろう淡々とした彼の声の底に、いつにない響きが流れているのが。

それをどういうことばで呼ぶべきか、ふさわしいことばが思い浮かばない。悲しみ、怒り、憤り、それとも痛みか。普通なら大声を上げたいほど強いそんな感情を、京介はほぼ完璧に抑えこんでいる。ただ声に滲む見慣れぬ色を、ぼくは感じた。感じないわけにはいかなかった。

でもだからといってどうすればいい。いまぼくが京介の胸にすがって、泣きながら全部話して、それでどうなる？「響」も斉藤も小城里花も、全部京介にどうにかしてもらうのか？　いままでみたいにそうして、それから？　ぼくはいつまでもそうして京介に頼って、彼にすがって生きていかなくてはならないのか？

「ごめん――」

ようやくそれだけいった。

「ごめん、京介。でも、ぼくは」

ぼくは——

「君がそう望むなら、なにもしない。なにも聞かない」

「…………」

「でも忘れないで欲しい。君が元気な顔で戻ってきて、あったことを話してくれるのを僕たちは待っている。それを」

なんと答えていいかわからなかった。ダイニングの床が音立ててきしむ。あわてて振り返ると、京介が玄関の方へ行こうとしている。

「京介——」

「あんまり長く待たないで済むと、嬉しいけどね」

こちらを見た唇の端に、小さな笑いが浮かんでいた。それを見た途端、

（ああ——）

やっとことばが浮かんだ。

（さびしい……）

いま京介は。そしてぼくも。

（さびしい——）

ぼくが彼から離れていくことが。でも、引き留めるわけには行かない。だから。

（さびしい、けれど……）

京介はもう玄関ドアの外に出ている。それがゆっくりと閉じ、外から鍵が回される音。ぼくは両手で胸を押さえる。

（さびしい——さびしい——さびしい——）

心臓が引きねじられて、まっぷたつに引き裂かれていくような。

「京介！」

それ以上我慢できなくて、ぼくは駆け出した。追いかけて、追いついて、それでどうするか決めたわけじゃない。ただ胸の奥から膨れ上がってきたさびしさに突き動かされて、追いすがらずにはいられない。

でも新しいドアの内鍵は妙に堅くて、慣れていないそのつまみを動かすのに時間を取られて、ぼくが外廊下に飛び出したときはもうそこに京介の後ろ姿はなかった。

　それでもぼくは階段を駆け下りようとして、下から上がってきた人と危うく正面衝突しかけ、

「きゃッ」

　という女性の悲鳴にさらにあわてて、

「ご、ごめんなさいッ」

　転びかけたその人を腕を伸ばして引き留めた。そうして後はそのまま、階段を下りて京介を追うつもりだった。ところがその人がこちらを見て、ずれた眼鏡を直しながら、

「ああ良かった。薬師寺君——」

　そういったのでまた、びっくりしてしまう。だってこんなに近くで顔を見ても、その人に見覚えのある気がしなかったのだ。

「え、と?……」

　もう一度よく見つめて、やっとそれが見覚えのある顔だと分かった。

「あの、松岡さん?——」

「ずいぶんご無沙汰してしまって」

　ぼくがすぐに分からなかったのも無理はなかった。丸々と肉づきの良かった顔が、すっかり細くなって別人みたいだ。でもダイエットの成功というよりは、生気がなくて顔色が悪くて、すっかり老け込んでしまっていた。

　髪の毛もうなじでシニョンに結っているから、昔のおばあさんの髪型みたいで、よけいそんなふうに見える。ぼくを見て微笑んだ表情も弱々しくて、消えかけた蠟燭《ろうそく》の炎のようだ。

「その節はあなたにも、お友達にもすっかりご迷惑をおかけしてしまって」

「いえ、そんな」

　彼女が覚えているとは思わなかった。こういう場合、なんて返せばいいんだろう。

「ずっとお礼をいわなくてはと思っていたのだけど、こんなに遅くなってしまって、本当にごめんなさいね」

松岡さんは深々と頭を下げた。きれいに明るい色に染めていた髪が伸びて、黒い地色に混じって白髪が見えた。そのあまりの痛々しさに、ぼくはなにもいえなくなってしまった。

黙示録の獣

1

　いまから京介を追いかけてもどうにもならないし、わざわざそうして訪ねてきた松岡さんを追い払うのもどうかと思うから、「ぼくの部屋でコーヒーでも飲みますか？」と誘おうとした。

　そのことばを呑み込んでしまったのは、廊下の並びのドアがすうっと閉じるのを見たせいだった。それが、誰かがドアの隙からこちらをうかがっていて、ぼくが振り向いたので音を立てないようにドアを引き寄せた、というふうに見えたのだった。神経質過ぎるだろうか。

　でもいまドアが動いたのは一番左端の２０１、ついこないだまで空き室になっていたはずの部屋だ。引っ越してきた気配もなかったのに、いつの間にか人がいて、それもこちらを覗き見しているというのは、なんとも胡散臭い。それはまあ、外廊下で女の人と立ち話してる、というのが気になったとも考えられるが、

（まさか斉藤だ、なんてことはないよね……）

　もう盗聴はされていないはずだけど、なんだか落ち着かない気分になって、

「部屋が散らかってるんで、外でコーヒーでも飲みませんか？」

　というと、幸いうなずいてくれた。でも千駄木の方の喫茶店の名前を挙げたら、

「そこは、止めない？」

　とさびしげな顔で微笑まれてしまう。

「図書館の職員も、ときどき寄っているから」

「あ、ごめんなさい。気がつかなくて」

「とんでもない。わたしこそごめんなさいね」

「それじゃ、本郷三丁目の方へでも？」

「いいわ、そうしましょう」

ぼくたちはそうして連れ立って、本郷通りをT大の赤い煉瓦塀に沿って歩き出す。銀杏《いちょう》並木もいまはすっかり裸で、目に入る彩りは乏しい。なにか話さないと、と思っても、意識すればするほど話題が見つからなくて、

「あの、図書館、辞めてしまうんですか？……」

「そうね、たぶん」

「残念です、とっても。せっかく知り合えたのに」

松岡さんは小さくうなずいたけれど、なにもいわなかった。でもしばらくしてため息とともに、

「生きているって、さびしいわねえ」

ぽつり、とつぶやく。

「さびしいの、とっても。あなたは、そんなふうに思うこと、ない？」

「ありますよ、ときどきだけど」

たったいまもそう思った、というわけにもいかないから、

「でもいま松岡さんは、きっと体調が良くないからですよ」

「そうかしら。なんだかずっとこのままのような気がする。人生の黄昏にさしかかった老人みたいな気分よ。ほんとに若くもないけど」

彼女は低く笑いを洩らす。気の滅入るような暗い笑い声だった。

「考えれば後悔ばかり。どうしてもっと早く、大学なんか行かないで結婚しておかなかったんだろう、そしてたくさん子供を産めば良かったなんて」

「これからだってちっとも遅くないじゃありませんか。恋愛だって、結婚だって、そして子供を作るのだって、全部これからでしょう？」

「恋愛なんか、出来ないわ」

力無い、自嘲するような調子で松岡さんはつぶやく。

「もう誰のいうことも、信じられない。信じたくないの。男なんて大嫌いよ。不誠実で。ああ、ごめんなさい。薬師寺君も男だって、忘れたわけじゃないのよ」

「いいえ――」

携帯電話を片手に、息子の誕生日に今日は定時で帰るよ、と笑いながら話していた男。松岡さんの不幸な恋の顛末を、ぼくは思わずにはいられない。

「でも、子供は欲しいわ。血の繋がった子供、暖かい、ミルクの匂いのする赤ちゃんを抱きしめてみたいわ。自分があんまり抱いてもらえなかった分、自分の子供が出来たらきっとそうしようって思っていたの……」

「松岡さんの、お母さんは？」

「母子家庭だったの。母は生活のためにずっと働いていたから、それは仕方がないとわかっているわ。でもその母が体を壊して死んでしまって、小学校の最後の一年から中学までは施設で暮らしたの。その後は、母の親友だった女性の弁護士さんが家に引き取ってくれて、大学まで出してくれた。いい人で、わたしを実の娘のように可愛がってくれたけど、彼女ももういない。結婚もしないで他人のために働き続けて、二年前に癌で逝《い》ったわ。

　だからわたしいま、生きている血縁も知人もほとんどいないの。そういうのが気楽だって思ったこともあるけど、年を重ねるほどさびしさが募ってくるの。そして恋人より子供が欲しいって、そんなことばかり考えてしまって。なのに恋愛も大失敗。よりにもよってろくでもない男を好きになって、その上体は壊すし仕事はなくすし。ほんとに駄目ねえ、わたし……」

　ああ、この人は本当にさびしいんだなあと聞いていて思った。肉親の縁が薄い、なんてことばはあるし、ぼくもそれこそ縁が厚いとはいえないけれど、それを埋めて余りあるくらいぼくのことを思ってくれている人たちがいる。

だから血の繋がりというのは、ぼくはそれほど大きな意味を感じない。逆にそういう抜き差しならない理由はないのに、出会えて心を通い合わせられる他人同士の不思議なえにし、というものが大切に思える。

でも女の人にとって、自分が産む子供というのは格段に重い意味を持っているのだろう。血といっても抽象的な『血縁』なんか以上の、自分の体を流れるものの一部を切り離したみたいな、少なくとも子供が小さなときほどそんなふうな感じがするんじゃないだろうか。自分から出たのに自分ではない。自分ではないけどすごく自分に近い。そういうものがそばにいて無条件に自分を慕ってくれたら、それはさびしくないかも知れないなあ……

「薬師寺君と一度、新宿で会ったわね。わたしが山岸とふたりでいるときに」

「あ、えっ、ええ――」

気づかれているとは思わなかった。

「彼に奥さんも子供もいるのは初めから知っていたんだから、そんな人と恋愛するのがそもそも間違いだってことは、自分でもわかっていたのよ。あのときは彼の奥さんが三人目の子供を妊娠していて、だから手近なところでわたしを誘っただけで」

「それは」

恋愛というより単なる浮気なのでは。いくらなんでも松岡さん、もう少しまともな男とつき合おうよ、といいたくなった。すると彼女は、ぼくの考えたことはわかっているというように、こちらを見ながらうなずいて、

「ええ。わたしの方も遊びのつもりだったの。というか、そう思っていると自分で勘違いしていたのね。でも後で考えてみれば、わたしは山岸の父親らしいところに惹かれていたみたい。やさしくて、子煩悩《ぼんのう》で、たまには外で遊んでもちゃんと家庭を大事にする男。そういう人と男女の関係になれば、子供の頃《こ》のさびしさが埋め合わされるみたいな。

でも、そんなの本当にただの錯覚。わたしが妊娠したと知ると彼は急に逃げ腰になって、ひとりで言い訳を始めたわ。未婚の母になろうかっていっただけで、嫌がらせだと思いこんで、もともと気の小さな善人だったのね。わたしが彼の家庭を壊そうとしている、とまでいわれてしまって、別れるしかないってわかったの」

クリスマス・イブの夜の情景が、嫌でもぼくの目の中によみがえってくる。白い雪の上に散った血の色、松岡さんの口を衝《つ》いてほとばしる悲鳴。そして彼女を病院に担ぎこんだぼくと翳は、医者から疑いの目を浴びせられた。無軌道な若者が女性を妊娠させたあげく、暴行を加えて流産させたのではないかと。

「松岡さん」

「え？」

「自殺、しようとしたんですか？」

「わからないの、よく」

機械的に脚を動かして歩き続けながら、彼女はぼんやりと微笑んでいる。

「クリスマス・イブの日曜日、彼は家から出られないといったけど、ほんの一時間でいいから来てってわがままをいったわ。わたしのアパートに料理とワインを用意して、飲みながら彼と話をしていた覚えはある。そのときね、確か。わたしが別れてもこの子は産む、未婚の母でいいからっていって、あの人がすごく怒ったのは。そして彼は帰ってしまった。わたしはひとりになってもまだ飲み続けていた。後のことはよくわからなくて、すごくおなかが痛いとは思ったけど、どうして権現神社なんかまで出かけてしまったのかしら——」

「彼がしたんじゃ、ないんですね？」

「したって？」

「あなたのおなかを、殴ったり」

「違うでしょう。あの人は、そこまで悪人じゃないと思うわ……」

松岡さんはそう答えたけど、ことばは半分水に滲んでぼやけているように頼りない。本当にそうだろうか。山岸が自分の浮気を後悔して、子供を産みたいといわれて逆上したなら、松岡さんを酔わせて意識不明になったところでおなかを殴ったり蹴ったりして流産させようとした、という可能性だって絶対にないとはいえない。

「そう、わたしあのとき父を捜していたの」

　ふっと思い出したように、松岡さんがいう。

「昔死んでしまった父、生きているときも一緒には暮らせなくて、めったに会えなかった。でも、すてきな人だった。背が高くて、ハンサムで、強くて、わたしにはすごくやさしかった。いま父がいてくれたらきっとわたしを守ってくれる。父に会いたい、会いたいって、あの雪の中で捜していたみたい。雪の向こうを捜せば、きっと父に会える。そんな気がして、いつの間にか部屋からさまよい出ていたんだわ。変よね……」

「じゃ、松岡さんが無事だったのはお父さんのおかげですね」

　ぼくがそういうと、彼女は不思議そうにまばたきした。

「え？」

「だって、お父さんを捜してアパートから出てきたから権現神社でぼくらと会えて、病院にも行けたんですよ。そのままひとりでアパートにいたら、手遅れになっていたかも知れないじゃないですか」

「そう、かしら……」

　本当をいえば妊娠中に泥酔するのがそもそも無茶だし、おなかの打撲は何度も滑って転んだせいで、その結果流産してしまったのかも知れないけど、いまさらそんなことといっても仕方がない。いろいろ考えるならいい方へ、プラスの方へにするべきだ、というのがぼくの確信犯的な方針なのだ。松岡さんはしばらく黙って、足を運んでいたけれど、また急にぽつん、とつぶやいた。

「トラウマっていうでしょ?」

　あわてて相槌を打つ。

「え? ええ」

「子供のときに親から充分愛されないで育ってしまうと、どこか欠けた人間になってしまうっていうでしょう。子供時代から母は忙しく働いていて、可愛がられた記憶がちっともないし、父とはときどきしか会えなかったし、だからその分幸せな家庭を築こうと思ったけど、やっぱりうまくいかないものなのかしら。

　山岸みたいに家庭のある人を好きになったりしたのも、結局男性というより父親を求めていたせい。あの人からはおまえは親に対する怨みがあって、だから俺の家庭を壊そうとするんだ、なんていわれたの。虐待された子供は、親になっても虐待を繰り返すともいうし、そういうのってどうしようもないところがあるのかしら……」

「大丈夫ですよ、松岡さん!」

　ぼくは立ち止まり、彼女の手を両手で包んで声を張り上げていた。

「今回は運が悪かったんです。恋愛だって当たり外れがあります。でもきっといまにもっとすてきな、あなたを愛してくれる男性が現れます。そして子供を産んで、暖かい家庭を作れます。トラウマなんて考えたら駄目です。あなたはやさしくて、親切で、愛情深いいい人です。ぼく、ちゃんと見てました。図書館に脚の悪いお年寄りが来たとき、カウンターから飛び出して手を貸してあげたの」

「あの、薬師寺君……」

「そんなこといったら、ぼくだって未婚の母の息子です。嫌なことも辛いこともたくさんありました。でも生きてます。愛することも知ってます。血は繋がってなくてもいろんな人と会って、いろんなことを教えられて、歳の割に遅いけど少しずつは進歩しています。だから、松岡さんだって絶対に大丈夫です」

彼女はぽかんとした顔で、ぼくを見上げていた。そう、松岡さんはぼくよりけっこう背が低いんだということを、いまさらのように気づく。これまではなんとなくお姉さんみたいに思っていたから。

「あなたったら――」

手を取られたまま目を見張っていた彼女は、ふいにうつむいてクスッと笑いを洩らした。顔は前髪に隠れて見えないが、下を向いて肩を揺らしながら、くすくすとくぐもった笑い声を立てている。

「松岡さん？」

なかなか笑い止まない。その笑いの意味がわからなくて、ちょっと心配になってきた。ヒステリックな響きはないけれど、なぐさめるつもりで気持ちを高ぶらせてしまったろうか。

「いい子ね」

ささやく声がして、松岡さんの左手の指先がそっとぼくの頬に触れた。

「あなたが、そんな子だなんて知らなかった」

えっ？　と思ったときには、ぼくの手から離れた彼女は、すぐそこのバス停に来た都バスのステップに飛び乗っている。

「松岡さん！――」

「さようなら、有り難う」

閉まっていくドアの隙間から、声だけが落ちてくる。あっけに取られているぼくを残して、彼女は行ってしまった。なにが起きたのかさっぱりわからないまま、ぼくは徹夜明けのぼけた頭を持て余して、そこにぼおっと立ちすくんでいた。

2

本当をいえば部屋に戻るのは嫌だった。盗聴器はなくても、同じ階の一番端の部屋にいた誰かが妙に気になる。あの中にいた人間は、男か女かもわからなかったけれど、確かにドアを浮かせてぼくらの方をうかがっていた。

下のポストを見ると、各階にひとつくらいは空き部屋があるらしい。正規に賃貸契約を結ばないでも、簡単な道具で鍵が開けられるなら、勝手にそこにもぐりこんで盗聴の基地にする、ということも可能ではないか。そんなことを考え出すと、住み慣れたはずの部屋もひどくよそよそしく、油断のならない場所に思えてくる。

　でも、他に行く場所がない。誰にも助けを求めない以上は、自分に許された住処《すみか》の中に籠城《ろうじょう》するしかない。だから睡眠不足で痛む頭を抱えて、スーパーで買い込んだ食糧の袋を下げて、ぼくはマンションに戻ってきた。新しい内鍵を何度確かめても、安心感は湧いてこなかった。

　印象の中で変貌したのは、部屋に置かれた道具、ＦＡＸつきの電話やパソコンもだった。それはいわば部屋という防壁に開いた窓だ。極めて便利な道具が、反転すればどんな壁も貫いて届く凶器にもなることを、ぼくはひしひしと感じていた。

　物質は入ってこられなくても、情報はいくらでも届く。完璧な密室とくれば本格ミステリではおなじみの小道具だが、現代の人間の住まいはラジオ、テレビ、電話、パソコンのおかげで絶対に密室ではあり得ない。

　もちろんその道具を沈黙させることは簡単だ。電源を落とす、あるいはコードを引き抜く。それだけですべては役立たずの物体に変わる。だけど例えば世界を恐れて引きこもった人間がいたとして、彼が現代の人間だったらパソコンを手放すことが出来るだろうか。引きこもりといってもいろいろで、外界に一切無関心になってしまう場合も無論あるだろうけれど、恐れるからこそ情報だけは得たい、と思いたくなるものではないだろうか。

　一方的に情報を覗き見るだけなら、安全だと彼は思うかも知れない。でも、それは油断というものだ。情報によって人を傷つけたり、操ったりすることは大して難しくない。

絶対に部屋から出ないと決めた人間も、地震の予知が可能になってもうじき東京を大地震が襲うと信じさせられたら出てくるだろう。手紙だけで人を自殺させるというミステリがあったけれど、ネットを使えばもっと簡単だ。情報の出入りがある部屋は密室ではない。

　アングラサイトとかウィルスとか、自分がそういうものに直面しないで来た分、ぼくにとってネットは便利で面白い道具だった。だけど昨日あのサイトを見てからは、ネットに接続することがひどく恐ろしく思われてきた。何回かクリックするだけで、そこにはあの血みどろの現場写真がある。しかもそれはこの瞬間も、ぼく以外の複数の人間の視線を浴びているかも知れないのだ。

　ベッドを置いた寝室に机があり、パソコンがあるというのがそもそも最悪だった。電源が入っていなくても、それが頭の上の方にあると意識しただけで落ち着かない。

　隣の和室の押入には客用の布団があったけど、それを取り出すのも面倒で、ベッドからマットレスと毛布を引きずっていって敷いた。冷たいシーツの中に這い込んで目をつぶった。

　昨日は一睡もしていないのだから、眠いはずなのになかなか眠りは訪れない。京介のさびしそうな微笑みがふと浮かんで、胸がきりきりする。それがかおる母さんの顔に重なり、松岡さんの顔に重なる。夢ではなく、自分の頬に当たるシーツの感触を意識しながら、イメージが勝手に流れている感じ。同時にものを考えてもいる。門野さんはあのサイトを見ただろうか、とか。

（ああ。そういえばぼく、ずいぶん失礼な口を利いてしまったんだっけ。そして、一方的に電話を切っちゃったりして……）

　謝らないと、と思う。謝ったら門野さんも、今度はちゃんと話してくれないかな。なによりも「響」のことを。

斉藤鬼哭は「響」なのだろうか。だとしたらぼくが十五年前のクリスマス・イブの日に顔を見たあの少年は「響」ではない、たぶん。「ヒビキ！」と呼ぶ声が聞こえて、あの子が主屋の方へ駆けていったのを見た記憶はあるけれど、ふたりがイコールであるとは限らない。

ただ、思い出せば思い出すほど、ガラスの壁の外から食い入るようにこちらを見つめていたふたつの目が、ぼくの胸に生々しく迫ってくる。あの目は、飢えていた。寒さに震えていた。渇望に燃えていた。彼の目にはきっと、暖かな温室の中は楽園と映ったのだ。ぼくはその中で幸せを満喫する、幸せな子供なのだと。

あれが「響」でないなら、あの少年は誰なのだろう。無論門野さんがそれを知っているとは限らないけれど、ぼくは彼と会いたい。そして十五年振りの誤解を解きたい。ぼくのいたのが決して楽園ではなかったことを、知って欲しい。

いまさらそんなことを聞かされても、仕方がないと彼はいうだろうか。でも、ぼくは彼と和解したいのだ。だって彼はもしかしたら、ぼくと血の繋がった兄弟なのだから。薬師寺静の記憶を肯定することは出来なくても、彼を通じて兄さんが与えられるなら、ぼくは快く彼を赦すことが出来る。そう、出来るならぼくはすべてと和解したい。憎むよりは赦したい。そして赦されたい。すべてを肯定し、肯定されたいのだ。

松岡さんには「愛することを知っている」なんていってしまったけど、人は誰も憎むより愛する方が容易《たやす》いはずだ。もちろんいつの場合もそうだ、とはいえない。家族や愛する人を殺されれば、誰でも犯人を憎まずにはいられない。戦争になれば敵国を憎むに決まっている。どうして赦すことなど出来るだろう。そうして容易いはずのことを、容易く出来なくなってしまう悲しみや苦しみを、もちろんぼくも知らないわけではないけれど。

でも結局ぼくは、ほとんどの相手を赦すことが出来ている。ということは、ぼくが憎まずにいられないほどの目には遭っていないってことなんだろう。それとも少なくともいまは、昔のことを昔のことだといえるくらい幸せなんだろう。

(ごめんね、ヒビキ……)

ようやく暖まってきたシーツの中で、半ば眠り半ば目覚めながらつぶやく。

(君はいまも不幸なの? だからぼくに思い出せって書き送ったの? 思い出したけど、ぼくはその記憶に溺《おぼ》れないで済んだよ。それが昔のことだって、ちゃんとわかっているから——)

記憶の中のあの子、「響」のカード、斉藤とそのサイト、三つの項の中の第三項は、少なくともいまは意識から消してしまおう。わからないことだらけで頭は混乱しっぱなしだけれど、あの子のぼくを見つめた目は思い出しても嫌じゃない。君の名前がわからないから、やっぱりヒビキと呼ぶよ。

(でも、君はそうじゃないのかも知れないね。だから、ごめんね。もういいから、ぼくの前に出ておいでよ。そして話をしよう。君の話を聞きたい。そして君がぼくを憎んでいるなら、その憎しみを解いてもらえるよう努力するから……)

その日のうちに電話が二件。

ひとつは深春からで、

「また飯喰いに来いよ」

というから、

「ごめん。いまちょっと予定が混んでて」

と答えると、案の定彼が電話してきた本当の理由はそれではなくて、

「今朝京介、そっち行ったろ?」

「うん。うちの電話の具合が悪かったんで、心配させちゃったみたい」

深春相手でそれも電話なら、何気なーい様子を装うのは大して難しくない。

「ぼくの顔見たらさっさと帰っちゃったけど、それがどうかした？」

「珍しいことに、その後門野爺さんのところに回ったらしくてな、まだ帰ってこない」

「へえ、京介が自分から門野さんのとこ行くなんて珍しいねえ」

ますますすっとぼけたけど、内心はそれほど穏やかではない。京介め、なにもしないっていったのに、してるじゃないか。ふたりが結託（悪事じゃないけどね）したとなると、ぼく的にはかなり要注意だ。心配性な保護者連合軍のお節介の壁に阻《はば》まれないように、せいぜい慎重に動かないと。

「それで京介、なんの用事だって？」

「あいつがいちいち俺にいうかよ。わからないからおまえに聞いてるんだ」

「ぼくだってわからないよ。今朝はなんにもいってなかったし。神宮前の事務所にいるなら、電話してみたら？」

「いや、まあ、門野さんのとこにいるなら別に心配はないけどな」

深春はもごもご。京介が心配するのはもっぱらぼくだけど、深春はどっちかというと京介を心配する方だ。ぼくのことは信頼してるって、それが本心ならすごく嬉しいね。

ふたりのぼくに対するスタンスは微妙に違っていて、京介は細心で胸を痛めてもぐっとこらえ、深春は大胆放任主義。自立心旺盛な二十二歳（我ながら遅いよね！）としては、どっしり構えて細かいことはいわない深春的な対応が嬉しい今日この頃だ。それでも京介に気遣われると嬉しくて、甘い依頼心が湧いてきて、そこを我慢するとさびしくて胸が痛んだりするんだから駄目駄目だよ、まったく。

「あのさ、深春」

「ん？」

「みんなでバンコクとカメロン・ハイランド、楽しみだね」

「ああ、そうだな」

「京介も門野さんもいろいろ考えすぎるけど、ぼく元気だから。深春も知ってるでしょ。打たれ強いんだから」

「おまえ、やっぱりなんかあったのか？」

「まあ、ね。でも大丈夫、乗り切れるから」

「ほんとにそうなら、蒼」

「うん――」

「俺のことはいいから、京介のことを考えてやれ」

「考えてる、けど」

「おまえが弱っちいようで強いなら、あいつは強いようで弱い。おまえがあんまり心配させると、ポキンと折れちまうかも知れない」

「それ――」

ぼくはようやく深春の意図しているところを察知した。直接ぼくにお説教するのじゃなく、京介を引き合いに、なんてずいぶんと高等戦術を弄してくれるじゃないか、熊さん。

「深春、そういうのってちょっと卑怯」

「卑怯でもなんでもそういうもんだ。親離れした子供は親を気遣うべし。孝行しろとはいわないが、無茶したくなったらあいつの顔を思い出せ。おまえが傷ついたり落ち込んだりしたら、あいつはその何倍も落ち込むんだぞ」

「うー」

それが嘘でないだけに、反論は難しい。仕方なく下手《したて》に出て抗議した。

「そうやって、子供の自立心を摘むのはいかがなものかと」

「俺にちょいといわれたくらいで、自立心が消えるほど可愛らしいおまえじゃないだろ？　この、猫かぶりの突貫小僧め」

「また勝手に、変な綽名つけるんだから」

「だがな、俺は最初一目おまえを見たときから、予想はついてたぜ。このガキ、しおらしい顔してるのもいまのうちだろうってなッ」

凄いいわれようだけど、おかげでなんだか元気が出てきた。うん、かなり浮上したぞ。

「まっ、神代さんや門野爺さんなんて年寄りはときどき心配させてやるのもいいけどな、京介の場合、洒落にならないこともあるからほどほどにしとけってことさ」

「わかった。サンキュ、深春。電話くれて有り難う」

「いいってことよ。またその内、イワトビペンギン連れて飯喰いに来いや」

「イワトビペンギン？——」

「おまえのダチ、髪の毛つんつん突っ立ってもろそういう感じだろ。久々にヒットな綽名だと思うけど？　ほんじゃなッ」

あイタ。深春、最後が悪かったよ。それさえいわないでくれればなあ。せっかく浮上しかけた気分がまた足元までズンと落ちるのを感じて、ぼくはがっくり肩を落とした。

翳のことはまだ、どうにもなっていないんだものな。それにこれこそ誰にも頼れない、ぼくがどうにかしないとならないことだ。門野さんの話だと、実家に帰ってるってことだっけ。五反田のアパートよりは、鍵とかきちんとしているだろうから、そういう心配は少ないけど。

（手紙でも、書こうかな……）

翳のところで見たプリントアウトは、斉藤のサイトそのものじゃなかったようだし、実際になにが書かれていたかはわからない。検索かけて探せば見つかるかも知れないけど、それはあんまり気が進まない。ただ、きっとあの生々しい現場写真は含まれていただろう。そして薬師寺Kか美杜杏樹か、どっちにしろ犯人はぼくだという。そういうのを見て、ぼくが犯人だろうとそうでなかろうと、もうぼくとは関わり合いになりたくないって彼が思うなら、それはそれで仕方がない。ただ、出来ればはっきり彼の口からそういって欲しい。

はっきりしないまま、なんとなく疎遠《そえん》になって、もうなにも話せなくなってしまったから、結果的に彼はそう思ったんだろうな、というような終わりは嫌だ。それはぼくのわがままかも知れないけど、そのことが明確にならないと気持ちを切り替えることも出来ない。それに、ぼくはまだ漠然と希望を持っている。ぼくと翳は高校で出会ってまだ四年と少しだけれど、その間にはそれなりの人間関係を育んできた。それがこんなことで、あっけなく壊れてしまうとは思えないって。

ぼくの方が「こんなこと」なんていうのは変だろうか。熱烈な恋愛が冷めて消えるみたいに、友人関係も終わることは無論あるだろう。でも、それならせめてお互いの考え方や、価値観の相違で関係を終わらせるのであって欲しい。過去の話をぼくがして彼が聞いて、「悪いけど」といわれるなら納得しよう。でも他人の卑怯な告げ口で、ぼくらの関係が断ち切られるなんて承伏できないよ。

そしてそう思うのは翳も同じなんじゃないかな。彼はそういう考え方をするんじゃないかな。他人がどういおうと、それが例えば現代の常識だったりしても、自分のことは自分で決める。納得の行かないことを、適当に妥協したりはしない。ぼくと翳はいろいろ違うことも多いけど、そういう頑固なこだわりの点では似ている気がするんだ。そういうところで共感できたから、大学が別になっても友達でいられたんじゃないかな。

でもいきなりあんなものを送りつけられて、読まされたら、誰だってびっくりする。どんな顔をして会えばいいのか、困惑してしまうに決まっている。その衝撃も少しは薄れたかな、というわけで、ぼくから手紙を書くのはいいんじゃないかな。新しい携帯の番号を教える、という用事もあるんだし、いきなりあんまりヘビィなことは書かないで、でも「君に余裕があるときでいいから、話をしたいんだ」とは書いて。

そんなわけでようやく、パソコンの前に戻ってきた。絵はがきかなにかに簡単に、というのも考えたのだけれど、文案を練るのはキーボードで打つ方がやりやすいから。最近は講義のノート取りまで、パソコンで打っている学生もいる。ぼくはさすがにそこまではしないけど、迷いそうな文章ほど手書きがおっくうということはある。人間としては退化、なのかも知れないが。

（ネットは当面見ないでおこ……）

エディタを開くつもりだったのが、うっかりメールソフトをクリックしてしまう。すると二通メールが届いていた。一通は差出人がMiyoとあって、誰だろうと一瞬考えたが、そうだ、門野さんの秘書の女性だ。「取り急ぎご報告申し上げます」と始まった簡潔な文面は、明らかに警察資料と思われる写真を掲載した『De profundis』と、そのリンクサイトは、サーバ経由で閉鎖や削除の措置を取ったことが書かれていた。

『……ただしこれは緊急措置です。サーバを変えて継続されることまでは阻止できません。後は資料の流出経路を洗い出し裁判に訴える予定ですが、どうかご心配なく。すべて当方で対応します。盗聴器はいずれも市販のもので、購入者を特定するのは困難ですが、クリスマス・ツリーの中にも同種のものが内蔵されていました。プレゼントや郵便物には引き続き注意されるようお願いします。また門野よりご連絡が行くと存じます。　美代』

ぼくはしばらくそのまま、メールの文面を睨んでいた。小城里花からのプレゼントに盗聴器が仕掛けられていて、他の盗聴器と「響」からのカード、翳に送られた郵便物と、斉藤鬼哭の登場がすべてリンクしていたということは、犯人はひとり、少なくとも黒幕はひとりだということになる。小城さんはあの掲示板を通じて斉藤と知り合い、ぼくにちょっかいを仕掛ける一味になった、というわけか。

それは前から薄々予想がついていたことだが、物的証拠でどうやら確認できたわけだ。見ず知らずの人間が何人も、一斉にぼくに対して悪意を持ったというよりは、相手はひとつな方がまだましだから、いいけど。

（でも、ほんとにそうなのかな……）

軽い違和感はあった。それは一味だといっても、複数の人間が関わっていれば温度差があるのは当然かも知れないけど、たとえば小城さんが本当に盗聴器を役に立たせるつもりなら、ぼくが喜ぶはずのないクリスマス・ツリー、それも赤く塗った天使の人形やカードは逆効果だろう。

ただぼくを怯えさせるのが目的なら、盗聴器は要らない。なんだかしていることがちぐはぐだ。頭が悪い、という感じがする。あの斉藤という男は、少なくとも馬鹿には見えなかった。首謀者は彼ではないのだろうか。もちろんぼくとしては、相手が馬鹿である方が有り難いに決まっているのだが。

（まあいいや、そんなことといくら考えたって仕方がない！——）

ぼくは頭を一振りして受信メールの一覧に目を戻し、未読メールのタイトルを見て息を呑んだ。そこには『渡部晶江です』と書かれていたからだ。

『薬師寺香澄様

お返事が遅れて申し訳ありません。夫の撮影旅行に同行して一ヵ月南米に出かけていたので、こんなに時間が経ってしまいました。サイトの管理は知人に頼んでいたものの、日本語のメールを彼が理解出来なかったのです。思いがけないメールをいただけて、とても嬉しく思っております。

八九年当時の私の薬師寺家事件に対する態度は、決して公正中立なものではありませんでした。そのことはいまさらどう弁明のしようもないことです。ですがあなたが無事成長され、いまは大学生になっていると教えていただき、私はひとつ赦されたような喜びを覚えました。

日本を離れて以来私は、関係者のどなたとも接触を持っていませんが、あなたがその後良い人生を歩んでこられたことはメールの文面からも感じ取れるからです。そのことに心からお礼を申し上げたく存じます。あなたにも、あなたを見守って来られたのだろう方々にも。

あなたのような立場にある人には、事件の重さが今後これまで以上に大きく感じられるのではないかと思います。また時効の完成を前にして、一部の犯罪マニアの好奇心を刺激する情報がネットに流れることは少なくないことでしょう。ですがそのような情報を歓迎するのはごく少数の人間です。それを忘れないようになさって下さい。

インターネットの利便性は世界に多くの恩恵をもたらしましたが、同時にそれは害悪の源ともなっています。あの事件の警察資料の一部と思われる写真映像が売買されている、という未確認情報もあります。より詳しい情報が必要でしょうか。

その場合、当方で調べられることがまだあるだろうと思いますので、ご一報いただければお役に立つつもりです。ただそれはあなた自身ではなく、あなたの信頼できる方におまかせになる方がいいかも知れません。取り急ぎ。

渡部晶江 in New York』

少し迷ったけど、そのメールを門野事務所の美代さんに転送した。前に神代先生からちらっと聞いた話では、あの頃門野さんは渡部さんにあまりいい印象を持っていなかったそうだけど、秘書さんなら大丈夫だろうし、裁判とかそういう話になるならきっと渡部さんの情報は役に立つだろう。

メールを送って、もう一度翳宛の手紙のことを考えようとしたけれど、やっぱり少しぐったりしてしまった。深春からもらった分の元気を、メールを読むだけで消費しちゃったというか。我ながら情けないね。

窓の方を見るともう夜だ。徹夜して朝になって、京介が来て、松岡さんが来て、その後仮眠して、深春からの電話を受けたときはそろそろ暗くなっていたっけ。時計を見ると、九時。夜の九時？　唖然とした。だってぼく、考えてみたら今日はなんにも飲み食いしていないんだ。普通なら胃がぐーぐーいってるだろうに、全然そんなことなくて、時間だけがぱっと消えてしまったみたい。出たときにカップ麺や牛乳やお菓子は買ってきたんだけど、それも食べたくない。だからといって眠くもない。

（どうしよ……）

人間どうなっても、喰って眠れりゃ大丈夫だといつか深春がいっていたけど、そのへんがいまのぼくから消えてるってことは、自覚症状に乏しくても実はけっこうヤバイ？　食欲はなくてもホットミルクくらいなら飲めるだろうし、おなかになにか入れば眠る気にもなれるかも知れないし。ぼくは椅子から体をねじって、ＤＫの方を見た。

寝室から眺めたＤＫは真っ暗だった。和室でうとうとしているところを深春の電話で起こされて、そのときは明かりを点けないで話して、そのまま寝室のパソコンの前に座ったのだから、当たり前といえば当たり前だ。だけどいま急にその暗いＤＫが、ガランとした洞窟みたいに見えた。寒々しくてよそよそしい、どこか知らない場所みたいに。

椅子を立ち上がって向こうに行って、スイッチをひねればいいはずだった。たったいま牛乳でも飲もうと思ったところなんだから。でも、明かりを点けたら窓から外廊下に光が洩れる。ぼくが起きて部屋にいることがわかってしまう。隣人や上の階に誰がいるのかもわからないマンション、誰でも入ってこられる廊下。そことぼくはたった、壁一枚で隔てられているだけだ。

そんな当然のことが、なんだか急に怖くてたまらなくなる。明かりを点けたら見られる。覗かれる。入ってこられる。

皮肉なことに、ぼくを麻痺から覚ましたのはあの男からの電話だった。ベルの音に急《せ》き立《た》てられてようやく立ち上がり、受話器を持ち上げると、

『やあ、俺だ。斉藤だよ』

馴れ馴れしい声が聞こえてきた。

3

『俺が君の電話番号まで知っていること、驚いたかな?』

「なにか、御用ですか?」

自分のものでないような、冷ややかな声が出た。同時に録音ボタンを押す。そのときのぼくは冷静というより、動揺が断ち切られて茫然と、感情が抜け落ちたような状態だったけど、それが向こうには結構意外だったらしい。

『ずいぶん落ち着いてるようだな。俺のサイトは見てくれたんだろう?』

「どうでしょうね」

『見たんだろうって聞いてるんだよ。感想を聞いてやろうと思って、わざわざ電話してるんだぜ。なんかいうことはないのかよ』

苛立っている。ぼくがもっと怯えてびくびくしていると思っていたんだろう。お気の毒様。そんなときもあったけど、タイミングがずれてるよ。

「用があるならさっさといって下さい」

『いい気になるなよ。盗聴器を見つけたくらいで、全部済んだと思ってるのか?』

「そうですか。よくご存じですね。あなたがやったんですか?」

なにか答えかけて、畜生め、と舌打ちした。

『その手は喰わねえぞ』

「さあ。用がないなら切ります」

『待てよ!』

本気であわてているような声だ。

「なんですか」

『話したいことがあるんだ。相談っていうか。あんたにだって悪い話じゃないぜ』

　今度は媚《こ》びているような調子。妙な男だな、とぼくはちょっと呆れる。やっぱりこいつ、ただの馬鹿なんだろうか。

「ぼくには別に話なんかありません。インタビューに応じるつもりもないですけど」

『そうつれなくしなくてもいいだろう？』

「愛想良くする義理もないと思う」

『いっておくがな』

　受話器から流れてくる声が、嫌な感じに低くなった。

『俺が手持ちのカードを、全部サイトに公開していると思うなよ。おまえの答え方如何《いかん》で、俺はおまえを社会的に抹殺することも出来るんだぜ。なにせ俺の手には、おまえの正体に関する証拠が握られているんだからな』

「――――」

　ぼくが沈黙すると、脅しが効いたと思ったのか、ヒッヒッと嬉しそうな笑い声が聞こえた。

『どうだい。どんな証拠か知りたいだろう。いくら罰せられる恐れのない未成年だったからって、そんな証拠がいま出てくるのは困るだろうなあ。時効まではまだ半年あるし、当然警察もやっきになるだろうさ。おまえだけじゃなく、肉親なんかも調べられることになるぜ。おちおち暮らしているわけにもいかなくなる。そういうのはやっぱり、嬉しいことじゃあないだろう？』

　相手に顔が見えなくて幸いだった。たぶんそのとき初めてぼくの顔から、はっきりと血の気が退《ひ》いたはずだからだ。

（かおる母さんが――）

（こんなやつが、母さんの前に現れたら――）

　いけない。動揺していることに気づかせては絶対駄目だ。

「お金ですか？」

そう聞き返すと、下卑た笑い声がいっそう大きくなった。ぼくの口調は依然平静なものだったはずだが、金を持ち出しただけでこちらが折れる前兆のように感じたのだろう。

『金かい？ 金もいいが、やはりここは単独インタビューと行きたいね。無論前もいった通り、外に出すのは時効が過ぎてからにするし、匿名を通すことも約束するよ。企画が通れば俺がノンフィクションをものにするから、その巻末の目玉としてそいつを収録することも考えている。場合によってはこちらから、謝礼を出してもいいくらいだ。そのへんの打ち合わせも兼ねて、明日あたり会うとしようじゃないか』

「どこで」

斉藤が口にした喫茶店の名は、前に松岡さんを誘いかけて図書館に近すぎるからといわれた、千駄木の店だった。やはり彼はこの近くに、もしかしたら同じ階の部屋にいる。

『この店は個室があるんで便利なのさ。誰かに聞かれそうな場所じゃ、あんただって落ち着かないだろ？』

斉藤が指定した時刻は夜だったが、ぼくは夜は嫌だといって昼の二時にさせた。深い意味はない。だがさっきも感じたように、ぼくの精神状態があまり良くない方に向かうと、暗がりに神経質になることはいまもあるとわかったからだ。それにマンションから千駄木方面の道は細くて昼もさびしい小路だ。街灯もまばらで夜には増して人通りが少ない。東京の真ん中に、まだこんな道が残っているかというくらいなのだから。

門野さんには知らせておこうかと思ったが、結局止めた。まさか昼間の喫茶店でなにかされるとも思えないし、京介が彼と連絡を取っているなら、情報もそのまま流れてしまうかも知れない。それなら京介に直接話す方がまだましだ。

隠し立てするのはかえって良くない、かな。でも京介だって、なにもしないといっておいてすぐに約束を破ったんだからあいこだと思う。心配させる方が悪い、と深春に怒られるかも知れないが。

ぼくが用意したのはひそかに会話を録音するＭＤレコーダと、痴漢撃退用の警報ベル。それから門野さんの事務所宛に、事の次第と約束の場所時間を書いた速達を一通。行きがけにポストに放り込んでいこう。その場に駆けつけるには間に合わないとしても、万が一ぼくがよそへ連れ出されたりしたときの後捜査のために。

それだけを済ませて、眠るのは結局和室にした。電話は留守電にして、パソコンの電源が勝手に入るはずはないとわかっていたけど、やっぱりそれがすぐそばにあるのは落ち着かなかったから。そうして布団に入ってから、結局今日一日なにも飲み食いしなかったことをやっと思い出した。でも、また起きるのは面倒だった。

夢は見ないで済んだけど、寝付きが悪かった分をしっかり寝過ごして、誰かに後ろからつけて来られるような気がして、何度も振り返りながら喫茶店まで走った。そこでなにか食べようかと思ったのだけれど、四人入れば一杯の個室というか囲った席で、目の前に斉藤の笑い顔を見た途端、食欲らしいものは吹っ飛んだ。第一その狭い空間に煙が充満していがらっぽいったら。頼んだコーヒーはすぐ来たけど、これじゃ香りもわからない。ここのコーヒーは結構美味しいのに。

「煙草消してもらえませんか」

「これは失礼」

彼は肩をすくめたが、ぼくの要請の方は平然と無視された。こうして間近に眺めれば、サイトにあった二十六歳にはとても見えない。三十は行っていそうだ。肉の落ちた貧相な顔に、ハンチングを載せた髪は短く刈って茶色に脱色している。目つきだけが鋭い、というか悪い。

「さて、後々いったいわないの話になるのもお互い面倒だから、録音はさせてもらうよ」

「どうぞ」

ぼくもポケットの中でスイッチを入れる。

「俺のサイトを見て、薬師寺家事件に対する俺の推理は読んでもらえたわけだ」

「ええ」

「どう思った？」

「的外れ」

斉藤の痩せた頬に痙攣が走った。

「いってくれるじゃないか」

「事実ですから」

「どこが外れだい？」

「ぼくは、誰も殺していない」

「じゃあ誰があの五人を殺した？」

「五人？」

「公式に認められた被害者が四人、薬師寺静、妻のみちる、深堂華乃、美杜みすず」

「そうです」

「それに加えて薬師寺香澄だ」

ああ、そうか。この男の推理はそうだったんだ。

ぼくが香澄も殺して、入れ替わったという。

「犯人？　知りません」

「だが、おまえはそのとき現場にいたはずだ。警察が来るまで」

「そうらしいですね」

「そうらしい、だと？」

「あのときのことは、なにも覚えていないから」

「馬鹿な」

「馬鹿でも仕方ない」

「そんなふざけたせりふで、俺が納得すると思ってるのかッ？」

取調中の刑事みたいな調子で怒鳴ると、木のテーブルを平手でバン、と殴る。へたくそな芝居だ。こんな貧弱な男に凄まれても怖くもない。

「納得しなくても、事実だから仕方ない」

「それならいってやる。おまえの全身は血まみれだった。温室の床と内壁に塗りたくられた血には、おまえの手痕足跡がいたるところにあった。温室内で発見された花鋏や工具のたぐいは血だらけでおまえの指紋もついていた。おまえが美杜みすずを除く全員を切り刻んだ。他に考えようがあるか」

「ぼくにはなにも答えられない。わからないから」

「貴様――」

「いくらあなたが繰り返しても同じですよ、斉藤さん。知らない、わからない、覚えていない。ぼくはそれしかいえない。それが事実だから。あなたが自分の推理に自信があるなら、別にぼくが否定してもかまわずに書きたいことを書いたらいい。でも、警察だってさんざん調べたはずだ。いまさら証拠もないのに、動きはしないでしょう」

「証拠もなければ、な」

斉藤は口元をゆがめて、ふふふ、と笑う。唇の端にくわえていた煙草を、灰皿に押し潰す。

「まだなんか、いいたいことはあるかい？」

「ぼくも後になってから、事件関係の文書はいくつか読んだ。なにが起きていたか、知りたいのはぼく自身だったから。でも少なくとも、薬師寺香澄の死体がばらばらにされていたために警察が発見出来なかった、というのはナンセンスだ。血や肉や内臓程度ならともかく、骨をどうして処理できる？　細かく砕いても消えるわけじゃない。そんなものは見つかっていないはずだ」

「ふん、さすがに顔色ひとつ変えずに、残虐なことを口にしてくれるねえ」

「あなたのサイトを見せてもらったおかげで、少々神経が麻痺したかも知れない。残虐がお好きならホラー映画でも制作したらいいでしょう。現実の事件をいじりまわすより」

「いいや、俺は昔からフィクションには惹かれないたちでねえ」

「悪趣味」

「なんとでもいうがいいさ。おまえが腹を立てれば立てるほど、俺は核心を突いていることになる。だからしゃべることには気をつけた方がいい。俺というライオンに目をつけられたことを悔やむんだな。いやあ、人間という獲物を追いつめるほど楽しいことはないねえ」

　薄い唇を舌先が舐めた。ケダモノ、とぼくは腹の中で吐き捨てた。こんなやつ、人間の名前になんか価しない。でもそうして怒りが胸の内に募れば募るほど、ぼくの頭は冴えた。口から出ることばは静かに、理性的なものになった。ぼくの中に、ぼく以外の誰かがいて話しているみたいだった。

「あなたに追いつめられるような獲物は、よほど運が悪いんだと思う。あなたは自分が信じているほどには、ちっともクールじゃない。あなたはライオンじゃなくせいぜいハイエナで、死んだものや弱ったものだけを狙って食いついている。あなたの牙で倒せるのはそんな相手だけだ」

「なんだと！」

「ハイエナはサバンナの掃除屋で存在意味があるけど、あんたにはそんな役割すらない」

「貴様——」

　テーブル越しに摑みかかってきた手首を、ぼくは驚きもなく摑んだ。逆手にねじり上げて動きを止めさせた。

「あ、くッ——」

「お静かに」

　深春なんかと較べたら、女の子みたいに細くて貧弱な腕だ。力も弱い。なんの脅威も感じなかった。

「あなたは確かにぼくや、ぼくの周囲にいる人を傷つけることが出来る。ぼくが過去の殺人事件の関係者だということを、勝手な憶測や尾鰭《おひれ》をつけて文書にしてばらまいたりすれば、驚いたり怖がったりしてぼくから逃げていく人はたぶんそれなりの数いるだろう。大学のクラスやサークルでも、そういうことはあるかも知れない。

でも、それで自分が社会的に抹殺された、なんては思わない。自分から宣伝するようなことでもないけれど、人間として懺悔《ざんげ》と悔恨の日々を送らなくてはならないとも考えない。ぼくのことを理解してくれる人は、きっと一時は驚いて離れても、また戻ってきてくれる。ぼくはそう信じることにした。

正直をいえば、これまで迷ったことはある。自分がたったひとりの異端者のような気がしたことも。だけどもう、そういう考え方は止めにした。それはある意味あなたのおかげだ。あなたに脅かされたおかげで、悟ることが出来たっていうか。

言論の自由があるから、なにをいってもいいということにはならないと思うけど、あなたがぼくを犯人だと思うのは勝手だ。その考えを唯一の真実みたいに宣伝して、人がそれを信じるのも自由だ。でも、そのせいで人生を誤る人が出るようなことだけはしないで欲しい。ぼくがなんのことをいっているか、わかります？」

「なん、だって？……」

聞き返した声は別人のように弱々しい。まだぼくの手を振り放そうとしているが、どうにもならないのだ。腕力の点では、まったくお話にならない相手だった。

「小城里花さんのことです。あなたが彼女になにをいったかは知らないけど」

「俺が知るか、そんな女——」

「とにかく、ぼくからお金でもなんでも得ることはできないと納得して下さい。いいですか？」

「いいわけが——」

ちょっとひどいとは思ったけど、逆手にねじった手に力を込めた。関節がきしっといって、

「ひいい」

斉藤は情けない悲鳴を上げる。それでも外には聞こえない程度の声で。

「暴行罪で、訴えてやる……」

「それならぼくも家屋侵入と盗聴の件で」

いいながら、それでも手は放した。少しは痛かったろうけど、痕が残るほどのものでもない。ただぼくの童顔を見ていると、まさかこういうことをするとは思わないからびっくりするんだろう。力加減を教えてくれた深春に感謝。

　しかしさすがに斉藤はタフだった。ぼくから腕を取り返すと、すごい目でこちらを睨んで、

「殺人鬼」

　低く罵る。

「十歳にもならないガキのくせに、親兄弟をばらばらにした化け物だ、てめえは」

　ばらばらに、は大げさだ。

「おまえは薬師寺香澄じゃない。美杜杏樹だ。そうだろうが。閉じこめられていた家から逃げ出すために親どもを殺して、入れ替わるために従弟を殺したんだろうが」

「だから、そんな証拠どこにもない。香澄の死体を発見できたら警察に届ければいい」

「死体はなくてもな、俺にはちゃんとあるんだよ。おまえが杏樹だという証拠がな」

「嘘だ」

　そんなものはどこにもない。血液型なら、ぼくたちは同じO型だ。

「嘘なものか。俺の推理はその証拠から組み立てたもんなんだからな。教えてやるよ。俺のおふくろは看護婦だった。薬師寺病院が深堂病院の時代から勤めていた。あの白金の家に手伝いに行かされたこともある。もしかしたら俺の親父も、薬師寺静なのかも知れない。それなら畑違いの兄弟だな？」

　やっぱりこいつは、「響」なのか？　門野さんがいった父の愛人とは彼の母親？——

「顔色が変わったなあ。そうとも、俺が握っている証拠はガセじゃない。静という男がとんだ色魔野郎で、美杜家の姉と妹ふたりを孕《はら》ませて、それが香澄と杏樹だ。それもおふくろから聞いたのさ。どうだい、そろそろ心配になってきたろう？」

「それで」

「指紋だよ」

　切り札をテーブルに放り出す、といった調子で彼はにやりと笑った。

「俺のところにはAnjuと名前を彫った銀のスプーンがある。お食い初めとやらに、赤ん坊の手に握らせた豪勢な特注品だ。なぜそんなものがあるかって、手伝いに行かされたおふくろが盗んだからさ。同じ父親の子を生んだってのに、こっちは女中代わりでそっちはお嬢様、恨めしくもなろうさ。そこに残されていた赤ん坊の指紋と、一致したんだよ、いまのおまえの指紋がな」

　ぼくがそのとき考えていたのは、いつ指紋なんか取られたろうということ。もちろんいちいち気にしているわけじゃないけれど、でも――

（喫茶店のテーブル。席を外して戻ってきたら、なにかが変わったように感じた。あれは、そう、水のコップがなかったからだ……）

「やっぱり、小城さんだ」

　彼女と話したときに、そんなことがあった。コップが無くなったのは意識しなかったけど、ただなんとなく変な気がした。だからぼくはあのときのテーブルの映像を、無意識の内に記憶していた。それがいま、思い出せた。

「あなたのサイトのBBSで、十二月に彼女の打ち明け話が書き込まれていたけれど、もっと前からあなたは彼女を知っていたんだ。去年の四月、あなたは彼女に命令してぼくに声をかけさせた。ぼくの指紋のついたコップを手に入れるために、彼女を利用して」

　斉藤は口元を曲げて笑って見せた。

「かもな。だが、そんなことはどうでもいい。肝心なのは美杜杏樹の指紋とおまえの指紋が一致したってことだ。おまえは薬師寺香澄じゃない。死んだはずの杏樹は生きていた。事件の四年前に出された死亡届は偽物だった。さ、これになんと答える？」

ぼくはひとつ息を吸った。

「なにも」

「なんだと？」

「たとえそれがAnjuと刻まれたスプーンでも、そこにある指紋が杏樹のものである証拠はない。あなたの母親が健在で、ご自分の盗みを証言したとしてもね」

斉藤が顔をしかめる。たぶん、その女性はもう生きてはいない。

「詭弁《きべん》だ、そんなのは――」

「そしてぼくが薬師寺香澄ではなく美杜杏樹だったとしても、それはなんの証明にもならない。偽の死亡届はなんのために出されたか、それを知っているはずの人間は皆死んでいる。ぼくは事件のショックでしばらくの記憶を失った上、言語能力を失っていた。取り違えは事件後の混乱から起きた単なるミスで、ぼくも含めて誰の意識的な欺瞞《ぎまん》でもない。それだけの話だ」

「ふ、ふざけてはいない。あなたこそ、いい加減名探偵気取りは止めたらどうですか？　そんなことをしてあなたに、どんな得があります？　もしもぼくがあなたのインタビューを受けて、あなたが薬師寺家事件のドキュメンタリーを書いたとして、それがいまミリオンセラーになる可能性がどれだけあると思うんです。殺人事件なんて毎年いくらでも起きているのに、誰が十何年も前の事件に関心を持ち続けているんですか」

「黙れ、このッ――」

「あなたが物書きとして有名になって、お金を稼ぎたいなら、もっと生産的で今日的な題材を探すべきです。猟奇犯罪が好きであなたのサイトにアクセスするのは、そんなにたくさんの人じゃない。BBSがいくら賑わったって、所詮コップの中の嵐じゃないですか。ネットばかり見ていると、それがわからなくなりますよ」

「黙れ、黙れ、黙れッ」

斉藤は顔を伏せてうめいていた。その声はささやきほどに低い。テーブルの上に置いた両手の握り拳が、ぶるぶる震えている。

「おまえみたいな、銀の匙《さじ》くわえて産まれてきた甘ちゃんのお坊っちゃんに、そんなこといわれてたまるかよ。これっぱかしも苦労してないみたいな、おまえみたいなガキに、俺の気持ちがわかってたまるもんか。人殺しのくせに、人非人のくせに、なんの苦労もないような顔して大学に行って、平気で生きて、嬉しそうに笑って、俺に説教するのかよ、おまえが、え、おまえがッ？——」

その顔がぱっと上がった。

「おまえの母親も、いくら歳喰っても生まれながらのお嬢様、みたいな顔してたなあ。俺のおふくろとは大違いだ。こき使われてぼろぼろになって、若いときから婆さんみたいな顔になってたおふくろと、不公平過ぎるじゃないか！」

「斉藤さん」

「あの女を締め上げてやる。ずっと体を壊して、東京近辺を転々としながら療養していることはわかっているんだ。おまえが殺人鬼でないなら、母親のロボットだったんだろう。おまえをそそのかして、憎い妹や自分を捨てた男を殺させて。あいつを責め立てて本当のことを吐き出させてやるさ。そうすればおまえだって、もうしらは切れない——」

ぼくは椅子から立ち上がっていた。斉藤も腰を浮かす。同時にぼくの手が届かないよう、あわてて後ろに下がっている。シートを囲んだ板製の壁が、ドン、と鳴った。口元が笑いにゆがんでいるが、同時に緊張し強張った顔だ。その顔に向かってぼくは、うっすらと笑って見せた。舌先で唇を舐めながら。

斉藤はぎょっとしたように目を剝く。

「なにを、貴様——」

「お静かに」

ささやいた。

「斉藤さん。大層なペンネームをつけて、せっかく大胆な推理をしてみせたのに、あなたはずいぶんと間の抜けた人ですね」

「なんだと?……」

「その推理が正解なら、ぼくは殺人鬼ですよ。わずか七歳や八歳で、自分の親兄弟を切り刻んでみせた悪の天才。そんな人間とふたりきりで向かい合って、恐ろしくはないんですか?」

「う……」

彼は口を開いて、なにかいおうとした。だが彼が息を吐いた瞬間、ぼくは静かに畳みかけた。

「どうしてぼくがなにもしないと、安心していられるんです? 凶器なんて要りません。素手でも充分です。さもなければ、そう、例えばこんなボールペン一本でも」

相手の目を見つめたまま、テーブルの上に転がっている彼のボールペンをすばやく拾い上げる。その先端を上げて、真っ直ぐに彼の顔に向ける。

「な、にを」

「動かないで」

ぼくは冷ややかに命じた。

「たかがありふれたボールペン。でも、人間の体には絶対に鍛《きた》えられない急所があって、眼球もそういう場所のひとつ。これを突き刺してえぐったら、さぞや痛いでしょうね。試してみたいですか? ぼくは、やってみてもいい」

答えられない。斉藤の息が荒い。

「片方でも目が使えなくなると、いろいろ不便だと思いますよ。ただ生きていくにもね。助けを呼びますか。でもいま誰か来てもぼくは認めない。ぼくとあなたのふたりを見比べたら、どちらの言い分を人は信じますか。

ねえ、斉藤さん。ぼくがボールペンを使うときは片方では止めません。両方確実に潰して、それから逃げます。それならあなたは追いかけてこられない。ほら、どうしましょうか?」

すっとほんの少しペンの先を前に出すと、ヒッ、と彼は身をすくめた。ぼくはそこで止め、いくらか声を穏やかにして続けた。

「だから、お願いです。もうぼくのことは放っておいて下さい。そして母には絶対に手を出さないで下さい。あなたが手を退いてくれるなら、ぼくもなにもしない。それがお互いのためです」

「脅されて、俺が聞くと思うのかよ――」

ぼくが体を退くと、かすれた声で彼はようやく言い返してきた。

「さあね。ぼくが思った以上にあなたが賢明でないなら、好きになさるといい。でも斉藤さん、覚えておいて下さい。あなたが母をほんの少しでも傷つけたら、ぼくは絶対に容赦しない。脅しではなく、あなたに復讐します。あなたがもっとも苦しむようなかたちで。ええ、そのときは喜んであなたを殺せると思います」

4

喫茶店から出て二、三歩歩いたところで、全身に震えが来た。膝が笑って、両手が痙攣《けいれん》して、どこにも力が入らない。主役の初舞台が跳ねた後の新米役者の気分は、きっとこんなものに違いない。ぼくはとても歩いていられなくて、すぐそこの区立図書館にふらふらと入ってしまった。

ロビーの椅子に腰を落とすと、もう根っこが生えちゃったか、という気分。だけど考えてみたら、昨日一日と今日も全然なにも食べていないんだから、気分が悪くなっても当然だ。

（それにしたって……）

いままで誰かに暴力を振るったことも、力尽くで脅しをかけたこともない。それをああもやすやすとやれてしまったなんて、ぼく、かなり危ないんじゃないだろうか。

演技しているような感じ、といえばまさしくそれだけど、最初あの男に感じた怖さやおぞましさが、恐怖よりも怒りになって、しかもそれがカッカと熱くなるよりすーっと冷たくなってきて、母さんのことをいわれたときにはもう我慢しきれなくなった。こうなったらなにをしても、こいつを思いとどまらせなきゃって、それだけ考えていた。

　両手で頬に触れてみる。すごく冷たい。自分でない仮面がまだそこにへばりついてるみたいだ。顔色の青ざめた、口元に冷ややかな薄笑いを浮かべ、目を半眼にした殺人鬼の仮面。

（そういえば去年、リンさんが嗜血症の女性の役をやったんだっけ――）

『空想演劇工房』の秋の公演は、女吸血鬼バートリ・エルジェベトを題材にしたヴィクトリア朝時代のホラー物で、看板女優リンさんの鬼気迫る演技が圧巻だった。上品な貴族の夫人がふっと見せる素顔、微笑んだ唇から舌先がひらめくその瞬間。

　どうやらぼくは無意識の内に、彼女の舞台の表情を再現していたらしい。そういうモデルがあったから、わりと自然に、というかそれらしく、殺人鬼の演技が出来たのだろう。

（斉藤さん、どうやら信じたらしい、よね……）

あいつが自分のサイトに聖書から取った『深淵より』なんて格好良さそうな名前をつけたのは、人の世は地獄、とでもいう程度の意味だったのだろうが、いっそヨハネ黙示録でも思い出せばいい。この世の終わり、大地の裂け目の深淵から現れた黙示録の獣、あいつの目にぼくがそんな恐ろしい怪物に映ればいいのだ。

　本気で怯えて、かおる母さんに手出しをする気なんかなくしてくれればもちろんいい。だけどあんまり本気になって、ぼくが犯人だと信じ込まれるのも両刃の剣という気もする。信じ込んだとしても、彼の正義感が警察に駆け込むほどでないのを、祈るしかないか。

ふうっとため息をついて、顔を上げた。図書館は今日も賑わっていて、貸し出しカウンターの前には列が出来ている。そこに松岡さんの姿はない。やっぱりもう、戻って来てはくれないのか。それがなんだかとてもさびしい。ずいぶん仲良くしてもらえた気がしたけど、考えてみればぼくは彼女のことなんかなにも知らないのだ。

ふっと、視線を感じた。左右を見回すと、トイレのドアの前に立って、こちらを見ている人がいる。ぼくと視線を合わせて、右手をのろのろと上げるとこちらに向かって招くような動作をした。ためらい勝ちでわかりにくかったけど、たぶんそうだ。ツイードの上着を着て、名札をつけた男性。

ぼくが立ち上がると、彼はぼくを待たずに踵を返した。そこに小さな通用口があって、狭い路地に出られるのだ。彼はすばやく視線を走らせて、近くに誰もいないことを確かめた。名札を確かめるまでもない。松岡さんの恋人だった山岸課長だ。

こちらから「なにか御用ですか？」と聞く前に、彼は焦ったような調子で、

「君は、キョウコと親しいんだろう？」

「キョウコって、松岡さんのことですか？」

「決まってるだろう」

苛立たしげに決めつけられて、かなりムッとする。ぼくは彼女の名前なんか知らないもの。

「キョウコがどこへ行ったか、教えてくれないか。私は彼女の実家も知らないんだ」

「ぼくだって知りません。第一、松岡さんがどこに住んでいるかも聞いてませんから」

山岸課長は眼鏡の中からぼくを睨んだ。そんなはずはないだろう、というように。いったいぼくと松岡さんが、どういう関係だと思ってるんだろう。ぼくの彼に対する印象はますます悪化した。

「彼女のアパートは千駄木だ。図書館の並びですぐそこさ。だが、部屋に戻った形跡がない。まさか、まだ入院しているわけではないんだろうが」

「退院はされていると思います。昨日ぼくの住まいに顔を出してくれて、でもあんまり健康そうには見えませんでした」

「君のところに？」

「挨拶に寄ってくれただけです。上がってもらいもしてませんよ、念のため」

嫌みな返事の仕方をしてしまった。だが、彼の耳にはぼくの声など届いていないようで、

「それにしても彼女は、君の住所をちゃんと知っているようじゃないか。君たちはいつからつきあっているんだ？」

松岡さんが二股かけていた、とでもいうつもりなのか。そうやって責任を回避するつもりか、とぼくはなおのこと嫌な気持ちになった。松岡さん、どうしてこんなやつと恋愛したのさ。

「そんなのじゃありません。あなたこそ松岡さんの恋人だったんでしょう？　でも彼女が妊娠したから別れたんですよね」

「そうか。そういうことも打ち明けられてるってわけだな」

それどころか、彼女はぼくの目の前で流産したんだよ、といってやりたかったけど、さすがにこんなところで口に出す気にはならなかった。それになにをいっても、この男の思いこみを補強することにしかならない気がする。

「あの女はあれからずっと、うちに電話をかけてくるんだ。俺がいないときを見計らってな。あることないこと妻に吹き込んで、とんだ女だ。あげくは毎日の無言電話だ。妻は子供たちを連れて実家に帰ってしまった」

ぼくは目を見張った。そんなことをするなんて、ぼくが知っている松岡さんにはおよそ似合わないような気がしたのだ。

「本当に、彼女ですか？」

「他に誰がやるっていうんだ！」

山岸氏はわめいた。

「いっておくがな、俺は離婚してあいつと結婚するなんてことは一言もいってやしない。お互い楽しんだだけの、大人のつきあいだったんだよ。それをあいつは子供を産みたいとか言い出して、その上俺の家庭を壊して楽しいのか。悪魔め」

「でも、山岸さん。彼女だって苦しんだんです。ひとりですごく苦しんだんですよ。あなたが家族とクリスマス・イブを楽しんでいるときに」

「その分、俺も苦しめってことか？」

　鉛色の顔に血走った目で見つめられて、ぼくはそれ以上なにもいえなかった。

「キョウコに会ったらいっておいてくれ。俺はおまえを憎む、おまえが苦しめた妻と子供の分も含めて憎む、そしてこの借りはきっと返してやるってな」

長く曲がりくねった道

1

ぼくはなにもいわなかった。いうことなどあるはずもなかった。松岡さんが彼の奥さんに、そんな陰湿な仕返しをするなんて信じたくなかったけれど、ただこの図書館で顔見知りになったというだけ、下の名前も聞いていなかった彼女を、弁護したくともすることばはない。

ぼくが松岡さんのなにを知っているというのだろう。彼女にしてみたら嫌がらせの電話くらいで、自分の舐めさせられた苦しみを帳消しにするわけにはいかないのかも知れなかった。

だから黙って頭を下げて、出来るだけ急いで立ち去った。でもぼくの背中を山岸氏の視線が追いかけてきていることは、振り向かないでもはっきりと感じられた。やり場のない憤《いきどお》りに疲れ切ったようなその目を、ぼくはひどく忌まわしいものに感じ、同時に奇妙な後ろめたさを覚えていた。たとえ松岡さんが彼の家庭を崩壊させたのだとしても、ぼくは彼よりも彼女の肩を持つだろうから。

人と人が愛し合うのは、すてきなことのはずだった。少なくともぼくはそう思っていた。けれど考えてみればいままででも、愛しているつもりで相手を苦しめたり、その人のためになろうとしてかえって傷つけたりという、不幸な関係をいくつも間近に見てきたのだ。この世界のあらゆるものと同様、すべてがすてきで輝いている、なんてのはあり得ない。松岡さんと山岸氏の恋愛の無惨な結末も、翳のことばを借りれば『ありふれた話』に過ぎないのかも知れない。

ここしばらくちゃんと眠れていなかったし、まともに食事もしていなかったから、体力的にも限界近かったのだろう。図書館を離れると、山岸氏を前にしているときは頭から消えていた斉藤との一件の、緊張の後の全身から力が抜けるような感覚に襲われて、ふらふらしながら部屋に戻って、布団に這い込んだ。眠れないかも知れないな、と思いながら目を閉じて次に開いたら翌朝で、なんと丸々二十四時間経過していた。

でも眠りが足りても、動き出す気にはなれない。自分を支えていた柱がポキンと折れてしまったようで、重たい無気力だけが全身を満たしている。パソコンにも触れる気がしない。電話も携帯もなんだか出るのが嫌で、ずっと留守電にしておいて、相手の声を聞いてから出るものは出た。新聞はときどき取り込んで、でも開いて読む気はしない。そうしてそれからのしばらく、ぼくはマンションの部屋に文字通り引きこもって暮らした。

食欲なんかないけれど、なにも食べないわけにもいかない。冷蔵庫が空になると、あんまり歩く人もいない夜明け近くに外に出て、コンビニでぎりぎり最低限のものを買ってすぐに戻った。カップ麺やレトルト食品はもともと好きじゃないから、それよりお米はあったからご飯を炊いて、ふりかけとか、もらいものの海苔とかでおなかをふさいで、野菜不足は心配だからビタミン剤を飲んだ。そうやって飢え死にすることはない程度に自分の体の面倒を見て、後はひたすら、なにもしなかった。もう、昔のことを思い出すのさえ。

なにも考えたくない、ということすら考えないままの、冬眠みたいなもの。敷きっぱなしの布団の中でじっと横になり、眠るのでもなく前を見ている。そんなぼくを知らない人が見たら、どこか悪いんじゃないか、と思ったに違いない。どうして急にそんなふうになったのか、理由も考えなかった。ただ、自分にはそうすることが必要なんだろうとしか。

逃避といわれれば、まさしくその通りだったろう。自分ではどうにもならないことから、引きこもることでぼくは逃げた。そして時間の経過が、なにかを変えてくれることだけを願った。少しでも早く、冬が春に代わることを。傷が癒やされ、痛みの記憶が遠のき、憎しみが忘れられる。そんな時間のもたらす奇蹟を、渇望するのではなくぼんやりと。

　そうして確かに時間は流れたのだ。ぼくが望んだほどすばやくはなかったが、少しずつ、砂時計の砂が滑り落ちるように。それとともに、なにがしかのものも変わった。

　だが、ぼくは考えなかった。あるいは考えないようにした。変化とは決して、プラスの方向にのみ起きるものではないことを。癒やされる傷もあれば、瘡蓋《かさぶた》の下でうずき続け、膿《う》み爛《ただ》れていく傷もあるのだということを。

2

パソコンや携帯で電子メールを使うのが当たり前になった時代から、普通の郵便のことを『アナログ・メール』と呼ぶ人が増えた。本末転倒という気もするが、ことばは時代に連れ社会に連れて変わっていくものだから、異議を唱えても仕方のないことなのだろう。『アナログ』に『不便』や『時代遅れ』といった否定的なニュアンスを負わせるのでなければ、ネット以前のコミュニケーションと以後のそれを『デジタル』と『アナログ』に二分することに異議はない。

　ぼくが引きこもり生活に入っていたとき、一番安心して見ることが出来たのはアナログ・メール、ポストに届く手紙やはがきだった。去年以来「響」のカードに直面させられていたぼくが、そんなことをいうのは変だろうか。

でも斉藤のおかげで改めて無記名が当然のネットの世界に直面させられて、実体のないメールやBBSの書き込みの方が、匿名の手紙よりずっと捕らえどころが無く始末に負えないという感じを強くしていたのだ。

もちろん無記名の書き込みでも、書き手を特定して探し出す方法というのはあるらしいが、そういう方法を攪乱《かくらん》して逃げ切るテクニックというのもまたあるらしくて、知識に乏しいぼくには古代の墓泥棒と建築家、偽札作りと印刷局の鼬《いたち》ごっこたみいに思えてしまう。お互いがお互いの裏を掻くことに腐心してくるくる回っているような状態は、不毛だなあと呆れたため息しか出てこない。

その点手紙なら紙や封筒、文字、消印といろいろな手がかりがある。封筒を手に取っただけで、嫌な感じのする手紙とそうでない手紙はわかるものだ。そういう意味でぼくは、「響」から届く封筒にはそんなに嫌なものを感じなかった。

翳と電話で話した直後の「No one loves you.」だけはまいったけれどね。

ポストから取り込んだ郵便物は何日か積んだままにしてあったので、正確には何日に届いたかはっきりしないのだが、たぶん図書館に行った二日後くらいの消印で、松岡さんからのはがきが一枚あった。それは成田空港の絵はがきで、飛行機の時間待ちをしている間に書いて投函したものらしい。文面は簡単なもので、でも几帳面な書き文字がいかにも彼女らしく感じられた。

『急に思い立って旅に出ることにしました。ほんの一、二週間、冬のイギリスで頭を冷やしてくるつもりです。この季節ではキューの花もすべて枯れているでしょうけど、チケットが安くて助かりました。図書館の仕事は辞めることになると思います。帰ったら、あなたにはぜひ聞いて欲しい話があります。ではまた。松岡』

ぼくはしばらくそのはがきを見つめていた。そして、たとえ山岸氏の家に嫌がらせの電話をかけてしまったのが彼女でも、そういうことはもう止めるつもりになれたのだろう、と思った。日本を離れてしまえば、実際問題として電話をかけ続けるようなことは難しい。だから彼女はこんな真冬の時期、イギリスまで行ってしまったのかも知れない。

どんな方法でもいいから、早く立ち直って元気になって欲しかった。それは彼女のためであるだけでなく、いくらかはぼくのためでもあった。親子関係に問題があり、子供時代がトラウマになっている。そのせいで大人になってもうまく生きられない、という言説は一般向けの心理学書ではいたるところに見られて、最後にあったとき松岡さんもそういうことを口にした。ぼくが読みあさった本の中にもそういう内容のものはあって、いまさら過去は変えようもないのにどうしろというんだ、と苛立ちを覚えることも多かった。

いつか京介がいったように過去（＝記憶）は変えられる、という考え方も一方である。でもそれは平たくいってしまえば「気は持ちよう」ということでしかなくて、少々の嫌な思い出くらいならともかくトラウマになるような深刻な過去の記憶は、そう簡単に変えられるものじゃないともいえる。変えられないからこそトラウマで、現在にも影響を与えるんだ、とか。

ぼく自身それについての結論が出ているわけではなくて、自分が、特に「蒼」が、過去のせいでゆがんでいたり、いつまでも子供っぽかったり、ということはあるかも知れない、と思っている。でも、それが原因だとしても言い訳にはしない、してはいけないというのがいまのところの規定方針。原因を特定して、その原因を取り除くことで病気が治る、というのは疫学的な方法で、でも心の問題についてはそれは必ずしも真ではない、という考え方もあるのだと本を読んで学んだ。

原因を強引に特定してみても、細菌やウィルスなら殺せるけど、過去を取り除くわけにはいかない。ぼくの過去はいまさら変えようが無くて、それを多少気の持ちようで軽くしてみても、真っ白に出来るわけではない。だからって絶望して、居直ってみても仕方がないんだってこと。それでもぼくは生きてきたし（もちろん自分の手柄じゃないけど）、多少ゆがんだ人格でも、それと一緒にこれからも生きていくわけで。

だから松岡さんも、そうであって欲しいな、なんて思うわけだ。恋愛につまずいたって、それを過去のトラウマのせいにするのじゃなく、しばらくめげたら気を取り直して欲しい。そしてちゃんと幸せになって欲しい。トラウマ持ちだって幸せになれるんだって、ぼくに見せて欲しいんだ。もちろんそれはぼくにしても、同じだけどね。だからぼくが松岡さんに「頑張って」っていうのは、彼女のためだけでなくぼくのためでもある。

そんなことを考えていると、ぼくも「よーし」という気持ちになるんだけど、まだぼくの引きこもりは解けなかった。猫がこたつにもぐるみたいに、来る日も来る日も布団の中で丸まっていた。そうしていると体の中にたまった重い無気力が、少しずつ溶けて流れ出していくみたいで。

電話はもちろんあちこちからかかっていた。深春もかけてきたし、神代先生も、劇団主宰のグラン・パも、門野さんのところの美代ちゃんからも。話す気力のないぼくは夜郵便局の自動販売機ではがきを買って、もっぱらアナログ・メールで返事を、というか返事延期のおわびを書いた。

深春には、

『ちょっと引きこもってます。でも体も頭も壊れてないから安心して下さい。京介によろしく』

神代先生には、

『ご心配かけてすみません。気持ちの整理がついたらきっとご報告にうかがいます』

グラン・パには、

『三月末には浮上予定です。引きこもり青年の心理を劇化するときはお役に立てます』

そして門野さん宛に、

『ちょっと疲れ気味で自宅静養中です。ネットもメールも見ていません。申し訳ないのですが、なにかありましたら郵便でお願いできますか』

みんな何事かと思ったろうが、ぼくより大人の人たちばかりで助かった。ぼくははがきを書くだけでまたエネルギーを使い果たして、一日の三分の二を寝て過ごす始末だった。

夢はほとんど見ないか、見ても覚えていなかったが、ひとつすてきだったのは松岡さんとイギリスにいる夢で、京介のところで本を見たアダム様式のカントリー・ハウスの前庭をふたりで歩いていた。空は青く晴れて、陽射しは暖かく、芝生はエメラルド・グリーンに輝いて、遠くの木立の中にボールを伏せたようなドームがきらきらひかっていた。

そんな夢を見た後で布団から這《は》い出《だ》して、ぼんやりしたままコンビニに行ったら、目を開けたまま夢の続きを見たらしい。暗い路地でぼくの前を歩いていく女の人の後ろ姿が、松岡さんそっくりに見えてすごく驚いた。もちろんはがきが着いてから一週間は経っていたから、帰ってこられないこともないだろうけど、でもそれはたぶん他人のそら似に過ぎなかったろう。

門野さんの秘書の美代ちゃんからは、ていねいなアナログ・メールが到着した。その文面に含まれていた情報をざっと列記しておくと、斉藤の主宰していたサイト『De profundis』を閉鎖させたこと、アメリカの渡部さんと連絡を密にとって、写真流出の源を追跡中なこと、斉藤に対して法的措置を取ることも検討中だが、斉藤という姓からしてペンネームであるらしくいまのところ尻尾が掴めないこと、ただ薬師寺家事件のルポといったものが刊行されないように、出版界各方面に工作中なこと——

読んでいるうちにだんだん心配になってくる。

（門野さん、そんなことまでやって言論の自由の弾圧、とかいわれないかなあ……）

自由の美名の下に人を晒し者にするのはありか、でもそれは駄目だといったら誰が善し悪しの判断を下すのか。どんな問題でも、考えると必ず白と黒、両方がぱっと頭に浮かんで割り切れない。どっちへも行けない気がしてしまう。

でも、いつか京介がいったっけ。「わかりやすいこと、割り切れること、あまりにも単純明快な真理というのを前にしたら、まず疑ってかかった方がいい」と。

「人間の世界で、単純に割り切れることなんてものはまずない。割り切れると声高《こわだか》に主張する者がいたら、取り敢えず眉に唾をつけることだ」

京介がまじめな顔でいいながら舌を出して指で唾をつける身振りをするので、ぼくは吹き出しそうになるのをこらえるのに大変だったけど、

「科学者はときどき間違える。単純な公式の美しさに耽溺《たんでき》して、それこそが万能の真理だといいたくなる。$E=mc^2$は美しい式か知れない。だがそれは人間が抱える謎に答える真理じゃない。原子力エネルギーが人間にとって善か悪かはその先の問題だ。真理は常に白と黒の間の、灰色の領域に漂っているものだと僕は思うよ。少なくともそう考えて己れを低くする方が、世界に対して悪を働く危険が遥かに少ない」

そのときは深春が後ろから、

「謙虚だなー、京介。おまえも常日頃からそうやって、己れを低くしてくれると俺の精神衛生上有り難いんだけどな」

と混ぜっ返して、

「僕はいつでも謙虚だ」

「それなら夕飯の献立《こんだて》に文句つけるなよ」

「モツ煮込みを一週間食べさせられ続けるのは御免だ、といっただけだ」

「サプリメントだけで一週間生きるのと、どっちが健康的だと思ってるんだよ。それにな、煮込みは時間が経った方がうまくなるんだ」

「僕はもともと内臓の料理はあまり好きじゃない。自分の趣味を一方的に押しつけるのは、止めてくれないか」

なんて話になって、肝心のところから話題が逸れてしまったんだけど——

(おっと。ぼくこそ頭が読んでる手紙から、さまよい出しちゃってるよ)

いかんいかん、と頭を振って、ぼくは秘書さんのぴしっとレイアウトも決まった手紙の上に視線と意識を引き戻した。そして、そこに翳の名前を見出してどきっとなった。

『先日結城翳さんと会いました。用件は彼のもとに送られてきた郵便物を確認させてもらうことだったのですが、彼はそのことをずいぶんと気に病んでいて、気の毒なくらいしょげていました。

お節介だとは思いながら、あなたに連絡を取った方がいいのではないか、といいましたところ、あなたに対してした約束を破ってしまい、うっかりあんなものを読んでしまった自分が赦せない、というのです。

自分の精神力を叩き直すために、山に籠《こ》もって滝に打たれるか頭を丸めて座禅をしたいのだが、どこかいいところはないかと尋ねられてしまいました。結城さん自身はどこまでも真剣に聞いておられるのですから、笑ってはいけないと思うものの。

そんな付け焼き刃はかえって良くないですよ、といって分かってもらったのですが、これはあなたには黙っている約束をしました。でもそんな具合ですから、翳さんのことはご心配なく、ということだけはお伝えしておきます。……』

ぼくも読みながらぷっと吹き出して、それから少し涙ぐんでしまった。なんだかすごくほっとしてしまって。

だって、翳があれを読んでどう思ったか、どんな思いで「しばらく会いたくない」といったのか、気持ちが悪いとか、つき合いたくないとか思われたのだろうかと、ずっとくよくよ悩んでいたけど、彼が一番気にしていたのは、ぼくが話すまで待つと自分でいったのに結果的に待たなかった、そのことだとわかったから。

別に翳が自分から調べて回ったわけじゃない。いきなり送りつけられたプリントアウトを、たぶん最初はなんだかわからずに、読んでしまったというだけだ。約束を破ったことにはならない。でも翳からしたら、せっかくLet it be の熱唱から話を持っていって「待てるから」と格好良く決めたのがパーになってしまって、悔しいし不甲斐ないという気持ちなのだろう。たかがぼくのことで、彼にそんなにいろいろ気を使わせてしまったということが、申し訳ないのと同時に照れ臭いほど嬉しい。

秘書さんは、

『翳さんは、なんとかネジを巻き直してこちらから連絡する、ということでしたから、あなたも焦らずに気を楽にして待ってあげて下さい。本当に、いいお友達を持っていらっしゃいますね』と、手紙を結んでいた。友達を誉《ほ》められるのって、自分を誉められるのとは全然違う、特別な嬉しさがある。ぼくはその日一日中、手紙の翳について書いた部分を読み返して過ごした。

クリスマス・イブの晩、彼が歌ってくれたもうひとつの歌の歌詞が記憶によみがえる。『君のドアへと続く、長く曲がりくねった道』、それはいろんな読み方の出来る物語のようだ。明快な回答はない代わり、多様な解釈を許す詩にも似た。

君のドアへと続く長く曲がりくねった道を、ひたすら歩き続けるぼく。幾度もひとりぼっちにされ、声を上げて泣きながら。『君』は『ぼく』のなんなのだろう。恋人か、親か、それとも友人か。理屈をいうべきじゃないのかも知れないけど。

たぶん誰とも知り合わず、誰とも心を通わせない人間なら、置き去りにされたと思って泣きわめくこともないだろう。孤独の辛さも、憎しみも、痛みもない代わり、喜びもない。この一本の道が幾度も曲がって消えた遥か向こうで、自分の好きな人の家に通じていると思うこともない。こうして閉じこもっていれば傷つくこともないけれど、なにも始まりはしないのだ。

ぼくはそれを止めたはずだった。小さな石ころのように自分を閉ざして、なにも感じずなにも見せずにいようとした、その殻《から》は自分で捨てた。そして京介の背中を追いかけた。でも人間っていうのは一度に劇的に変われるものじゃないから、ぼくは何度でも何度でも自分を閉ざそうとする殻を脱ぎ捨て、立ち止まりたくなる脚を励まして、みっともなくべそべそ泣きながらでも歩き続けなきゃならない。この行き先の見えない、でもきっと君のドアに続いているんだろう、長く曲がりくねった道を。

ぼくはその晩残っていたはがきを取り出して、翳に短い文面を書き送った。うろ覚えの歌を口ずさみながら。今度外に出たら少し脚を伸ばして、CDを探してみようかな。

『またあの歌が聴きたいです。ビートルズのザ・ロング・アンド・ワインディング・ロード。なんだかあれがぼくの、主題歌みたいな気がしてきたから。気が向いたらいつでも遊びに来て下さい。ロースト・チキン作るよ（もちろんご要望があれば他のものでもね）。カズミ』

翌日はぼくの気持ちのように晴れた。カレンダーはまだ二月だったけど、いかにも春が近い、という感じの暖かな陽気だった。長いこと病気で寝ついていた人間が、久しぶりに外に出てきて陽を浴びている、といった気分で、ぼくは翳宛のはがきをポストへ入れに行った。後ろを歩くおっさんが尾行してるみたいに思えたけど、それも「いいや」だった。

気分が上向きになると現金にもおなかがぐうと鳴って、久しぶりにパスタでも作ろうかなと台所に立ったところに電話が鳴る。どうしよう、と思ったけど、留守電にしたままのスピーカから聞こえた声は大島先生で、さすがに居留守を使うのは悪いなと受話器を取った。よけいな心配はかけないで済むように、いつもの元気なぼくらしい声で答えた。

「あ、先生。ご無沙汰しています。お加減はいかがですか？」

『んー。病院生活も飽きたんでね、昨日から自宅に戻ったよ。まだ松葉杖は要るんだけど、リハビリは通いで充分だし、大学からはバリアフリーの点検になるから一度キャンパスを歩いてくれ、なんていわれてるしね』

いつものように淡々飄々《たんたんひょうひょう》とした先生の声だ。

『香澄君はどう？　その後なんにも変わりない？』

「ええまあ、この休みはバイトもしないで部屋でのんびりしてます」

『その後彼女、現れてないよね？』

一瞬、なんのことかと思ってしまった。引きこもりのおかげでかなりぼけている。誰ですか、なんて口走らなくて良かった。先生は小城さんとのトラブルの結果入院するような大怪我をしたんで、それはぼくにも大いに関係があったんだから。

「はい。手紙も来ないです」

ネットのことや、斉藤が小城さんを手先に使っていたことは、一口で話せるようなことでもないし、そうすると後は「なにも」になってしまう。嘘をついたつもりもないけど、先生とは薬師寺家事件の話はもともとしていないから。

『実はね、彼女一度家に戻ったんだ』

「一度、というと、また家出しちゃったってことですか？」

『そうなんだ。これ、一応君にも伝えておいた方がいいと思うから話すんだけど、大学なんかではオフレコに頼むよ』

「はい、それはもちろん」

だがその後に続いた話は、ぼくの想像をかなり大きく逸脱していた。

『彼女、家に戻って結婚するといったそうなんだ。ところが相手の男性がフリーターかなんかで、いわゆるきちんとした定職がないっていうんで、親御さん、特に養父が頑強に反対した。その結果再度家出というわけだ』

「結婚、ですか――」

でも親から自由になって独立する、という意味では間違った道でもないよね、とぼくは思う。確かにフリーターじゃ、親が心配して反対するのは無理もない気もするけど、深春みたいに生活力モリモリのフリーターだっているしね。

『ぼくが退院する前に、彼女一度病院に来たんだ。そしたら見違えるほど変わっていてね、その顔を見ると結婚もあながち悪くないっていうか、そんな気もしたよ』

先生はぼそぼそと続ける。

『いつものフリフリの服はすっぱり止めて、くるくるカールしてた髪もいくらか切ってストレートにしてね、ジーンズにスニーカーで、化粧っけもない顔が血色が良くて、少し太ったみたいだから本当に別人のようさ。大学はやめて、彼とふたりの生活のためにアルバイトをしています。いままでいろいろとご心配おかけしましたって』

「元気だったんですね」

『元気だったね』

「それじゃ小城さん、大丈夫そうですね」

心底良かった、という気持ちを込めてぼくは相槌を打った。やっぱり彼女にとっての問題は、親子関係だったのだろう。相手の人がフリーターでも、伴《はん》侶《りょ》のことをちゃんと考えてくれる男性なら、打ち解けにくい養父と緊張しながらパラサイト・シングルを続けているより、経済的には苦しくとも心のためにはずっと健康的だ。

でも先生の声は、

『だと、いいんだがね』

あんまり弾まない。

「なにか気になることでもあったんですか？」

『いや。強いていえば高揚しすぎている感じ、とでもいうかな。恋に夢中、というのとも少し違う。結婚相手を神聖視して、彼と結ばれればすべてが解決する、みたいな、それが宗教的信念と化しているというか。足元が見えてないようで、まあこれはぼくの取り越し苦労に過ぎないと思うんだがね。ずいぶん昔のことで忘れちゃったけど、結婚前っていえばあれくらい舞い上がってるんるん、なものかも知れないし』

「ええ――」

『まあ、問題はかなりの部分相手の男性の人間性によるから、それが間違っても彼女を騙しているような悪い男じゃないことを、ぼくの立場としては祈るしかないんだけどね』

なんと答えればいいのかわからなかった。ただの取り越し苦労ならいい。だが先生の目には事実、彼女の様子がどこか危なっかしいものに映ったのだろう。電話を切ったぼくは、さっきまでの空腹感がどこかへ飛んでいってしまったのを感じた。ぼくにはなにもしてあげられない。それは確かだけれど、気がかりでならない。ぼくの復調も、まだ全然本調子ではないらしかった。

3

あと四日で二月が終わるという、最終週だった。急性引きこもり症の回復期を、ぼくは依然として行きつ戻りつしていた。マンションの近所にCDショップはないので、思い切ってT大の本部の生協まで行き、ビートルズの例の歌の入った一枚をゲット出来たのは天気のいい月曜日で、気分もかなり上向きだった。

全国の国立大学のトップであるT大のキャンパスは、ぼくのW大なんかと較べると相当に広い。江戸時代の加賀百万石前田家の上屋敷跡で、本郷通りに面した赤煉瓦の塀は一キロ以上続いている。明治末から大正、昭和の初めまでに建てられた校舎が、緑の中に点在するゆったりしたキャンパスは、学生が行き来するだけでなく近所の人たちの散策の場にもなっていて、ぼくも神代先生の家にいる間に、よく京介も連れ立って散歩に行ったものだった。最近はとんとご無沙汰だったけど。

W大にも旧図書館（いまは会津《あいづ》八《や》一《いち》記念博物館）や演劇博物館といった歴史のある建築はあって、質的には決して劣らないと思うのだが、如何《いかん》せん学生数に較べて空間が狭い。校舎と校舎の間は通路くらいで、そこに並ぶベンチも昼休みにはパンをかじったり弁当を広げる学生で埋まってしまうほど。散歩を楽しむには余裕がなさ過ぎる、というのが残念なところだ。

その月曜も天気が良くて、ぼくは帰り道、ずっとT大の中を北へ横切って歩いていた。わざわざ外の道に出なくても、キャンパスの中を通り抜けてマンションのすぐそば、クリスマス・イブに翳と下ったS字坂の途中へ出られるのだ。一番北にあるのが農学部、そのさらに北に土のグラウンドとスタンドのある小さな野球場があってS字坂に接しているのだが、どちらもあんまり使われているところを見ない。ましていまは春休みだから、どこもがらんとして学生の姿もなかった。

農学部の裏手には動物病院。昔はそこに野犬の収容所があって、実験に使われるまで飼われている犬を入れた檻が並んでいて、近づくと凄い勢いで吠えられたが鳴き声が哀れで嫌だった、とは神代先生から聞いた話だ。いまはそれはなさそうだけど、全然手入れをしてない木立の茂ったあたりは、普段から人気がなくて、東京の真ん中とは思えないくらいさびしい。

木々の中には使われていない家畜小屋が建っていたり、実験動物の慰霊碑がひっそりと埋もれていたりする。そこの脇の電柱に『ちかん（わるい人）にちゅういしましょう』なんて書かれたひらがなの看板が、色褪せて寄せかけられているのもいかにもという感じだ。

　近くに住んでいてもめったに入り込まないあたりだから、ついでにぶらぶら脚を伸ばしてみた。野球場を突っ切ればすぐそこがS字坂に出る門だから、本当についでという感じだ。普通なら荒廃していて寂しくて気味が悪い、というところだけれど、いまのぼくにはそういう人気《ひとけ》のないところの方が落ち着く気もしていた。

　そうしたら行き止まりのような場所に、すっかり雨の染みで黒ずんだコンクリートの、五階建ての建物がぽつんとあるのに気づいた。床面積はそれほど大きくなさそうで、その分ノッポに、塔のように見える。周囲をコンクリートの塀が囲んでいるのだが、その塀もあちこち崩れかけて、門柱には大きな看板を外したらしい跡だけが残っている。門扉のない門には黒と黄色のロープが張られて、『立入禁止』の張り紙が下がる。建物の一階部分には青いシートが腰巻きみたいに巻きつけられていて、それだけが浮き上がってみえるくらい新しい。窓ガラスの破れた窓が虚ろな目みたいに並んでいる。壁に沿って伸びていく外階段が真っ赤に錆びている。

（取り壊し工事の準備でシートを張ったのかな。でも早く壊さないと危ない感じ……）

　ロープの前に立って、コートのポケットに両手を突っ込んだまま、ぼくはぼおっとそこに建つ建物を見上げていた。なんの装飾もない縦置きの箱に四角い窓の列。外壁の荒れた感じからして、コンクリートの質も粗悪な感じだ。ひび割れもいたるところに走っている。戦争末期か敗戦直後の、素材にも事欠く時期の建造かも知れない。

　最近廃墟の写真集や、日本全国の廃墟ガイド本が書店にも多く並んでいる。京介につきあって古い建築はけっこうあちこち見て、現代建築にはない美しさを感じたことは何度もあるけれど、廃墟の場合はそれとはまた違うようだ。本来の用途が失われてオブジェと化した建築を美しく、あるいは興味深く眺める、ということなのか。でも中には不吉な事件が起きて廃墟になった邸宅を、心霊現象がらみで掲載している本もあって、そうなると迷宮入り事件好きと似たようなノリになってくる。

（まあ、趣味はそれぞれだけどさ——）

　でもこんなところでじっと建物を眺めているぼくも、端《はた》から見ればきっと怪しげな廃墟マニアのひとりにしか思われないだろう。ロープが張ってあるといっても子供でもまたいで通れるようなものだし、中に入るのは簡単そうだけどそこまでする気はまったくない。ずっと立っていてそろそろ寒くなってきたし、部屋に戻ってなにか飲もうか。


　廃墟に背中を向けて歩き出しかけたぼくは、だけど後ろでガサッという物音を聞いて、反射的に振り返った。建物の方を向いた目が、三階か四階あたりの窓の中をよぎって通るものを見た。ほんの一瞬のことだ。しばらくその場に立ち尽くしていたけど、もうなんの音も聞こえなければ、窓の中で動くものもない。

　ぼくはもう一度背を向けて、そのまま足音を立てて歩き去った。けれど窓の中に見たものは、目から消えていなかった。肩にかかる髪がさっと横になびいて、ピンク色の服を着ていた。


　それをぼくがマンションのドアの前で見つけたのは、その翌日の夜のことだった。

　コンコン、というノックの音を聞いた。叩かれたのはドアではなく、壁か窓だったかも知れない。でも、外廊下を近づく足音は聞こえなかった。ＤＫの椅子で本を読んでいたのでそれは確かだった。

しばらく迷ってドアを開けてみたが、人の姿はない。ただ大きさはB5判くらいの、白いボール紙の箱が床の上に置かれていた。宛名にはここの住所と、『薬師寺香澄様』という名前が定規で引いたような文字で書かれている。差出人は『松岡』とだけ。だが消印はない。軽い箱で、左右に振ると中でなにかが動く。別に危ないものでもなさそうだ。

開くと箱の中にあったのは、白い洋封筒とクラフト紙で包まれた棒状のものがふたつ。取り敢えず封筒を開いた。ワープロ打ちの紙が二枚畳まれて入っていた。

『薬師寺香澄様

どうしてもあなたに助けてもらいたいことが出来てしまいました。ぶしつけなお願いですが、どうか気を悪くせずに聞いて下さい。とても大事なことなのです。あなたにしか頼めないことです。あなたならきっとわたしを助けてくれると、心から信じています。

あなたはわたしが山岸に振られて、流産したことをよくご存じですね。彼はわたしをだましてもてあそび、子供ができたと知るとひどいことばをあびせて出ていき、家庭に戻りました。結婚の約束はしませんでしたが、愛しているといったのはうそで彼にはただの遊びでした。わたしはどうしてもそんな山岸を赦すことが出来ません。彼は卑劣です。そしてだまされたのはわたしなのに、職場ではわたしは笑いものにされ、仕事もやめなくてはならなくなったのです。

わたしは彼を罰するつもりで彼の家に電話しました。彼の奥さんにすべてを話そうとしましたが、拒否されたのでいやがらせの電話を何度もしました。彼の奥さんは怒って家を出ていったそうですが、それでもまだわたしのにくしみは収まりません。わたしは体を傷つけられ、仕事を失ったのに、彼は奥さんさえ戻ってくれればもとどおりの生活に帰れるからです。

でも彼がしたことを罰するのに、奥さんに電話をしたのは間違いでした。奥さんが怒れば彼もこまると思ったのですが、彼を罰するにはやはり彼を直接痛い目にあわせなくてはならないのです。だからわたしはそれをするつもりです。

　あなたにお願いしたいのはひとつには見届ける役です。わたしの復讐するところをあなたの目で見ていてください。正義とか常識とかを持ち出して止めたりはあなたならしないと信じています。そうしてどうか後始末の手伝いをしてください。わたしひとりでは無理です。

　そしてもうひとつ、もっと大事なお願いは、わたしが失敗したときのことです。わたしが失敗してあの男に殺されたら、あなたならかたきをとってくれますか。くれると思います。わたしとあの男とふたりとも傷ついたら、わたしを助ける前にあの男にとどめをさしてください。そうしてもらえさえしたらわたしは本望です。

あなたは強くて勇気のある人です。わたしはそれを知っています。世界中にだれもいなくても、あなたならきっとわたしを助けてくれます。わたしはいつも勇気がなくて、なにもできなかった。なにもできないということをみとめるのもいやでした。あなたは違います。

　今夜九時にあなたの部屋からもすぐ近く、Ｔ大の中の使われていないビルに山岸を呼び出しました。場所は地図を入れておきます。門から左の外階段で三階まであがるとそこのドアは鍵がかかっていません。足音を立てないように、そっときてください。音がするとこまるから、ケータイも置いてきてください。どうかおねがいします。

松岡』

　箱の中に入っていた紙包みの中身は、ひとつはペンシル型のライト、もうひとつは刃渡り十五センチほどの鞘《さや》のあるナイフだった。

封筒に入っていた地図、へたくそな手書きの略図はやはりあの昨日見た廃ビルだ。

時計を見た。九時まであともう五分。迷っている時間はない。いや、ぼくはなにも考えなかった。考えたところで仕方がない。なにが起ころうとしているのか、行ってこの目で確かめるしかないのだ。ぼくが薬師寺香澄であるのと同時に、美杜杏樹でもある以上。

コートを着る。外の寒さを考えて、革手袋をポケットに入れ、マフラーを首に巻く。ペンライトは右のポケットに。携帯はマナーモードならかまわないのではないだろうか。だが、ナイフは？

手に持った携帯が振動した。反射的に受信ボタンを押してしまう。誰だ。しかしそこから聞こえてきたのは、ぼくが予想もしなかったもの。

『ザ・ロング・アンド・ワイディング・ロード

ザッ・リード・トゥ・ユア・ドア——』

「翳ッ？」

『うん、俺』

ぼくは携帯を握りしめて、絶句してしまう。

『ごめんな。その、つまりいろいろ』

「ううん。ぼくこそ」

『でさ、俺としてはおまえが嫌じゃなかったら、そろそろなんでも聞いたろうかな、って気分なんだけど、どう？』

「うん。でもごめん。いま、時間がないんだ」

『え？　いまって、だけど』

「ほんとにごめん！」

大声でいって、このままだと翳から電話がかかってきてしまう。ぼくはそれをテーブルの上に放り出し、そのまま駆け出す。あと三分。

我が母の教え給いし歌

1

駆け出しながらふと不安になったけど、S字坂の途中の門の、通用口はちゃんと開いていた。人気はまったくないけれど、グラウンドはしらじらとしたライトに照らし出されてやたらと明るい。羊羹《ようかん》を横に立てたような地震研究所のビルには、まだ点々と明かりが点っている。もしもあそこから外を眺めている人がいたら、こんな時間に走っている人影を見つけて怪しむだろうか。確かに怪しいといわれればその通りなので、そんな暇な人はいませんようにと祈るしかない。

思い切り走ってグラウンドを抜けると、急に周囲が荒れ果ててきて、高い柱の上のライトが投げる光も届きにくくなった。ここを抜ければ農学部にはまた水銀灯がひかっているのに、あまり来る人がいないせいか行く手を照らす明かりはない。研究所や動物病院の建物はあっても、その窓はどれもすでに真っ暗だ。

もともと昼から人気のない、広い大学のキャンパスの中のエアポケットみたいな場所なのだ。だからこそあんな古びた廃ビルが、使われてもいないのに取り壊されもせず、忘れられているのだろう。足元が危なく感じられればポケットにペンライトがあるわけだが、それは使わないでおいた。むしろ目をこの暗さに慣らしておく方がいい。

昔は夜の闇が怖かった。明るい家から外に出ることが出来なかった。闇はまるで堅い固体のようで、行く手を閉ざして立ちふさがっているとしか思われなかったのだ。

だがやがてぼくは気づいた。明るい家の中で、外に夜の闇がひしめいて、自分を取り囲んでいると思うのと、外に出ていって間近に闇に触れるのと、どちらがより恐ろしいか。京介と深春が喧嘩をして、出ていってしまった深春をなんとかして連れ戻さなくてはと思ったとき、ぼくは京介の腕を摑んで外に足を踏み出した。そして自分が闇に押し潰されることなく、呼吸していられることを知った。

　気持ちをひとつのことに集中させていられれば、そして心を赦せる人がそばにいてくれれば、夜の中を歩いても我慢できる。家の中でひとりきりでいるよりも、その方がずっといいと気がついた。たぶんそれがぼくの、自分を変えていく一番最初のきっかけだった。

　それからまた少しして、木谷奈々江さんと出会うことで新しい階段を登って、闇雲に暗がりを恐れたり金縛りになったりすることはなくなって、どうにかこうにか現在に至る。

　でもぼくは、油断するわけにはいかない。自分が本当に昔より進歩したのか、それともそれは見せかけだけで、なにかにつまずけばあっさり元に戻ってしまうのかを、常に問い続けないとならない。たぶん一生ね。今度の急性引きこもりだって、自分としてはぎりぎり追いつめられたというよりは余裕があったつもりだけど、客観的にはどうかわからないんだから。

（それでもどうにかこうにか、死ぬまでちゃんと生きていけたらぼくの勝ちだ。トラウマなんかに負けないで生きられたって、胸を張ってやるさ――）

（だからきっと、松岡さんだって……）

　廃ビルの門の前までたどりついたとき、時刻は夜九時を二分回っていた。ちょうど翳と話していた時間の分、遅刻したって感じだ。あたりに人の気配がするかどうか、耳を澄ませてみたけれど、なにも聞こえない。寒いけれど風のない晩で、あたりはしんと静まり返っている。

空には月もなく、周囲からの明かりも届かず、ここから先は相当に暗い。目が慣れたせいで、夜空を背景にしたビルの輪郭がぼんやりわかるくらいだ。昼間見たときの記憶を頭に呼び返しながら、ロープをまたいで歩き出す。左手の外階段もちらりと見た覚えはあったけど、細かいところまでは見なかったからわからない。一階部分はぐるっと、青いシートで巻かれていなかったろうか。

　横に回り込むと、階段のところでシートに切れ目のあるのがわかった。ほんの一瞬だけライトを点して、真っ赤に錆びた階段が折れ曲がりながら上へ伸びているのを確認する。シートは新しそうに見えたけれど、それは黒ずんだコンクリートの外壁と較べればということで、たるんだ襞《ひだ》の部分には土埃がたまっていたし、ちょっと触っただけでバリバリと音がたった。一瞬どきっとして動きを止めてしまう。あたりが静かなせいで、その程度の音がものすごく大きく感じる。

　その音が止んでから改めてシートの切れ目に滑り込み、外階段に足をかけた。ぎい、と段のきしむ嫌な感触があって、でもまさかいきなり崩れることはないだろう。一応いざというときの用心に、革手袋をはめた手で手すりを掴みながら上がっていった。その手すりもすっかり錆止めの塗料が剝げて、握るとじゃりじゃりいう。どこもかしこも、耐用年数が尽きかけている感じだ。

　手紙の指示は三階から入れとあったが、途中二階のドアがあったので試しに開けてみようとした。だがドアノブが無くなっているか外されているかで、押しても開かない。ノブのあった穴から中を覗いてみたけど、なにも見えない。まさか、もう遅くなりすぎたなんてことはないだろうな。ぼくは出来る限り足を速め、でもうっかりして行きすぎないようにと思い、三階の踊り場にたどりついてみて、行き過ぎることはあり得ないのだとわかった。階段はそこで終わっていた。

建物自体は五階建てだったから、もともと非常階段らしいこの外階段はもっと上まで伸びている。だが老朽化して使用に耐えなくなったためか、鉄条網をかけ渡して塞いであった。それがまた錆びて崩れかけている。でもドアのノブはちゃんとあって、油でもさしてあるように抵抗無く回った。ドアは外開きで、蝶番はきしみもしなかった。ぼくはそっと足音を忍ばせて中に入り、そこに思ってもみなかった不思議な情景を見出して唖然とした。

ぼくが見たもの、それは、

（ピラネージの『牢獄』だ……）

十八世紀のイタリアに生きた銅版画家ピラネージが残した奇妙な幻想的牢獄風景が、そのまま現実となって目の前に広がっていた。四方を壁に囲まれた巨大な吹き抜けの空間、その空中に吊り下がるようにして回廊や階段が巡らされ、だがそれはいたるところで断絶し、崩れ落ち、無秩序にもつれあっている。

床はない。目を上げれば屋根も天井もない。薄く曇った夜空がそこにあるせいで、照明のまったくない空間がぼんやりとでも見て取れるのだ。だがいったいこの奇妙な建造物は、なんのために造られたのだろう。外階段から入った内側、ぼくがいまいるのも壁に沿って巡る細い回廊の上だ。そこについた手すりを摑んで頭を突き出せば、瓦礫に埋まった一階の床が見える。

いや、違う。あれはもうひとつ下、地階の床だ。たぶん元は普通のビルだったのだ。それが天井も床も地下まで崩れ落ちて、辛うじて残った鉄骨の階段や廊下が宙吊りになっているのだろう。よく見ると鉄筋の先に、壁の一部らしいコンクリートの塊が貫かれて下がっていたりする。ただの老朽化とは思えない。ガス爆発でもあったのかも知れない。

（これじゃ、くしゃみひとつでばらばらだ——）

そう思ったら、手袋の中の手のひらにじわり、と汗が湧いた。

（でも、誰もいないよね？……）

いくら闇を透かして見ても動くものはないし、物音も人の声も、とぼくが思ったのを見すましたように、いきなり女性の鋭い叫びが響き渡った。

「もうこれ以上なにも、あなたに話すことなんかないわ！」

その声はどこから聞こえるんだろう。ぼくはあわてて視線を四方に走らせ、ようやくぼくのいるところから右斜め少し下にあるベランダ状の突き出しの上に、人影がふたつあるのに気づいた。ひとりは白っぽいコートかマントのようなものを着ていて、もうひとりは黒っぽい服装のようだ、ということしかわからない。

「あなたはいつもそうやって言い訳ばかり。自分はなにひとつ悪くない、子供がなにより大切で、妻のことは愛していないが別れられない。おまえを好きだといったのは嘘ではないが、子供には代えられない。だったらなんであたしとつきあったの！」

答える声は聞こえない。なにか低い声で言い返しているようだったが、なにをいっているのかはわからない。女性の声はそれに押し被せるように、いっそうかん高く叫び続ける。

「もう止めてっていってるのよ。どうしてあなたみたいな人を好きになったのかしら。あたしもどうかしていたのね。あなたのせいで赤ちゃんが死んで、いい加減目を覚ませば良さそうなものなのに」

男がなにか言い返したようだった。それに嘲るような笑い声が答えた。

「慰謝料なんていらないわ。そんなものが欲しくてあなたを呼び出したわけじゃないわ。じゃあなにが目的だ、ですって？　本当にわからないの？　生まれられないで死んでしまった可哀想な赤ちゃんの命を、いったいいくらで買えると思うのよ。あたしが欲しいのはね、あなたの命。あなたを殺していっそあたしも死ぬわ！」

狂ったように笑い続ける声が、急に途切れた。

「あ、ああッ。なに、するの――」

叫びが苦しげな呻《うめ》きに変わる。ふたりの影がもつれ合っている。

「たすけて――たすけ、て――」

ぼくはさっきから、向こう側の出っ張りへたどり着けないかと周りを見回していた。でも、ぼくのいる回廊は向こうとは逆の方向にだけ通じていて、反対側はすぐそこで引きちぎられたように終わってしまっている。外階段が反対側にもあるのかも知れないが、そうやっていったん下りて外を回るのでは時間がかかりすぎるだろう。

「だれ、か。ころされ、る――」

迷っている時間はなかった。他に方法が考えつかないまま、ぼくはポケットのペンライトを前に突き出し、光量を最大にして点灯した。それに向こうがびっくりして手を止める、かも知れない。気づかれないようにしている場合では、もうないと思ったのだ。

暗さに慣れていた目が眩《くら》むほど、まばゆい光があたりに弾ける。向こうの張り出しの上のピンク色のコートと、それともつれ合う黒っぽいコートが辛うじて目に映る。だが、手の中のライトはいきなりまた消えた。前よりもさらに濃い闇の中で、

「うわッ――」

という男の悲鳴がした。そして少し間を置いて、
ドサ――、という重いものの落ちる響きが。

（落ちた？……）

そうは思っても、とても動けない。手すりを掴んだ自分の手すら見えないのだ。

「ありがとう……」

さっきまでのかん高い叫びとはうって変わった、かすれたささやきのような声が闇の向こうから聞こえてくる。

「ありがとう、本当に。あなたのおかげで助かったわ……」

ぼくは無言のまま、その声に耳を澄ませた。

「あなたがいてくれなかったら、あたし、殺されるところだった。でもあなたのおかげで、山岸は死んだわ……」

死んだ？　さっきぼくがペンライトを点灯したから、そのせいで目が眩んで足を滑らせた。そういうこと？　でも――

「これであたしも気が済んだわ。あたしの赤ちゃんの後を追えるわ。ありがとう、あたしの天使様。後をお願い……」

「駄目だッ――」

ぼくはとうとう大声を上げていた。ろくに見えないまま前に飛び出そうとするのを、後ろから肩と腕を摑まれた。

「死ぬ気かよ、馬鹿野郎！」

押し殺した罵声は、

「翳？――」

「俺だよ。だから、暴れるなって。ここ、マジでやばいだろ？」

「あ、うん。でも――」

「いいからいっぺん外に出て、別の入り口探した方がいい。うわ、ゆらゆらしてる」

それは本当だった。足元の床が、船の甲板のように揺れ出している。たぶんこの回廊には、辛うじてひとり分の体重を支える程度の強度しか残されていなかったのだ。

「翳、先に戻ってよ」

そういいながらぼくは、彼の左手に触れて思わずそれをぎゅっと握りしめている。さっきは電話で、いまも声しか聞いていないんだもの。なんだかここに彼が現れたなんて、ナイス・タイミング過ぎて本当のこととは思えない。

「といっても、待てよ、ドアのノブどこだ」

「ねえ、翳」

「ん？」

「どうしてここにいるの？　さっきの電話、どこからかけてきたの？」

「おまえ、いまそんなこといってる場合じゃないだろ？」

「そうかも知れないけど、でも不思議で」

「後で暇になったら、ゆっくり話してやるよ。おっと、ドアだ。行くぞ」

うん、とぼくはうなずき、有り難う、といおうとした。でも、そのことばを口から出す時間はなかった。

足元から悲鳴のような音が湧き起こった。誰かが叫んでいたわけじゃない。錆びた鉄骨がきしんでいるのだ。

そしてガクン、と落ちた。斜めになった回廊の上でぼくたちは転がりそうになり、辛うじてお互いの腕で体を支え合い、

「くそおッ！」

翳が腕を伸ばしてドアを掴もうとした。でもその瞬間、また悲鳴のような音を立てて回廊は沈み、ついに崩れた。

ぼくと翳は抱き合ったまま、瓦礫に巻き込まれるようにして闇の中を落ちていった。同時にあの女性の悲鳴が、鋭く耳を貫いていくのを感じながら。

2

「香澄――よお、香澄」

「………」

「香澄ィ、こら、起きろってばヨ」

その声はずいぶん長いこと、辛抱強くぼくの名を呼び続けていたらしい。ぼくは少しずつ意識が戻ってきているのを感じながら、しばらく返事をしないでいた。ひとつには体中がかなり痛かったからで、もうひとつはその声をもう少しの間聞いていたかったからだ。

なんだかもう、他のことは全部どうでもいい気がした。翳がぼくを捜して、追いかけてきてくれて、手を伸ばして掴まえてくれたんだから。

「おまえは、なあに嬉しそうな顔していつまでも寝てんだよ、この太平お気楽野郎！」

「ひどい言い方だなあ――」

　ぼくは笑いながら目を開けて、こっちを覗き込んでいる翳の顔を見て、でもその顔が埃だらけの上にあちこち擦り傷を負って血が滲んでいるのに気がついた。あわてて体を起こそうとして息を呑む。

「うッ――」

　背中を電撃みたいに痛みが走ったのだ。考えてみたらかなり落ちたはずだもの、骨折していないのがかえって不思議なくらいじゃないか。

「大丈夫かよ、香澄。どこも折れてないよな？」

「うん。骨は平気だと思う」

「無理して動かない方がいい。もうしばらくそのまじっとしてろ」

　それでも体を起こそうとして、やっと気づく。下についた手が、ぐず、と沈むのだ。そもそもぼくたちはなんの上にいるんだ？

「ね、なんだかここの床、感触が変だね」

「床の上に布かなんか積み重なってる。このおかげで助かったみたいだけど、黴《かび》臭えや」

　さっきまでと較べて、ずいぶん闇が薄らいだ気がする。屋根の落ちた廃ビルの、わずかに残った梁《はり》の向こうに満月近い月が浮かんで、その光があたりをぼんやりと照らし出しているのだ。そのおかげでどうにか翳の顔も見え、ぼくたちがいる場所の様子も見ることが出来た。

　そこは一階ではなく地下らしかった。一階の床板もほとんど抜けていて、ぼくたちは四階分を落ちたのだ。それにしては怪我が軽く済んだのは、地下階の床の上にカーテンやマットレスやなにかを詰めた布の袋が大量に、積み重なっていたせいだった。ぼくたちはその山の上に、半ばめりこむように落ちていたのだ。上から覗いたときに思ったように、瓦礫に埋まった床に落ちたなら、下手したら怪我だけでは済まなかったろう。

　やっぱりガス爆発があったのか。体の下に重なった布は半ば焼け焦げ、埃にまみれている。身動きするたびにぐずぐず崩れかけ、体にまといつく感触は気持ち悪いし、鼻が曲がりそうなほど黴臭かったけれど、この際文句はいえない。

「翳は、怪我は？」

「別にィ。この通りピンピンしてるぜ。ケツが少し痛いくらい」

「だけど右腕、血が出てるじゃないか」

「かすり傷かすり傷。あー、でも暮れに買ったばっかりのトレンチがパーか。そっちの方が痛エ」

「呑気なこといわないでよ。破傷風にでもなったらどうするつもり？」

「へへ。よりにもよっておまえに、呑気だって非難されるとはなあ。——痛えっ」

　ぼくはポケットにあったハンカチで、せいぜい力一杯翳の腕を縛ってやり、彼の悲鳴を聞いて少しだけ溜飲《りゅういん》を下げた。

「乱暴すんなよ、おまえは。せっかく無事だったんだから」

「無事っていえると思う？」

　ざっと見回したところ、地下階の出口らしいものはない。一階の窓は侵入者を防ぐためか、板が打ちつけられているようだ。上の階のガラスは割れていたけど、壁をよじ登ってでも二階以上まで上がらないと外に出ることは出来ないようなのだ。ふたりとも脚が折れていないことだけは確かだけど、壁登りは決して楽ではないだろう。だが、翳はちっとも動揺しているようには見えない。

「いまんとこ人の気配はないみたいだな」

「うん——」

「ま、この上俺らを襲う気ならとっくに来てるだろうし」

「でもさ——」

「そうおたおたすんなって。俺のケータイもどこか行っちまったけど、いまに救援が来る」

そういわれても頭に浮かぶのは?マークだけで、なにから尋ねればいいのか。そしてそういうときに限って、真っ先に口から出てくるのは枝葉末節ってやつなわけで、

「翳、携帯持ってたっけ――」

「門野の爺様から借りたんだよ」

「じゃ、さっきはぼくの部屋のすぐ近くから電話してきたの?」

「そ。おまえがゴタスタいっても逃げ出せないようにと思ったんだけどな、あっさり切られてちょっと呆然って感じ?」

「それで、ぼくの後つけてきたの?」

「そう。実のところつけてきたのは、俺だけじゃなかったんだけど、そっちはあんまり要領の良くないおっさんでさ。でもまあ俺らがこのへんにいることはわかってるはずだから、救援に駆けつけるくらいは期待してもいいと思うぜ」

「そのおっさんてもしかして、門野さんの?」

「ボディガードってやつ。だけどあんまり、なんの役にも立たなかったみてえな」

「ぼくのいるマンションの二階の端の部屋に、いつの間にか入居していた人がいて、なんかときどき後をつけられてる気はしていたんだよね」

「あーあ。おまえに気づかれたら、なんにもならないじゃん」

「でも、そうでもなかったかも」

目的が警護なら、存在をアッピールすることで手出しをしづらくする、という意味もあるだろう。ぼくはなにも聞かされていなかったから、しばらくは気味が悪くて困ったけど、門野さんにしてみればどうせぼくが嫌がるに決まっていると思っていただろうし。

「ま、とにかくそんなわけで、どんくさいボディガードが駆けつけてくるまで、ここでのんびりしてようぜ。埃っぽいし、黴臭いし、居心地はあんまり良くないけどな」

うん、とうなずいて、ぼくたちは埃まみれの布の袋の山の上で背中をくっつけ合った。ふと我に返ると、しんしんとした寒さが周囲から押し寄せてくる。まだ夜中にもなっていないけど、ここは深い山の中みたいだ。

「なんでこんなことになったか、聞きたいよね?」

「まあ、な。でも俺はおまえが無事だったら、なんかどうでもいいって感じだよ」

「ぼくもさっき、そう思ったよ」

「へえ?」

「でもそう思ってたら、お気楽野郎だって怒られたんだけどね」

「あんときは、おまえが無事かどうか俺にはわかんないだろ。かといって頭でも打ってたら、無理やり揺り起こすのもまずいかと思ってさ」

「ああ、そうだね。——ほんとに、いろいろ心配かけてごめん」

「馬鹿。いいよ、そんなの」

怒ったような口調で翳がいう。

「俺こそ、その、悪かった。あんなことといって、いや、それより前に」

「ぼくがいけないんだ。ずっと、君に話したいのに話せなくて、ぐずぐずしてたから」

翳はなにかいおうとしたが、ぼくはかまわずに続けた。

「ちゃんと話す。今度こそ君には全部、ちゃんと話すから」

「無理しなくて、いいんだぞ」

「無理じゃなくて、聞いて欲しいんだ。翳には」

「それならいつでも来い」

「うん、そうする」

また会話が途切れた。でもそれは少しも気まずい沈黙じゃなく、触れ合わせた背のぬくもりがことば以上に雄弁にぼくを慰めてくれる。それは昔京介のそばで、彼の横顔を眺めながら過ごした日の幸せを思い出させた。

考えてみれば、ぼくはたくさんの幸せを味わっていままで生きてきたのだ。辛いこと、苦しいこともたくさんあったけど、それだけではなかった。苦しいことがあったからこそ、その中で見つける幸せはいっそう輝いていた。あの白金の家の温室だって、やさしい陽射しを落とすサンルームだった日も数え切れないほどあったのだ。

「翳――」

「ん？」

「ぼくが口ずさんだメロディ、クリスマス・イブの夜にさ、あれ、なんだっけ。君はあれだけで、タイトルわかったんだよね？」

「ああ、あれか」

翳は小さく笑ったようだった。

「有名な曲だぞ。おまえ、音楽の方はかなり暗いのな。シューベルトの『Ave Maria』っていえば、聞いたことあるだろ？」

「ええっと――」

ぼくは口ごもる。

「キリスト教の宗教音楽だよね。受胎告知の場面の」

処女マリアのもとに天使ガブリエルがやってきて告げる、あなたは神によって身籠もり男の子を産むだろうと。その子をイエスと名づけなさい。彼は大いなるものとなるだろう。『めでたし、聖寵満ちみてる汝マリア、主汝とともにいませり』。クリスチャンにとっては神聖な奇蹟だろうけど、異教徒のぼくにはピンと来ない、というか違和感しか覚えない場面だ。

処女懐胎なんて非科学的だとか、そういう野暮《やぼ》なことをいうつもりはないけど（科学と宗教は別に考えるべきだろうから）、ついそのときのマリアの気持ちになって考えてしまう。そしてきっと嫌だったろうなー、と思ってしまうのだ。彼女は人間なのに神の子は神様のもので、いまでいえばいきなり代理母にされたようなものじゃないか。

福音書をキリスト教の聖典じゃなく物語として、それも脇役の聖母マリアに視点を置いて読んでみると、彼女が決して幸せな母親ではなかったろうとしか思えなくなってくる。彼女は神様のものである息子を最後まで理解できず、それでもなんとか理解したくて後を追い続けていたみたいだ。

マリアが死んだときイエスに迎えられて昇天したとか、彼女も原罪無しで生まれたとかいう聖母伝説は聖書にはなく、ずっと後になって考えられたものらしい。それは聖書の記述だけだと、彼女があまりにも可哀想だと誰もが思ったからじゃないか。そういう読み方は邪道だと、百も承知での話だけど。

ところが翳は首を振って、

「違う違う。おまえがいったみたいな、宗教音楽の『Ave Maria』もたくさんあるけど、シューベルトのやつは違うんだよ。英語の物語詩のドイツ語訳が歌詞で」

「えっ、そうなの？」

「意味の方はよく知らないけど、女の子が湖の岩の上でマリア様にお祈りしてる、みたいなんだと思ったな。クリスマスあたりにどっと出るCDなんか、全部一緒くたに『Ave Maria』だから、混同してるやつも多いと思うけどな。おまえが覚えているのって、これだろ？」

すうっと息を吸う気配が背中にして、翳はそっと歌い出した。彼の普段の話し声とは全然違う、少し高い艶《つや》やかな歌声で、まさしくぼくの記憶の中に刻まれていたあのメロディを。

Ave Maria, Jungfrau mild——
Erhöre einer Jungfrau Flehen,
Aus diesem Felsen starr und wild
Soll mein Gebet zu dir hinwehen.

（ああ！……）
ぼくは思わず小さく声を上げている。

「それだ、ぼくが聴いたのは……」
ぼくたちのベッドのかたわらで、かおる母さんが子守歌の代わりに繰り返し歌ってくれた。それを聴きながらぼくたちは眠った。まだなんの苦しみも知らない頃の、小さな杏樹と香澄。それを知っていたから、みちる母さんはその曲が嫌いだった。赦せなかった。狂ったように怒らずにはいられなかった。ぼくがレコードをかけてしまっただけで——

Wir schlafen sicher bis zum Morgen,
Ob Menschen noch so grausam sind.
O Jungfrau, sieh der Jungfrau Sorgen,
O Mutter, hör ein bittend Kind.
Ave Maria——

　翳の歌を聴いている内に、涙が溢れて頬を伝う。ああ、ほんとにぼくは泣き虫だ。いくつになってもきっとこの癖はなくならない。

　ぼくがなぜ泣いているのかはわからなかっただろうけど、翳は歌いながら手を伸ばしてぼくの手を握ってくれた。おかげでよけい涙が止まらなかったけれど。

　やさしい旋律の繰り返しに、Ave Mariaのリフレインを響かせて、翳は歌い終わった。終わってからケホケホと咳をして、

「サイテー」

　ぼやくのに、

「ぼくには最高だよ」

　答えた。

「今度録音させて」

「止せやい。別にそんなのしなくてもいいだろ」

「だって、繰り返し聴きたいもの」

「それなら、いつだって」

「え、なに？」

「おまえ、聞こえてるのにわざわざ聞き返すなよ」

「あ、わかる？」

笑い出しそうになって、ふたりで同時に口をつぐんだ。これまでしんとして静まり返っていた地下室に、なにか物音がする。助けが来たんだろうか。いや違う。その音は、この壁の中から聞こえるのだ。誰かが呻いて、もがいている。

「翳――」

「俺が行く」

「一緒に行くよ」

お互いの体で支え合いながら、どうにか立ち上がる。立ってみればあんまり、無事とはいえない状態だった。ぼくはパンツの左膝が裂けてかなり派手に血が出ていたし、翳はそうはいわなかったけど明らかに右の足首が捻挫《ねんざ》していた。

落ちたときにクッションになった布袋の山は、こうなると足をひっかけて倒れかねない罠みたいなものだ。そうでなくても頭の上に出ていた月が移ろって、前よりあたりは暗くなっている。目が闇に慣れたのだけが頼りだった。

そうやってよろよろふらふら歩いて、ぼくたちが見つけたのは、布袋の山に埋もれるようにして仰向けに倒れた男の人。目は開いているけど、意識がはっきりしているようじゃない。

「誰、この人。さっき落ちたやつ？」

眼鏡が飛んでしまっているから、顔を見ても一瞬誰かわからない感じだった。

「山岸さん。区立図書館の課長で」

「あの松岡さんの、相手か？」

「うん――」

彼はぼくたちのような幸運には恵まれなかったようだった。そのへんにも布袋が積み重なっているけど、その下に潜り込んだ両脚は明らかに変な角度に曲がっている。脚だけならともかく、背中や頭を打っていたら、と思ったら息が詰まった。体を屈めて彼の顔を覗き込んで、

「山岸さん、だいじょうぶですか？　いますぐ救援が来ますから、頑張って下さいね」

声をかけるくらいのことしか出来ない。ぼんやりと開いていた目が、動いてぼくを見た。でもぼくがわかっているようではなくて、

「キョウコが……」

かすかな声がひび割れた唇を洩れる。

「その歌、キョウコが、好きで」

「ええ」

「クリスマス・イブに、意味はよくわからない、今度こそ幸せになる、そういって、CDを。でも私は彼女に、子供なんかおろせ、と――」

「ひでえ男」

翳がつぶやき、山岸氏は顔をゆがめる。

「そうだ。わたしは、ひどい男だった――」

「山岸さん」

「怖かった。子供が生まれでもしたら、妻に知られる、かも知れないと……」

息が荒い。苦しそうだ。

「あんまりしゃべらない方がいいです。山岸さん」

「手紙が来て、ゆるすと、わたし、は」

「誰が赦すものか」

いきなりひび割れた声がした。物陰から引きずるように起き上がったもの。埃にまみれたピンク色の長いコート、顔までかぶさったスカーフの中から乱れた髪が覗いている。

「殺してよ」

彼女はいう。

「そいつを殺して、とどめを刺して、美杜杏樹。あなたはあたしを裏切らないで。男なんてみんな嫌い。みんなみんな死んでしまえばいい。でもあなたは違うでしょ。そいつを殺してよ。お願い。あなたにはそれが出来るはずよ。ねえ、そうでしょ――」

「誰、この女」

翳が低くつぶやき、

「君が知らないひと」

ぼくは答えた。

「ぼくを殺人鬼だと信じて、ぼくにもう一度人を殺させようとした、たぶん」

「ひでえ——」

「でもぼくは誰も殺していないし、これからも殺すことはない。だからそんな無駄なことは止めて下さい。それはあなたの考えだったのですか。それとも彼の指図ですか。どちらにしろ無駄なことです。

　それにもしかしたらあなただって、彼に、ぼくが斉藤鬼哭という名前で知っている男に裏切られたんじゃないですか。彼がさっきあなたを、突き落としたんでしょう？」

　荒々しい息づかいが聞こえて、それからいきなりまばゆい光が弾けた。彼女の手元から大光量のハンドライトがその顔を照らし出す。頭を一振りするとスカーフが脱げ落ち、大きく見開いたふたつの目と青ざめた顔があらわになった。

「いつから、気がついていたの」

「最初から」

　ぼくはその目を見返して静かにいった。

「ぼくの記憶はいくらか特別で、この目ではっきり見たもののことはそう簡単に忘れたり、間違えたりはしません。だからいくら暗くて遠くとも、いくら彼女が着たのと同じピンク色を身につけても、背の高さも違うし、あなたと彼女を見違えることはぼくにはあり得なかった。

　それにあの手紙にしても、文章が違いすぎると思いました。彼女からははがきだったけど、一度もらいましたから。あれは誰のでもない、あなた自身の気持ちでしょう。勇気が無くて、なにも出来ないけれどそれを認めたくもない。でも勇気は自分で出すしかないんですよ。他人にすがりついてみたり、誰か人のものを奪ったりしても、あなたはいつまでも幸せにはなれない。山岸さんの奥さんに電話をかけて、彼の家庭の幸せを壊して、それであなたが幸せになれましたか。

　だから、もういいにしませんか。小城里花さん」

3

叫ぶように大きく開いた口から、

「だったら――」

聞こえたのは嗄《しゃが》れかすれたささやきばかり。大きく見開いた目の、黒目が小さい。

「だったらなぜ来たの。なぜ、なんのために来たのよ。なぜ、なぜ、なぜ！」

「手紙を書いてぼくを呼び出したのが、松岡さんでないことだけはわかっていた。でも、それ以外のことはわからなかったから。あなたたちの目的がなんなのか、本当に山岸さんを殺すつもりなのかどうかも、わからなかったから、それを確かめるために来たんです」

「そう。そうなの――」

小城さんの唇が攣れ上がる。鬼女のような、ゆがんだ笑いのかたちに。

「教えて上げるわ。あたしも知りたかったのよ、あなたの正体をね。彼の前で見せた顔が、ただの演技だったのか、本当のあなただったのかを。どちらにしろ、それについては勝ったのはあたしね。あなたが点けたライトのおかげで、この男は落ちたんですもの。たとえとどめは刺さなくても、あなたがこいつを殺したのも同然。それは否定できないわ！」

「馬鹿いうな！」

翳が叫んだ。

「こいつを罠にはめたのはそっちだろ。責任転嫁するなよ！」

「事実は事実じゃない。現にその男は死にかけているわ。両脚が砕けるなんて、さぞ痛いでしょうね。いい気味よ。あの人が苦しんだ分より、もっともっと苦しめばいい。そしてそれをしたのはあなたよ、美杜杏樹！」

「いいえ、違います」

ぼくは頭を振る。

「あなたがぼくに見せたのは斉藤との狂言ではないですか。ペンライトは光量を最大にすれば、数秒で切れるよう細工してあった。そして悲鳴を響かせ、音を聞かせるためのダミーに砂でも詰めた袋を落とした。せっかくのお芝居だったけど、そんなもので誤魔化されやしない。山岸さんはもっと前に、ぼくが来る以前に落とされていたはずだ」

「証拠は、ないわ――」

「ありますよ。ぼくが死んでしまっては元も子もないから、わざわざ布袋を地下に積み上げてクッションにしてくれたんでしょう。山岸さんが落とされた後にね。だから彼の体は、袋の下敷きになっている。たとえ彼が証言出来なくても、これを見ればなにがあったかは一目瞭然だ」

「…………」

「それにぼくは彼を殺さない。たとえ松岡さんの頼みでもそんなことはしなかったと思うけど。だからもう、いいにしましょうよ」

小城さんは答えない。大きく目を見開いて、そこに凍りついているままだ。

「ぼくは確かに斉藤の前で、彼を怯えさせるような態度を取りました。でもあれはぼくの正当防衛でした。あのときの復讐のつもりか、それとも本気でぼくに山岸さんを殺させるか、殺したと思わせて、その弱みを摑んで利用するつもりだったのか。でも彼は翳が駆けつけたことで、計画が上手くいかなかったことを知って、あなたを置いて逃げ出すことにしたんだ。

なのにどうしてあなたは、まだ最初の計画にしがみつくんですか。もしかしてまだ斉藤を愛しているから？ 山岸さんがひどいことをしたのはあなたにじゃない。ぼくだってあなたには、なにも悪いことなんてしていないでしょう？」

「なにもしていない、そうよ、誰も、なにも、していないのよ、あたしには！」

小城さんの叫びがあたりに響き渡る。

「あたしにはなにもない。あたしはいつも捨てていかれる。誰も、誰も、あたしを傷つけることさえしない。あたしはなんなの？　自分のママからも置いていかれて、誰もあたしを見ない。誰もあたしを振り返らない！」

「小城さん」

「あんたのいう通りよ。あたしはいつも意気地なしで、裏切ったママを殺すことも、自殺することも出来ないのよ。あたしがなにをいっても、誰も本気で受け取ってはくれない。いつもいつもそうやって、あたしは紙屑《かみくず》みたいに扱われてきた。そんな人間の気持ちがあんたにわかる？

　それくらいならいっそ男に騙されて、ぼろぼろにされて捨てられる方がまだましよ。あたしは騙すだけの価値もない、あんなつまらない男にだって振り返ってももらえないような女なのよ。いったいそんなあたしが、どうやって生きればいいの？　あんたにそれが教えられるというの？」

「…………」

　彼女の絶望を、彼女の憤りを、理解できる、とぼくは思う。もしもぼくがこの世界でひとりきりだったら、きっとぼくも同じだった。救いを求めて、すがれるものを探して、人間の世界という『深淵』を苦しみあがいて、信じるたびに裏切られて。傷つけば傷つくほどいっそう、救済というまぼろしは甘く思われて。

　でも、それじゃ駄目なんだ。手に入れれば無条件に与えられる救いなんて、特効薬みたいな真理なんて、どこにもありはしない。そんなものを求めれば求めるほど、ぼくたちは逃れられない深みにはまっていく。そして、最後に求めるのは。

「死ねばいいのよ——」

彼女の唇から、きしるような呻きが洩れた。

「みんな、みんな、死んでしまえばいい。あたしを幸せにしてくれないこの世界なんて、誰も彼も死んでしまえ。死んで——」

「小城さん！」

ぼくの声は届かない。彼女は手のライトを投げ捨てた。光芒を引いて飛んでいくそれが、右手にひかる刃物を照らしてすぐに外れる。でも彼女が、どこへ向かって跳びかかろうとしているかは迷うまでもなかった。床の上に倒れたまま、動くこともできない山岸さんにだ。さもなければその凶器は、彼女自身を引き裂くだろう。

「止めろッ！」

鬚の叫び。なにかものが壊れるような音。ぼくは他にどうしようもなくて、床の山岸さんの上に体を投げかける。


永遠のような数秒の後、いきなりあたりが明るくなった。どやどやという人の気配、空気が動き、消毒薬の匂いが流れる。

「——すみませんでした、その、こんなに遅くなってしまって……」

聞き慣れない声とともに、体がそっと引き起こされた。元プロレスラーみたいな逞《たくま》しい男の人が、恐る恐るという感じで手を伸ばしている。ああ、たぶんこの人がマンションの同じ階に詰めていたボディガードだ。

救急車も同時に着いたらしくて、白衣の救急隊員がてきぱきと山岸氏を担架に乗せる。

「いや、俺はいいっすよ」

と必死に遠慮していた鬚も、小城さんも同様にして運び出された。彼女の手からナイフは疾《と》うにもぎ取られていて、もう声を上げることも暴れることもなく、小刻みに震えているばかりだった。

あなたも、といわれたけど、ぼくは後ろの制服警官と、その間にいる人の方に目を向けていた。髪が乱れて、眼鏡の中の目が赤い。

「ごめんなさい……」

松岡さんは小さな女の子のように泣きじゃくっている。

「ごめんなさい、ごめんなさい、こんなことになってしまって」

「いいんです」

ぼくは答える。

「やっと会えて嬉しいです、ヒビキさん」

泣き声が止んだ。顔がすうっと硬くなる。涙に濡れた頬を両手でこすりながら、表情は硬いまま、それでも彼女はぼくに答える。

「響子《きょうこ》よ、わたしの名前は、松岡響子」

「ええ、姉さん」

ぼくは手を差し伸べる。図書館の職員としての彼女を知ったときは、すっかり顔の線が変わっていて気づけなかった。夢にも思わなかった。でもいまは苦しみと悲しみが彼女の頬からふっくらとしたやわらかさを削ぎ落とし、ぼくはその中に容易に見つけることが出来る。十五年前、みぞれの降るクリスマス・イブの午後、ガラス越しに出会った人のきつく激しいまなざしを。


昔初めて目を見合わせたとき、ぼくたちの間にはガラスの壁があった。それはぼくたちにとって、決して薄い障壁ではなかった。お互いを見ることは出来ても、ことばを交わすことさえなかった。そしてお互いを知ることも。

でも、いまはどんな壁もない。たとえ隔てるものがあっても、ぼくはそれを越えて手を伸ばすことが出来る。触れ合うことが、そしてことばを尽くして語り合うことが。これからずっと。

「あのカードをくれたのは、姉さんですね？」

「ええ――」

「響子姉さん、ぼく、いろんなことを思い出しました。聞いてもらえますか？　そして、姉さんの話も聞かせてもらえますか？」

彼女は息を詰めているようだった。恐ろしいものでも見るように、ぼくが差し伸べた手を眺めて動かない。体を硬くし、いまにも逃げ出そうというように。

けれどやがて、その肩から力が抜けた。唇から吐息が洩れた。冷え切った手がおずおずとぼくの手を握り返し、すっかり痩せてしまった頰に、薄くではあったけれどぼくの好きだった明るい微笑みが上ってきた。

「そうね。きっとわたしたちには、ふたりでする話がたくさんあるわね――」

　十五年前のクリスマス・イブの午後、温室のガラス越しに刹那視線を合わせた、ぼくのきょうだい。ようやく取り戻した、そのひとを。

窓を開けてぼくは飛び立つ

1

その夜の事件に付随する事実を、後もう少しだけ書いておかなくてはならない。

斉藤鬼哭は一時間後、T大付近の路上で逮捕された。たぶん彼は山岸氏とぼくらに対する傷害罪と、大学の建物についての建造物侵入罪で起訴されることになるだろう。ぼくと翳の立っていた廊下がタイミング良く崩れたのも、あらかじめ掛けていたロープを向こう側から彼が引っ張ったからだった。彼のネット上での言動は、たぶん罰する法律がない。ぼくも望まない。

彼はやはりぼくのマンションの五階に、アジトを持っていた。そこには彼のサイトを管理するパソコン類が置かれていて、ぼくの部屋に仕掛けた盗聴器の音声もそこで拾われていた。家出した小城さんもしばらくそこにいて、彼女と響子姉さんもそこで知り合ったそうだ。もっともぼくの部屋に対する侵入や盗聴については、表沙汰にされることはない。それを告発するとなると、どうしても薬師寺家事件との関連が取り沙汰されざるを得ないからだ。

斉藤の本名は松岡喜久夫《きくお》といって、自分で語っていた通り深堂病院と薬師寺病院で勤務した看護婦の息子だった。父親は彼が生まれる前に病没し、幼い息子を施設に預けて働く彼女と薬師寺静が愛人関係になって、響子姉さんが生まれた。ふたりは異父兄妹だったのだ。看護婦の母親が白金の家に手伝いに来た、ということも確かにあったのかも知れない。赤ん坊のぼくの指紋のついたスプーンの件は、どういう措置《そち》が取られたか知らないが。

松岡さんも自分の過去について、ぼくに嘘はいっていなかった。母親の死、施設での成長、母の友人の女性弁護士に引き取られたが、その後その女性も逝った。兄と再会したのは大学時代だったそうだ。彼のサイトをデザインしたのも響子さんで、掲示板の相談に真摯な答えを返したのも彼女だ。図書館が休みの月曜には。斉藤はそんな彼女をせせら笑ったが、書くなとはいわなかったという。彼が妹に、どんな感情を持っていたかはわからないが。

「でも、ずっと忘れられなかった。一度だけ母さんに連れていかれた白金のお屋敷、そこにあった水晶の宮殿みたいな温室と、きれいな歌声と、可愛らしい男の子——」

「幸せそうに見えた？」

「ええ、とっても。外は寒くてみぞれまじりの雨が降っているのに、あなたのいる温室は暖かそうで、クリスマス・ツリーがきらきらして、現実じゃないみたい、夢の世界みたいだった……」

そのときは体を壊して看護婦も辞めていた彼女の母親は、子供の養育費は静から与えられていたものの、健康不安から精神的に追いつめられていた。自分が死んだ後の子供の身を案ずるあまり、正妻であるみちる母さんの元に押しかけた。金の無心だったのか、もっと他のことかはいまとなってはわからない。

看護婦だった彼女は、静の息子の香澄に自閉症の傾向があることを知っていた。だから正妻に圧力をかけるために、『もうひとりの静の息子』を見せつけることにしたのだ。響子姉さんの髪を切って男の子に見せ、「ヒビキ」と男名前で呼んだ。それがぼくの思いこみの元だった。

「わたしはそれがとても嫌だった。人を騙すような真似をする母も、無理やり髪を切られたことも、名前を変えられたことも。響子というのは父がつけてくれた名前だと聞いていたんですもの。あのときは母を恨んだわ」

「事件のこと、気になっていたんだね？」

「ええ。だって、わたしは父をいい人だと信じ込んでいたから。少なくとも、わたしたちのところに顔を見せるときは、薬師寺静はハンサムで、機嫌が良くて、颯爽《さっそう》とした素晴らしい男性だったの。わたしには必ずプレゼントを買ってきてくれて。母よりもわたしの方が彼を待っていたわ。あのクリスマス・イブの日も、奥さんからわたしたちを庇ってくれた。だから――」

だから響子姉さんは、自分の父親が誰に殺されてあんなひどいことをされたのか、知りたいと思い続けていた。再会した兄がそんな彼女の思いをあおり立てた。彼には当然薬師寺家事件に対する思い入れはなかったわけだが、かえって好奇心や野心を刺激されたのだろう。そうして彼女はとうとうぼくを見つけ、図書館に就職してぼくと知り合いになり、住所を探り出し、「思い出せ」とメッセージを送り出した。

七月の終わりに道で行き会ったとき、響子姉さんはぼくのポストにあの封筒を投げ込んで、図書館に帰るところだったのだ。あのときは「忘れ物を取りに」といったけれど、彼女のアパートは図書館の近くで、ぼくのマンションの近辺で行き合うのはおかしいのだから。

でも山岸氏と恋愛をしたときは、しばらくそんなことも忘れた。だからカードは届かなくなった。無惨な恋の終わりに行き合わせたぼくと翳は、偶然彼女を助けることになったけど、病院に駆けつけた斉藤は翳のコートに入っていた手帳から、彼の住所を知って利用したのだ。

響子姉さんは盗聴器のことはなにも知らなかったし、『No one loves you.』のカードも彼女ではなく斉藤のしたことだった。ただ小城さんがマンションのアジトに入り浸るに連れて、彼女と親しくなり、昔温室の中に見たクリスマス・ツリーのデザインのことも話した覚えがあるそうだ。

ぼくはツリーの箱を置いて駆け去った小城さんをてっきり階段を下りたものと考えたが、たぶん彼女は上の階から来てまたそちらに戻ったのだ。ぼくが手元に置くはずもないツリーに、勝手にアジトにあった盗聴器を仕込んで持ってきた、それも彼女の行き当たりばったりの行動だった。

　彼女が斉藤の共犯者として罰せられるのかどうかは、まだわかっていない。彼女に必要なのは警察や裁判所よりも、精神科医とカウンセラーだろう。大島先生も、彼女にされたことをいまさら訴えるつもりはないそうだ。今度こそ、彼女にとって一番いい道が選ばれるといい。

　響子姉さんはもちろん事情聴取は受けたけれど、起訴はされずに済むことになった。薬師寺家事件との関連が表に出ないように、と門野さんが動いたようだったが、姉さんは前日イギリスから帰ったばかりで、計画には参加していなかったしなにも知らなかった、と認められたからだ。

　それから山岸氏は両脚骨折で、かなり怪我はひどかったけれど、幸い命に別状はなかった。病院には奥さんもちゃんと来ていた。

　三月のうちも、ぼくは何度も響子姉さんと会って話をした。彼女から聞いた話で一番嬉しく感じたのは、自分でも不思議な気がしたけれど、薬師寺静という人間のこれまで知らない顔を教えられた、ということだった。

「子供の記憶だから当てにならないわ。ほんの一度か二度のことだったかも知れない。母は死んでしまって確かめられなかったし、何度も思い返す内にわたしの中で理想化していってしまった、ということもあるでしょうし」

　と、姉さんはいう。でもぼくは、子供の感覚は誤魔化せないものだと考えることにした。自分の利益のために冷酷に人を殺せる男が、利益抜きで愛した女性がいて、その女性と娘の前では自然と別人のように、すてきな恋人いい父親として振る舞えた。

そう思うことは、彼がどれだけ救いようのない悪人であったとしても、ぼくをほっとさせる。なぜならその悪人は、紛れもなくぼくの父親だからだ。

人間というのは、ひとかけらの良心もない純然たる悪人もいない代わりに、一点の染みも曇りもない百パーセントの善人もいない。出来事だってそれと同じで、ぼくが経験した過去の事件は紛れもなく悲惨なものだったけど、そのおかげで京介と、深春や神代先生とも会えたのだし、いままた姉さんと再会することも出来た。

「人間万事塞翁《さいおう》が馬って、こういうのだねえ」

としみじみいったら、

「おまえ、ボキャブラリ古過ぎ――」

と深春に笑われてしまった。

「そんなのいったって、ペンギン・ボーイにゃ通じないだろう?」

「通じるよ、これくらいッ」

いや、あんまり確信はないんだけどね。

2

口の悪い深春にすっかりペンギンにされてしまった翳と、車で出かけたのはバンコクから戻った翌日の四月一日、日曜日。車はレンタカーだけど、彼が免許を持っていて助かった。というのは、行き先が車でないとかなり不便な場所だったからだ。

千葉県館山《たてやま》市、房総半島の南端からあまり遠くない、庭先に立てば花畑の向こうに海を眺められる丘の上に建つその施設は、見たところ大きな別荘のようにしか思えない。煉瓦色の屋根と白い壁の、スペイン風の平屋建てだ。ぼくがそこを訪れるのは三度目だったけど、無論翳は初めてだった。

「ぼくの母さんに会って欲しいんだ」

としかいわなかったけど、翳も、うん、とうなずいたきりなにも聞かない。ある程度のことは、予想しているかも知れない。

二月のあの夜以来、またぼくたちは前と同じように顔を合わせて、遊びに行ったりもするようになったけど、彼が薬師寺家事件についてどれくらいのことを知っているのか、もちろんそこには正しくない情報も含まれているわけだが、そのへんを尋ねることはしなかった。翳もいわなかった。でもぼくは今度こそ、きちんと自分の口からぼくの考える真実を話すつもりだったし、母さんに会ってもらうこともその一環だった。

こうなってみるとたとえ曲解や邪推が含まれているとはいえ、彼が多少の予備知識を持っていることも、話さなくてはならないぼくにすれば幸いだったかも知れない。彼はそれを鵜《う》呑《の》みにはしていないわけだし、まったくの白紙の状態から「実は」と話し出すよりは、まだしも。もちろん斉藤の意図はぼくを孤立させて、精神的に弱らせて、自分のいいように動かそうというところにあったのだが。

(やっぱり塞翁が馬、だ……)

そんなことを考えながら、でも往きの車の中ではMDをかけたり、他愛もないおしゃべりをしたりで時間を潰した。やっぱりぼくも、そして内心では翳も、いくらかそれなりに緊張していたから。

施設ということばから想像されるような、冷たい感じや事務的能率的な空気は、建物の中に足を踏み入れても少しもない。インテリアはおしゃれだけれど、ホテルよりももっとアットホームな雰囲気で、働いている人もにこやかに、いつもゆったりと動いている。

それでも玄関ですれ違った、車椅子を押してもらって散歩に出かける初老の男の人は、顔色が土気色で、全身の骨が見えるくらい痩せ細っていて、かなり重い病人らしいというのは一目で知れた。

「ここ、ホスピスか?」

翳が声をひそめて聞く。

「うん。まあそういうようなもの」

門野さんが母さんに会うか、と聞いたときから、ある程度覚悟はしていた。だから、ぼくは自分でも驚くほど冷静だった。いまも自分がまともな大人になれたとはとても思えない。でも、少なくとも母さんと再会するには間に合ったのだから。

母さんの部屋は主屋から突き出たコテージのような作りだ。ノックするより早く、顔見知りになった担当医の女性がドアを開けて出迎えてくれた。

「会えますか？」

「ええ。でも、一時間ほど前から少し眠っていらっしゃいます。今日は息子さんが来られるから、モルヒネは控えますとおっしゃっていたのですけど、やはりお痛みがあって。そろそろ目を覚まされるかも知れません」

「それじゃ、顔を見るだけにします」

「ゆっくりしていらして下さい。とても楽しみにしておられましたから」

ぼくたちは会釈して中に入る。風呂やトイレやキチネットもついて、一番奥の庭に向かった部屋が病室になっている。背中を少し起こしたベッドの上で、かおる母さんは目を閉じて安らかに眠っているようだった。枕の上に散った髪はすっかり白髪になってしまったけれど、シャンプーしてもらったらしくきれいにカールしている。顔も体も小さくしなびてしまって、母さんはまるで子供のようだ。抱けばぼくの腕の中に収まってしまうだろう。

「俺も、いていいのか？」

翳がまた、恐る恐るという感じでささやく。

「遠慮しよっか？」

「ううん。寝ている間に帰ってしまうときっとがっかりするから、少しここに座っていよう」

ぼくたちはベッドの脇に椅子を置いて、静かに腰を下ろした。母さんの向こうはピンクの薔薇がちらほら咲き出した花壇、そしてきらきらと陽射しを弾く海が視野一杯に広がっている。

「ね、翳」

「ん?」

「あの歌、歌ってよ。『Ave Maria』」

「ここで歌なんか歌っていいのかあ?」

「音量小さめで。駄目?」

　翳は面食らった顔でまばたきしていたが、上体をすっと伸ばすと口を開いた。艶やかなテノールがそこから流れ出す。あれからCDを買って何度も聴いたけど、翳の肉声で聴くのが一番好きだ。

　ふと見ると、母さんの唇が小さく動いていた。かすかな歌声が聞こえる。翳の歌に合わせて。最後のリフレインがAve Maria……と消えていったとき、母さんのまぶたが開いた。まるでぼくがいることを最初から知っていたように、微笑んで、

「あんじゅ」

　とささやいた。

「夢を見ていたの。子供のときの夢、おかあさまとみちると三人で『Ave Maria』を歌っていたわ」

楽しそうに微笑むと、母さんの顔に光が射すように若々しさが還ってくる。

「うん。そして母さんはいつもぼくたちの枕元で、それを歌ってくれたね」

「ええ。おとうさまもお好きだったのよ。昔ひいおじいさまがドイツで買ってこられたレコードが、まだ家にあって」

「三人で歌ったんだ」

「ええ。あの頃はよく歌ったのよ。みちるはわたしよりも高い声が出て、上手だったわ……」

「ね。門野さんからこれ、渡されたんだ。覚えている?」

　ぼくはポケットから、あのエメラルドの指輪を出して母さんの方に差し出した。結局お守りのつもりで持っているだけならというので、サイズを詰めるのは止めたのだ。こんな高価なものを、部屋に置いておくのも持ち歩くのも気になる、というのが頭の痛いところだったけど。

「まあ……ひいおじいさまの指輪」

母さんは目を見張った。

「そう、門野さんが持っていてくれたのね」

「ひいおじいさんから代々、伝えてきたものなんでしょう？」

「ええ、そうなの。どこにいってしまったのかずっと気になっていたんだけれど、あなたに渡してあげられて本当に良かったこと——」

ふっと母さんの目が上がり、不思議そうに翳の方を見た。

「どなた？……」

「あっ、あの、俺」

「ぼくの友達なんだ。結城翳君って」

「そうなの。歌がお上手ね」

母さんはにこっと笑った。

「あんじゅをよろしくお願いします」

「あ、はい、こちらこそッ」


母さんに、来週からずっと一緒にいるよ、と言い残してぼくたちは部屋を辞した。車をスタートさせてから、翳が遠慮がちに聞く。

「ずっといるって、おまえ、大学は？」

「今年は休学するつもり」

「そうなのか——」

「うん。これ、まだ京介にも深春にも神代先生にもいってないんだけどね、だいぶ前からそうしようって思ってたんだ」

「おふくろさん、あんま長くないのか」

「らしいよ。だからこれまで一緒に暮らせなかった分、せめて最期はと思ってさ」

「そうかあ」

翳はため息をついた。

「なに？」

「いや、おまえってほんとしっかりしてるよな、と思ってさ」

「そうかなあ」

「なんか、迷い無しって感じじゃん。俺なんて、いまだに大学出てからどうするかも決められないんだぜ」

「迷い、あるよ。迷いっぱなしだよ」

「信じられねえ」

「迷いがなかったら、今度みたいに翳に迷惑かけることもなかったし」

「別に、メーワクなんて」

「でも長くて曲がりくねった道は、泣きながらでも歩き続ければきっと君のドアまで行き着くんだよ。決して消え去ることはなく、ね」

「おまえ——」

なぜか翳は絶句する。

「どうかした?」

「そういうせりふはなー、彼女が出来たときにでも使えってんだよ!」

「でも彼女、いないし」

「だから、出来たときッ」


なんで翳が怒ったような声を出して、おまけに顔が赤いのか、ぼくは良くわからなかった。

3

そのまま車を白金に向けた。鍵は門野さんからもう一度借りてあった。

「ここが、ぼくが昔住んでいた家」

翳は黙ってうなずいたが、顔が硬い。サイトの写真も見たわけだし、ここが薬師寺家事件の舞台だということはわかったのだろう。一昨年深春に来てもらったときと同じように、主屋には入らずにそのまま庭へ回る。

温室に向かって歩きながら、自然とぼくは響子姉さんの気持ちになる。大人の争いを聞いていられなくて、部屋を抜け出して、寒さに震えながら。それもきっとすごくさびしかっただろうな。でも今日はその前に薔薇園に行こう。

荒廃しきった薔薇園に花の姿はない。あの白薔薇ネェジュ・パルファンの株があった場所は、根っこから掘り返されているようだ。後ろはすぐ石の塀。それが香澄の命を奪ったのだろうか。

　足を止めて目をつぶると、むせ返るような薔薇の香りが鼻先に立ち上ってくる。ここで薔薇たちは春から秋の終わりまで、次々と咲き続けた。生け垣に仕立てた赤い庚申《こうしん》薔薇から、庭師が丹誠込めた八重咲きの名花、黒ずむほどに深い紅、薄桃色の滲む黄、渋い紅茶色や、あでやかな紫。そして花園の女王があの一面に白い大輪の花をつけた大きな株、花のあでやかさに較べては猛々《たけだけ》しいほど棘を生やした枝々をしていた——

「昔、ここで子供が死んだんだ。十九年前の五月にね。それは痛ましい事故以外のものではなかったんだけど、そう思って諦められない人がいた。それが事件の発端だったんだよ。死んだのはぼくの従弟、薬師寺香澄という名前だった……」

　ぼくはそんなふうに語り始めた。ぼくの、ぼくたちの物語を。美杜杏樹だったぼくはその日から薬師寺香澄となり、香澄は杏樹として葬られ、かおる母さんは息子を失った。香澄を死なせたために。

　十一年前京介によって明らかにされた事件の真相に、いまは彼も知らなかったもうひとつの補助線が引かれる。薬師寺静が愛した女性、その娘、響子姉さん。花園の廃墟から温室へ足を向けながら、ぼくは話し続ける。子供を奪われたかおる母さんの悲しみ、ぼくを手に入れながら安らげないみちる母さんの苦しみ。響子姉さんを誤解させた、温室というぼくの殻、あるいは牢獄。

　かおる母さんの記憶に繋がる『Ave Maria』の調べが、みちる母さんを逆上させた。期待に満ちていたクリスマス・イブの午後は暗転し、けれど響子姉さんの記憶には自分から奪われた幸せのイメージとして残された。しかしぼくは姉さんのおかげで、父である彼が別の顔を持っていたことを知った。

彼にも人を愛する暖かさはあったのだと。ぼくたちが知ることが出来るのは、常に事実全体のほんの一部でしかない。それはでも、ふたりの母さんにはなんの意味もなかったろうけれど。

「かおる母さんは、ぼくを奪い返すために妹であるみちる母さんと、ぼくの父親でもある薬師寺静を殺した。そして、アリバイを作って戻ってくるつもりでぼくに、待っていて、と言い残して立ち去った。だからぼくは待っていた。でも母さんは、すぐには戻って来られなかったんだ。病気で倒れてしまったから。

　そしてその間にぼくは、母さんのために、母さんがここにいた証拠を消さなくてはならないと思ったんだ。指紋や、血痕や、母さんが吐いた胃液やなんかをね。でも庭師が休みになる前に外水道の元栓を切っていったから、水で洗い流すことは出来なくて、ぼくが使えるものといったら、他になかったんだ。みちる母さんたちの、体の他は」

　ぼくは途中から、ほとんど目をつぶっていた。口は勝手に動いていたけれど、翳の顔を見ていることが出来なかったのだ。その顔を見たら、なにもいえなくなってしまいそうで。

「京介が真相を言い当てたとき、ぼくは嬉しくはなかったよ、ちっとも。だってぼくはそれを隠すために、ただそのためだけに口をつぐんで三年も石ころになって暮らしていたんだから。ぼくはそのとき彼を憎んだ、と思う。はっきり思い出せないけど、獣みたいに歯を剝いて彼に襲いかかったような記憶があるんだ。それが可能だったらぼくは、彼の喉笛を噛みきっていたろう。

　でもその怒りや憎しみは、彼がぼくの沈黙を台無しにしたからじゃなく、ぼくがそうしていたのはかおる母さんを守るためだったのに、それがちっとも母さんを幸せにしていないこと、母さんにぼくの気持ちが伝わっていないことを、彼がはっきりさせてしまったからだと思う。

だけど彼の姿が目の前から消えたとき、ぼくは居ても立ってもいられなくなった。そして彼を追いかけずにはいられなかった。母さんのそばにいるよりも、もう一度彼の目を見たいとなぜか思ってしまったんだ。動物の本能みたいにね。そしてその本能は結局、正しかったんだと思う。そうでなければぼくはあのまま、また石っころに戻るしかなかったかも知れない。そしてそんなぼくを見て、母さんは自分を責め続けるしかなかったろう。

だから、こんなことをいっていいのかどうかわからないけど、ぼくはいろんな意味で幸せでラッキーなんだと思う。だって、ぼくはこうして生きているんだから」

　ことばを切って、ぼくは深呼吸した。温室の空気は黴臭さもなく、ただ乾いて少し暖かい。記憶の中をまさぐれば、目に入るすべてを塗り潰した血の色がよみがえってくるのに。あれからもうじき十五年経つのだ。

　流された血もこうして、跡形もなく消えてしまった。ぼくもすべてを時の向こうに流し去るべきだ。忘れることは出来なくても、忘れた振りをすることは出来る。そうして少しずつ、すべては遠いものになっていく。

　目を開けると翳の姿がなかった。彼は温室の外にいた。壁に額を押しつけるようにして立っていた。逃げ出されたのでないことにはひとまずほっとしたけど、なんだか様子がおかしい。気分が悪くなってしまった、とか？

「翳、どうかした？」

　ぼくが声をかけたとき、彼はいきなり拳を固めてガラスの壁を思い切り殴りつけた。ガン！　という音。さすがに割れやしないけど、

「そんなことしたら怪我するよ！」

　握り拳が擦りむけて、少し血が出ている。でも翳はぼくの手を荒っぽく振り払い、握ったままの拳をまぶたに当てる。翳、泣いてる？……

「ひでえよ——」

　鼻声が聞こえた。

「ごめん。変な話聞かせて」

「馬鹿、違うよ！」

　手を下ろした翳は、赤くなった目でぼくを睨む。

「俺は悔しいんだ。いまそんな話聞かされて、子供んときのおまえが味わった辛いこととか、苦しいこととか、いまんなって知っても、俺、なんにもしてやれないじゃん。桜井さんはそうやって、おまえのためになってやれたのに、おまえときたら全然大人で、落ち着き払って、そりゃきっとなんかあるよなとは思ってたけど、そんなとんでもない話、おまえはちっとも悪くないのに、ほんとひでえ——」

「…………」

「チクショウ、タイムマシンがあったらきっと俺、この温室ぶっ潰しておまえ助けに行くよ。そんなことでも考えないといられないくらい、超悔しい。悔しくて悔しくて、どうにもなんねえッ——」

（ああ……）

　ぼくはなにを心配していたんだろう。なにを聞いても、翳がそのためにぼくから離れることなんてないに決まっているのに。ぼくの胸を暖かいものが満たしていく。翳のことばのひとことひとことが、すごく嬉しくて。だから腕を伸ばして、翳を抱きしめた。力一杯ハグした。

「有り難う」

「と、おい、香澄」

「本当に有り難う。君がいてくれて嬉しい」

　翳の肩に顔を押しつけて、続けた。

「なにも出来ないなんて違うよ。君はとてもたくさんのことをしてくれた。ぼくは数え切れないくらいのものを君からもらった」

「そ、そうか？」

「うん。いままで生きてこられたのは、ぼくひとりの力じゃない。ひとりきりだったらぼくはきっと、小城里花みたいになっていたよ」

「それだってさ、俺の手柄じゃないだろ。桜井さんや栗山さんたちのおかげじゃん」

「わかってる。でも君は、ぼくが一番最初に持てた同年代の友達で、こうやってちゃんと打ち明けられた初めての相手だもの。それにこないだだって」

「そ、そっか」

照れ臭いのか翳は、ぼくにハグされたまま硬直していたみたいだったけど、指先でぽりぽりと鼻の下を引っ掻いて、

「あのさ、おまえにはいわない約束だったんだけど、やっぱ一応いっとくわ」

「ん？」

「俺二月になってから、桜井さんと栗山さんに別々に呼びつけられて説教されたんだ」

「ええっ、そんなのぼく聞いてないよ」

「俺がおまえをシカトしたって、門野爺さんあたりから情報が回ったんじゃないか？」

それにしたって――

「そんでおまえその頃、ずっとプチ引きこもりやってたじゃん。だからあの人たちも、心配だったんだと思うけど」

「それは、そうだけど……」

「栗山さんの方は、てめえなにが面白くなくてふてくされてやがんだって、説教っていうより恫喝《どうかつ》だけど、桜井さんの方はもっと理詰めに、尋問っていうかで、俺がどういうつもりなのか、これからおまえとの関係はどうしていきたいのかなんてことを淡々と問い質されて――怖かった」

最後の一言にあまりにも実感がこもっていて、ぼくは吹き出しかけて危うくこらえた。

「それ、いつのこと？」

「桜井さんのは、二月のあの日の午前中。斉藤につけてた探偵から門野さんに報告が行ってたらしくてさ、なんか近々動きがありそうだからおまえに気をつけてやれって。まあ、その他にもいろいろいわれたけど」

「じゃ、翳の持ってた携帯も？」

「門野さんからだって、そんとき渡されたんだよ。口止めはされてたんだけどさ。だからまあ、俺がこないだいいタイミングで駆けつけられたのも彼らのおかげってわけで」

「あちゃー」

　ぼくは頭を抱えたくなった。ほんとに京介、どうかしてるよ。ぼくがするなといえばしない、なんていったくせに、なんという過保護過干渉。

「でも翳、なんで急にいまそれ言い出したの？」

　翳は無言でぼくらの横の温室の壁を指さした。ガラスの表面が鏡になって、庭の景色と空を映している。だけど主屋の前の植え込みが、なんか変な感じに揺れてないか？

「あー！」

「いる、だろ？」

「京介と、深春と、神代先生と、ひょっとして門野さんも？——」

　呆れてものもいえない、とはまさしくこのことか。三十男のフリーターふたりに、大学教授と実業家が四人揃ってなにやってるんだよッ。

「どうする？　俺たちが気がついたとわかったら、ぞろぞろ出てきそうだぞ」

　それで、いやあ良かったな、めでたいめでたい、なんて？　冗談じゃないや、そんなこっ恥《ぱ》ずかしいこと。

「決めた」

　ぼくは断固として宣言した。

「強行突破だ！」

　それからぼくたちはＰＴＡの不意をついて突っ走り、いきなり方向転換。彼らのひそんでいた茂みに突っ込むと見せて、頭の上をジャンプ。一足早く門から飛び出して、車を急発進。あっという間に首都高へ。気分が高揚して、顔を見合わせて同時にぷっと吹き出してしまう。

「いまの門野爺さんの顔、見たか？　目ン玉ひん剝いて飛び出しそうだった！」

「神代先生や深春もだよ。もしかしたら焦って、腰抜かしたかも！」

「桜井さんは、変わらなかったな」

「驚いたとしても、京介は感情が出ないからね」

「いつもそうなんか？」

「そうだねえ。でも鈍感ってわけじゃなくて、内心はむしろ繊細すぎるくらいなんだよ。繊細すぎるから外に出せないのかも。愛想が悪いのも人見知りっていうか、一種の防衛本能なんだと思う」

　ハンドルを握った翳が、ふっと黙り込んだ。

「どうかした？」

「やっぱり桜井さんって、おまえには特別な人なんだな」

「うん、それはね」

　翳のいいたいことがわかって、ぼくは微笑みながらうなずいた。

「ぼくは昔小さな箱に閉じこもっていた。その箱を外からノックして、否応なしに覗き穴を開いたのは京介で、ぼくはその窓を通して京介を見て、ちょっぴり他のものも見た。年を重ねるたびに、その穴は少しずつ大きくなったけど、やっぱり一番大きく見えるのは京介だったんだ」

「うん──」

「でも、気がついたらぼくはもう元の箱の中にはいなかったんだよ。覗き穴はそのまま世界に向かって開いた大きな窓になって、ぼくはそこから外に飛び出した。ぼくにとって京介が、特別でなくなる日は絶対にない。でも、新しい特別が増えていく余地はいくらでもあるんだよ。だから翳、君もぼくの特別。そういうこと」

「くわーッッ！」

　翳は前を向いたまま、いきなり奇声を発した。顔が真っ赤だ。

「どうしたの？」

「だ・か・ら、そういうことは、彼女にいえ、彼女にッ！」

「彼女いないってば」

「いつかは出来るだろッ」

「うーん。翳に出来るのとどっちが早いかな」

「そんなの決まってらあ。俺だ、俺！」

「じゃ、競争だね」


いつかぼくにも恋人が出来て、子供が産まれる、そんなときが来るのだろうか。それはまだ遠すぎる景色のようで、全然実感がない。

でもいまは自分が生まれてこられて、こうして生きているという、それだけで凄く幸せだ。

このまま翳と一緒に、地平線の向こうまでも走り続けたい。

京介、深春、神代先生、門野さん、響子姉さん、かおる母さん——みんなみんな大好きだよ。

ぼくは祈る。


この幸せをぼくの知っている人たちみんなにも、分けてあげられますように。

そしてこの地上に生を受けたすべての母たちと、その子たちに——幸い《アヴェ》あれ。

あとがき

建築探偵桜井京介の事件簿シリーズの第一作『未明の家』で、蒼というキャラクターが生まれるにあたって、作者にさほど強い思い入れがあったわけではない。もっぱら注意が向いていたのは現代物のミステリを初めて書くという重圧と、いくら考えてもちっともリアルに思えない「名探偵」なる存在のことで、蒼については「名探偵の助手＝俊敏な少年」という程度の設定しかなかった。

ところが「名探偵」を大学院生とし、初登場の舞台を大学の研究室としたため、院生に年下の少年が助手として付き従っているという不自然な状況が生まれてしまい、なんとかその理由をつけなくてはならなくなった。蒼とはいったい何者なのか？

だがそんな疑問（自分で書いておいて疑問もないものだが）を覚えたのは、作者以上に読者の方たちだったらしい。『未明の家』発表当初の反響はといえば蒼に対してばかりで、そうなるとまさか「すみません。なにも考えていません」というわけにはいかない。こうして主に読者とのキャッチボールの中で形成され、次第に肉付けされていったのが、蒼というキャラクターだった。

そしてその謎めいた過去については『原罪の庭』でかたをつけたはずだったが、結果的に見てそれはより大きな問題として後を引く羽目となった。現在の蒼が自分の過去を回想すると、それはどうしても『原罪の庭』のネタバラシになってしまう。かといってきれいに忘れたような顔をしているのはあまりにも不自然だ。その矛盾は蒼という人間の性格を、次第にひずませていくようだった。

時折読者から「蒼が年齢に比して幼すぎる」というたぐいの指摘を受け、どうしてそうなってしまうかその理由を考えてみたとき、作者はひとつの結論に行き当たった。ネタバラシに配慮した結果、蒼は自分の過去と向き合うことが出来ない。常に真摯な生き方をしている彼が、あの事件だけは棚上げにしている。それが彼を「幼さ」から脱却出来なくしているのではないか、と。

既存の人気シリーズ・ミステリのレギュラーは大抵の場合、過去を振り返らない、経験を積んで成長もしない、作品毎に更新される不死鳥のような存在だ。長期にわたって書き継がれるエンターテインメントである以上、ネタバラシのタブーだけでなく必ずしも刊行順に読まない読者の混乱を避けるためにも、それは当然の仕組みだろう。だがどうやら蒼というキャラクターは、そんな「ミステリの枠組みと約束事」には収まりきれない厚みを獲得してしまったらしいのだ。いまさらそれを殺すことは出来ない。深い考えもなく約束事を踏み外してしまった作者は、経験も積めば過去も引きずり、足踏みしたり後ずさりしたりしながらも、人より遅い歩みを続ける蒼を書き続けるしかなくなった。

というわけで今回は、最初にお断りした通りの大ネタバラシ作品である。蒼の意識は大学二年生になったばかりの時点から始まって近過去や遠過去を繰り返し回想しながら進み、作中時間としては、中編「センティメンタル・ブルー」と長編『月蝕の窓』が終わった直後から、長編『綺羅の柩』の時間にほぼ重なるように進行し、最終章はこれが終わった後の二〇〇一年四月になる。従って話の中にはこれらの作品に繋がるような設定、桜井京介の入院や三月に予定されている東南アジア旅行の話も現れる。だがそれは本作の内容には、特に重大な関わりはない。極端な話、他の作品は読まずに『原罪の庭』と本作を読んでいただいても一向に差し支えはない。少なくとも本作以外のすべての作品は、それでも鑑賞に耐えうるように心がけて書いてきた。

なおこれは本シリーズの全作品を読まれている方への注記になるが、高校から蒼の友人となった結城翳と蒼の保護者たちの初対面のエピソードは、作中では特に書かれないこととなった。一度友人の同人本に短編として発表した話を手直しして繰り込むことも考えたのだが、そちらはほとんどコメディで、作品のトーンが違いすぎるため断念せざるを得なかったのだ。他にも蒼の見た悪夢の話や、蒼が翳を連れて京介たちのマンションを訪れるといった話を同人本に書いているが、それはいずれもミステリではなく、講談社ノベルス上で発表すべきものでもないとの結論に達した。なにとぞご承知おき願いたい。

シリーズ作品というものは多くの場合、長くなりすぎると活力を失っていくものなのだという。特に独立作品ではなく連続性を意識した物語では、十何冊もの既刊本を前にして新しく読み出すのはおっくうになる、というのはよくわかる。魅力的な未読本は書店に溢れていて、貴重な金と時間を投下するに価するかはとにかく読んでみなくてはわからない。肩が凝らず短時間で読み終えられる、軽やかな本が歓迎されるのは気ぜわしい現代では当然のことだ。

だがそれは百も承知で、このシリーズはもうしばらく続く。蒼を主人公とした番外編は取り敢えずここでひとつのピリオドを打つが、それは彼の重要度が薄れたからではない。かつて守られることしか出来なかった無力な子供が、意欲ばかりが空回りする苦しい思春期を通過して、ようやく自分の愛するものを守る力を得た。これから本編でもより大きな役割を果たしてくれることを、作者自身切に願っている。

昨年作者は小さからぬ喪失を経験した。『翡翠の城』以来、講談社文芸図書第三出版部での仕事をサポートしてくれ続けた担当編集者秋元直樹氏が異動されたのだ。しかし物語の中ですら時は流れると決めた者が、彼の新しい旅立ちをいつまでもいたずらに嘆いているわけにもいかない。新しい部署で新しい仕事の経験を積むことで彼はより有能な編集者として成長していくのだろうから、そんな彼に恥じることないよう、作者もよりいっそう真剣に書き続けなくてはと思う。

秋元氏に代わって新しい担当となってくれたのは、栗城浩美氏。今回執筆中にちょうどLET IT BE…NAKEDが発売されたこともあり、気楽にビートルズの歌詞を引用したところ、いろいろと難しい問題が出て栗城氏の仕事を増やしてしまった。歌詞の直訳がつけられなかったのは、版権とのからみである。なにとぞ理解ありたい。

今回の表紙写真は、つれあい半沢清次が大学時代に撮影した一枚を加工してもらったもので、これまで以上に思い入れのある装丁となった。いま指を折って数えてみると、それはざっと二十七、八年の昔になる。すでに彼と出会ってからの歳月の方が、それ以前より長くなったことに気づいていささか愕然とした。

人の世には否応なく変わるものがあり、しかし変わらぬものもまたある。

別離のときがあり、また新しい出会いがあるのだろう。

読者の皆様、どうかこの物語の行方をいましばらくお見守り下さい。

みんな、大好きだよ。本当に。

次は第二部終了の本編『失楽の街』で、お待たせせずにお目にかかります。なんと来月に。読んでね。

主要参考文献

迷宮入り!?　未解決殺人事件の真相　　宝島社

発達心理学　内田伸子　岩波書店

立ち直るための心理療法　矢幡洋　筑摩書房

記憶は嘘をつく　ジョン・コートル　講談社

火星の人類学者　オリヴァー・サックス　早川書房

娘をいらいらさせるおせっかいな母親たち　スーザン&エドワード・コーエン　三笠書房

シューベルト歌曲選集　　教育芸術社

N.D.C.913　316p　18cm

Ave《アヴェ》 Maria《マリア》
二〇〇四年五月十日　第一刷発行

KODANSHA NOVELS

定価はカバーに表示してあります

著者—篠《しの》田《だ》真《ま》由《ゆ》美《み》

発行者—野間佐和子
発行所—株式会社講談社
東京都文京区音羽二-一二-二一
郵便番号一一二-八〇〇一
編集部〇三-五三九五-三五〇六
販売部〇三-五三九五-五八一七
業務部〇三-五三九五-三六一五
印刷所—株式会社精興社　製本所—株式会社若林製本工場

ISBN4-06-182370-1